KB041152

더 뉴 게이트

08. 신도(神刀)의 계승자

THE NEW
더 뉴 게이트
GATE

08. 신도(神刀)의 계승자

카자나미 시노기 지음
Illustration 마계의 주민
김진환 옮김

라루나

목차

용어 해설 — 5

등장인물 소개 — 6

월드맵 — 8

Chapter1   해람룡 — 9

Chapter2   사무라이의 나라로 — 67

Chapter3   각자의 마음 — 163

Chapter4   요호의 습격 — 243

스테이터스 소개 — 325

「THE NEW GATE」 세계의 용어에 관해

● **능력치**

LV: 레벨

HP: 히트 포인트

MP: 매직 포인트

STR: 힘

VIT: 체력

DEX: 기술

AGI: 민첩성

INT: 지력

LUC: 운

● **거리·무게**

1세메르 = 1cm

1메르 = 1m

1케메르 = 1km

1구므 = 1g

1케구므 = 1kg

● **화폐**

쥬르(J): 500년 뒤의 게임 세계에서 널리 통용되는 화폐.

제일(G): 게임 시대의 화폐. 쥬르보다 10억 배 이상의 가치가 있다.

쥬르 동화(銅貨) = 100J

쥬르 은화(銀貨) = 쥬르 동화 100닢 = 10,000J

쥬르 금화(金貨) = 쥬르 은화 100닢 = 1,000,000J

쥬르 백금화(白金貨) = 쥬르 금화 100닢 = 100,000,000J

● **육천의 길드 하우스**

1식 괴공방 데미에덴(통칭: 스튜디오) 『검은 대장장이』 신 담당

2식 강습함 세르슈토스(통칭: 쉽) 『하얀 요리사』 쿡쿠 담당

3식 구동 기지 미랄트레아(통칭: 베이스) 『금색 상인』 레드 담당

4식 수림전 팔미락(통칭: 슈라인) 『푸른 기술사(奇術士)』 카인 담당

5식 혼란 정원 로메눈(통칭: 가든) 『붉은 연금술사』 헤카테 담당

6식 천공성 라슈감(통칭: 캐슬) 『은색 소환사』 캐시미어 담당

토도 칸쿠로
566세. 하이 로드, 신에 필적하는 초절정 검술의 소유자. 히노모토 십걸 중 필두.

미카즈키 무네치카
521세. NPC 겸 보스 몬스터. 같은 이름의 일본도가 의인화한 존재다.

쿠죠 카나데
13세. 휴먼. 히노모토의 동쪽을 다스리는 명가의 공주. 언니의 병을 고치기 위해 여행에 나섰다.

사에구사 카린
20세. 휴먼. 카나데와 동행하는 호위 검사. 히노모토 십걸 중 제3석에 위치해 있다.

슈니 라이자

521세. 하이 엘프. 신의 서포트 캐릭터. 500년 동안 신을 기다려왔다.

티에라 루센트

157세. 엘프. 「잡화점 달의 사당」의 종업원. 강력한 저주에 걸린 흔적으로 머리카락 대부분이 까맣다.

신

본작의 주인공. 21세. 하이 휴먼. 온라인 게임에서 이름을 떨친 최강 플레이어. 데스게임 클리어 후, 500년 뒤의 게임 세계로 차원 이동되었다.

유즈하

?세. 엘레멘트 테일. 신이 구해준 몬스터. 아기 여우의 모습이지만 사람으로도 변신 가능하다.

주요 등장인물

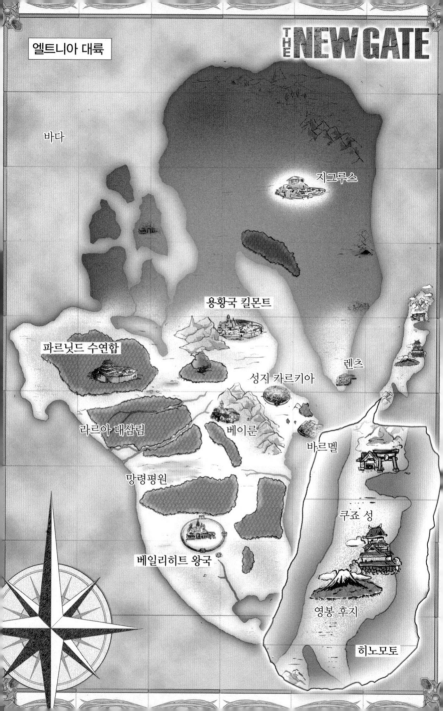

해람룡 | Chapter 1

THE NEW GATE

"몸이 안 좋으면 여관에서 쉬어도 돼."

"쿠우……."

신의 어깨 위에 앉은 유즈하가 작게 울며 괜찮다는 의사를 표현했다. 그러자 신은 더 이상 묻지 않고 유즈하를 가볍게 쓰다듬었다.

성녀 해미를 노리던 데몬과의 싸움 이후로 유즈하는 몸 상태가 안 좋은지 이따금씩 신의 어깨 위에 축 늘어지곤 했다.

"일행분은 몸이 안 좋으신가요?"

"본인은 괜찮다고 하는데 말이지. 열이 있는 것도 아니니까 일단 지켜보려고."

신과 슈니는 빌헬름에게 해미를 맡겨두고 바르멜의 황금상 회에 있는 베레트를 만나러 왔다. 배를 이용해서 지그루스로 돌아가기로 했기 때문이었다.

바르멜에는 대륙 북부(에스트) 방면으로 향하는 배들도 많았다. 육로로 이동하면 너무 많은 시간이 걸리기에 해로를 통해 지그루스에서 가장 가까운 항구까지 가기로 했다.

드래곤을 이용한 비행은 최종 수단인 만큼 이번에는 활용하지 않았다.

"그래서 배는 잘 구해졌나요?"

슈니가 묻자 베레트는 미안하다는 듯이 고개를 숙였다.

"저도 꼭 힘이 되어드리고 싶지만 공교롭게도 저희 상회의 배는 전부 출항한 상태입니다. 하지만 마침 에스트 방면으로 향하는 배가 있습니다. 도중에 보급을 겸해 다른 항구에 들르지만 저희 쪽 상선을 기다리는 것보다는 틀림없이 빠를 겁니다. 어떻습니까?"

교역 물자와 사람을 함께 실은 배라고 베레트가 덧붙였다. 나름대로 높은 신분의 사람만 탈 수 있지만 베레트가 손을 써주면 문제없다고 한다.

"달의 사당 소개장이나 일행의 신분을 이용하고 싶지는 않았거든. 고마워."

달의 사당 소개장이라면 더할 나위 없는 신분증이다. 혹은 해미의 이름을 빌릴 경우에도 배에 탈 수 있을 것이다. 다만 나중에 귀찮은 일이 생길 수도 있으므로 되도록이면 아껴둘 생각이었다.

황금상회 부지배인 베레트의 소개장도 그에 뒤지지 않는 효력이 있는데다 누가 물어도 상회의 거래 상대라고 대충 둘러대면 그만이었다.

A랭크 모험가 빌헬름과 교회 소속 기사 케니히가 일행에 속한 만큼 상회와 아이템을 거래한다는 명목에도 신빙성이 더해질 수 있었다.

"출발은 내일인데 괜찮으십니까?"

"그래. 언제까지 여기 머물 수는 없는 거니까 딱 잘됐네."

"빈 객실이 얼마나 있는지 알아보고 나중에 연락드리겠습니다."

"될 수 있으면 개인실로 구해줘. 되도록 얼굴을 마주치고 싶지 않은 동료가 있거든."

"잘 알겠습니다. 그러면 잠시만 기다려주십시오."

베레트는 책상 서랍을 열고 종이 위에 펜으로 글씨를 적기 시작했다. 그리고 다 작성한 용지를 황금상회의 증표가 달린 봉투에 넣어 밀랍으로 봉했다.

"이걸 선장에게 보여주십시오. 제가 미리 이야기는 해두겠습니다."

"고마워. 신세를 졌군."

"하이 휴먼분들께 도움을 드리는 일은 저희들에게 최고의 기쁨이지요. 부담 갖지 마시길."

은은한 미소와 함께 고개를 숙이는 베레트에게서는 조금의 악의도 찾아볼 수 없었다.

신은 다시 한번 고맙다는 인사를 한 뒤 황금상회를 나왔다.

†

신 일행이 황금상회에서 이야기를 나누고 있을 무렵 티에라와 필마, 슈바이드는 식량과 도구를 사러 나와 있었다. 카게로우는 언제나처럼 티에라의 그림자 속이다.

500년 동안 잠들어 있던 필마는 활기 넘치는 거리를 흐뭇하게 바라보고 있었다.

"역시 무역이 번성한 만큼 사람도 많구나. 지나다니는 사람들도 다들 표정이 밝고. 조금이나마 마음이 놓여."

"마음이 놓인다고요?"

필마의 중얼거림을 듣고 티에라가 의아하게 물었다. 필마는 살짝 웃으며 대답했다.

"내가 기억하는 건 천재지변이 일어난 직후에 한창 복구가 진행되던 시대였거든. 그때는 작은 지진에도 패닉에 빠지는 사람이 있을 정도였으니까."

필마의 말에 슬픈 기색은 없었다.

"세대가 바뀌면서 당시의 기억이 사라진 덕분일 테지. 하지만 많은 사람들의 노력 덕분에 지금이 있을 수 있었소이다. 예나 지금이나 사람이란 존재는 의외로 끈질긴 법이오."

필마가 너무 들뜨지 않도록 동행한 슈바이드가 미소를 지으며 말했다.

티에라는 무슨 말을 건네야 할지 몰라 잠자코 있었다.

"그래. 나도 지금 실감하는 중이야. 그건 그렇고 신과 슈니를 단둘이 있게 해주다니, 슈바이드에게도 이제 센스라는 게 생겼네."

"정확히 말하면 두 사람과 한 마리요. 별로 특별한 의도가 있었던 건 아니었소. 그대를 자유로이 놔두면 위험하다고 판단한 것뿐이오."

"잠깐, 그게 무슨 뜻이야?"

"경험에서 우러나온 말이외다. 가슴에 손을 얹고 생각해보시오."

슈바이드는 눈을 가늘게 뜨고 필마를 바라보았다. 그런 말을 할 자격이 있느냐는 눈빛이었다.

"내가 무슨 문제라는 듯이 말하지 마. 뭐, 약~간 지나치게 들떴던 적이 있긴 하지만."

필마도 짚이는 부분이 있는지 시선을 피하고 있었다.

"자, 자, 두 분 다 그만하세요. 모처럼 거리에 나왔으니까 가게들을 둘러보고 가는 게 어떨까요?"

"맞는 말이야. 필요한 물건은 미리 목록으로 작성해두었으니까 빨리 끝내버리자."

"이런, 이런."

티에라의 제안을 필마가 덥석 받아들이자 슈바이드는 쓴웃음을 지었다. 슈바이드 역시 딱히 그녀와 부딪칠 생각은 없었다.

필마는 바로 식재료를 살피기 시작했다.

"티에라는 이런 거 잘 고르는 편이야?"

"어느 정도는요. 일단 스승님께 배우긴 했거든요. 필마 씨는요?"

"요리를 만들려면 만들 수는 있는데 맛이 그렇게 좋진 않아. 그러니까 식재료 고르는 건 티에라에게 맡길게."

슈바이드도 요리에 관해서는 문외한이었기에 지금 멤버 중에서 눈썰미가 가장 좋은 사람은 티에라였다.

그렇게 해서 대량으로 구입한 재료를 슈바이드가 짊어졌다.

"엄청난 양인데 괜찮으시겠어요?"

커다란 자루에 가득 담긴 식재료를 보며 티에라가 걱정하자 필마가 가벼운 말투로 말했다.

"신경 쓸 것 없어. 이 정도 짐에 낑낑댈 녀석은 아니니까."

"괜찮소이다. 인적이 드문 곳에서 아이템 박스에 넣으면 되오."

실제로 슈바이드는 자루를 무리 없이 들고 있었다.

"그런데 티에라. 질문이 있는데 해도 될까?"

"네. 뭔데요?"

"티에라는 왜 신하고 같이 다니는 거야?"

"흐음, 그건 나도 궁금했소이다. 게다가 티에라 공의 조련사 능력으로 그 정도의 신수(神獸)를 길들였다는 것도 신기하오."

필마에 이어 슈바이드도 한마디 거들었다.

"어, 여기서 꼭 이야기해야 하나요?"

"오히려 이런 곳이 적당해. 혼잡하고 시끄러운 곳이야말로 비밀 이야기에 안성맞춤이거든."

필마의 말처럼 다양한 목소리가 뒤섞이는 큰길에서 누가 무슨 이야기를 하는지는 거의 구분할 수 없었다. 게다가 마침 이곳에는 교회 소속 기사(케니히)와 하얀 창잡이(빌헬름)도 없었다.

"나는 신과 슈니하고 한 식구니까 그런 일은 전부 알아두고 싶거든."

필마와 슈바이드는 신의 직속 부하였다. 따라서 부하도 아닌 티에라가 신과 동행한다는 것에 대해 의문을 느끼고 있었던 것이다.

단순한 흥밋거리로 나온 질문이 아니라는 것을 느낀 티에라는 힘 있게 고개를 끄덕였다.

"알겠습니다. 모든 것의 시작은 스승님, 그러니까 슈니 씨에게 도움을 받았을 때였어요."

티에라는 그때부터 신이 저주를 풀어 줄 때까지 있었던 일을 간단히 설명했다.

"—그런 거구나. 확실히 【저주의 칭호】는 마을에서 치료하는 게 일반적이었으니까 손쓸 방법이 없었겠다."

"으음, 나도 조사해본 적이 있지만 자세한 방법은 알 수 없었소."

"신은 알고 있었던 것 같은데, 두 분은 모르셨던 건가요?"

슈니를 포함한 모두가 【정화】의 습득 방법을 몰랐다는 말을 듣자 티에라는 놀라고 말았다.

"신이 사용할 수 있다는 건 알았지. 습득에 필요한 아이템 찾기를 도운 적은 있는데 마지막에는 신이 혼자서 마무리했으니까 자세한 건 몰라. 애초에 쓸 일이 많은 스킬도 아니니까 신이 배운 걸로 목적은 달성했던 거거든. 아마 다른 동료들의 경우도 비슷하지 않을까?"

"그럴 테지. 당시에는 지금 성지로 불리는 그 도시에 가면 쉽게 상태 해제가 가능했소. 굳이 배우려는 노력을 할 필요도 없었지."

"뭐랄까, 굉장하네요."

저주에 걸린 상태로도 자유롭게 출입이 가능하고 치료까지 가능한 도시. 티에라는 이야기를 들으면서도 좀처럼 상상이 되지 않았다.

슈바이드와 필마도 티에라의 그런 심정을 충분히 이해할 수 있었다.

"그런데 티에라는 신을 어떻게 생각해?"

"네?"

티에라는 갑작스러운 질문에 얼빠진 대답을 했다.

"아니, 그렇잖아. 영원히 가게에서 나가지 못할 거라고 생각했는데 갑자기 나타나서 아무런 대가 없이 저주를 풀어줬어. 관심이 가지 않는 게 더 이상하지 않아?"

필마는 은근히 기대하는 표정으로 그렇게 단언했다. 분위기를 몰아가려는 모양이었다.

"모든 걸 포기한 순간에 멋지게 나타난 왕자님. 이렇게 표현해도 과언이 아니잖아."

"어…… 확실히 고마움은 느끼고 있거든요. 하지만, 그, 뭐냐! 신에게는 스승님이 있으니까요!"

"이 세계에선 일부다처제가 일반적이잖아. 뭐, 엘프는 그런 걸 별로 좋아하지 않는 모양이지만. 그런데 정말 고마움뿐이야?"

"어…… 그게…….."

티에라는 필마의 박력에 밀려 말끝을 흐렸다. 하지만 분명히 부정하지 않는 것만 봐도 이미 답은 나와 있었다.

"필마. 남의 연애사에 너무 참견하면 좋지 않소."

"알았어. 그만할게. 하지만 티에라, 이 말만은 꼭 해야겠어."

"아, 네."

순식간에 미소를 거두고 엄숙한 표정을 지은 필마는 진지하게 말을 이어나갔다.

"자기 감정을 분명히 해두는 게 좋을 거야. 후회할 땐 이미 늦거든."

"……!!"

자신의 마음속을 꿰뚫어본 듯한 말에 티에라는 숨을 멈추었다.

"미안. 쓸데없는 오지랖이라는 건 나도 아는데 말이지."

"……아니요. 솔직히 말하면 저도 아직 답을 모르겠어요."

티에라는 곤란한 듯 쓰게 웃으며 말했다.

필마는 그런 그녀를 부드러운 미소로 바라보았다.

'흠, 그러면 신은 과연 어떤 답을 내게 될는지…….'

한편 슈바이드는 혼자서 그런 생각을 하고 있었다.

✝

"일단 이동 수단은 확보했어."

황금상회에서 돌아온 신과 슈니는 다른 동료들에게 지그루스행 배편에 대해 알려주었다.

장을 보러 거리에 나갔던 일행들뿐만 아니라 숙소에 남아 있던 빌헬름과 해미, 그리고 케니히와 함께 외출한 밀트도 함께 있었다.

"출발은 언제요?"

그렇게 말을 꺼낸 건 케니히였다.

"내일 아침에 메디엘 호라는 배를 타고 갈 겁니다. 그쪽은 끝났나요?"

"교회에 연락은 마쳤소. 전달한 대로 레셀 마을에 사람들을 보내주기로 했소."

확인을 위한 질문에 케니히가 고개를 끄덕이며 대답했다.

교회에서 파견될 인원은 대부분『정점의 파벌』의 거점으로 향할 예정이었다.

선정자를 포함한 부대로 단숨에 제압하는 작전이었다. 가장 위험한 데몬을 신 일행이 이미 쓰러뜨려주었기에 가능한 일이었다.

"아아, 난 신 씨하고 같이 가고 싶었는데."

"폐를 끼쳤으니까 속죄하고 싶다고 네가 먼저 말했잖아. 한동안은 봉사활동 열심히 하라고."

투덜대는 밀트를 신이 달래주었다.

조종당해서 한 짓이지만 해미를 납치한 것은 사실이었다. 그래서 밀트는 일정 기간 동안 교회에서 봉사활동을 하게 되었다. 물론 이번의 거점 습격 작전에도 참가하게 된다.

"자, 그 밖에 할 말 있는 사람? 없으면 내일도 일찍 일어나야 하니까 그만 쉬자."

그러자 누가 먼저랄 것도 없이 각자에게 배정된 방으로 돌아갔다.

신과 유즈하, 슈바이드가 같은 방을 쓰고 슈니는 필마와 같은 방, 케니히는 빌헬름과 같은 방, 마지막으로 티에라와 밀트, 해미가 같은 방이었다.

활발한 성격인 밀트는 티에라, 해미와 사이가 좋았고 호위 역할도 겸해서 한 방을 쓰게 되었다. 티에라의 그림자 속에는 카게로우도 숨어 있었기에 충분하고도 남는 전력이었다.

"그건 그렇고, 유즈하는 아직도 몸이 안 좋은 것이오?"

"쿠우……."

"몬스터가 컨디션이 안 좋은 건 나도 처음 봐. 상태 이상에 걸린 것도 아니라서 원인을 모르겠어."

슈바이드도 걱정해주었지만 유즈하는 여전히 괜찮다는 의사만 전달했다.

신은 힘들면 꼭 말하라고 전한 뒤 잠자리에 들었다.

✝

다음 날 신은 예정된 시간보다 빨리 눈을 떴다. 오른팔에 낯선 무게감이 느껴졌기 때문이다.

"전에도 이런 적이 있었는데……. 유즈하, 너지?"

신은 【애널라이즈】로 확인한 뒤 옆에서 잠들어 있는 소녀를 돌아보았다.

소녀의 정체는 인간형으로 변해 잠들어 있는 유즈하였다. 다만 그 모습은 신이 아는 어린아이가 아니었다.

외모로 보면 중학생쯤 될까. 키는 150세메르 정도로 커졌고 체형도 여성스러워졌다. 허리까지 뻗은 은발이 창을 통해 들어온 햇빛에 반짝이고 있었다.

귀와 꼬리가 달려 있는 것은 여전했다.

"몸이 안 좋았던 건 이렇게 될 징조였던 건가."

신은 유즈하가 꼭 껴안고 있던 자신의 팔을 빼내면서 반대쪽 손으로 이불을 덮어주었다. 그러자 유즈하가 천천히 눈을 떴다.

"……어디 갔어?"

유즈하는 신의 팔이 있던 곳을 바라보며 손을 버둥거렸다. 아직 잠이 덜 깼는지 옆으로 이동한 신을 발견하지 못한 모양이다.

마치 부모를 잃어버린 미아 같은 표정이었다.

유즈하가 느릿하게 몸을 일으키자 그녀의 몸을 덮고 있던 이불이 걷히며 숨겨져 있던 나체가 드러났다.

바르멜의 아침은 조금 쌀쌀했다. 신은 가볍게 이불을 들고 유즈하의 몸에 둘러주었다.

"……여기 있다."

유즈하는 이불 쪽은 쳐다보지도 않고 중얼거리더니 신의 무릎을 베고 다시 잠들어버렸다. 무척이나 행복한 표정이었다.

"아니, 잠깐, 또 자면 어떡해?!"

이대로는 곤란했기에 신은 일단 옷을 입히기로 했다. 전에는 옷을 입은 채로 여우로 변했고 다시 소녀가 되어도 그 옷을 입고 있었다. 하지만 무슨 이유인지 지금은 입고 있지 않았다.

옷 자체는 카드로 변한 상태로 옆에 떨어져 있었기에 새롭게 꺼낼 필요는 없었다.

"어쨌든 사정이나 들어보자."

"응?"

"아니, 그 모습 말이야. 역시 힘이 돌아와서 그런 거야?"

"응. 아직 힘에 익숙하지 않아서 지금은 이게 한계……."

유즈하의 이야기에 따르면, 몸 상태가 나빴던 건 힘이 회복됨에 따라 여러 가지 지식이 부활한 탓이었다. 대량의 기억이 되살아나면서 머리가 터질 지경이었던 것이다.

원래 상태의 6할 정도까지 회복되었고 완전히 힘에 익숙해져 기억이 돌아오면 더욱 성장한 상태가 된다고 한다.

"얼굴이 무표정한 것도 그 탓인가?"

"쿠우?"

유즈하는 '그래?'라고 말하듯이 고개를 갸웃거렸다.

지금의 유즈하는 잠들어 있을 때의 행복한 얼굴을 제외하면 표정에 거의 변화가 없었다. 완벽한 포커페이스였다.

유즈하의 상태를 다시 확인해보자 레벨은 600이 넘었고 능력치도 상당히 상승해 있었다. 수치만 보면 레이드 랭크 3에 해당하는 강력함이었다.

"어쨌든 슈니와 다른 동료들한테도 알려주는 게 좋겠어. 여우로 변할 수는 있어? 갑자기 커져서 놀라는 사람이 있을지도 모르니까 되도록 그렇게 해주면 좋겠는데."

"할 수 있어."

유즈하는 그렇게 말하며 신의 눈앞에서 변신했다.

신은 그것을 확인하고 나서 슈니에게 심화로 연락했다. 이미 깨어 있던 슈니에게 필마도 불러와달라고 전한 뒤에 직접 슈바이드를 깨웠다.

티에라는 해미와 함께 있었기에 나중에 연락하기로 했다.

"헤에. 정말로 강해졌네."

유즈하의 레벨을 본 필마가 감탄하듯 말했다.

"역시 최종적으로는 레벨 1000이 되는 걸까요?"

슈니는 최종 단계가 궁금한지 턱에 손을 댄 채 생각에 잠겨 있었다.

"엘레멘트 테일이 아군이라는 건 참 든든할 따름이오."

엘레멘트 테일과 직접 싸워본 적이 있는 슈바이드는 유즈하를 믿음직스럽게 생각하는 것 같았다.

"어쨌든 크게 달라질 건 없으니까 지금까지 해왔던 대로 하면 돼."

"잘 부탁해."

이야기가 끝나자 벌써 출발 준비를 시작해야 하는 시간이었다.

신 일행은 다른 사람들과 합류해 1층 식당에서 아침 식사를 했다. 식사를 마친 뒤에는 아직 조금 이르지만 항구에 가기로 했다.

신은 빌헬름과 나란히 길을 걸었다.

"해미 씨, 조금은 기운을 찾았나 보네."

"그런 것 같아. 아니, 그런데 그걸 왜 나한테 물어?"

"둘이서 남았을 때 이후 아니야? 해미 씨가 웃게 된 거."

해미의 시선이 빌헬름을 향할 때가 눈에 띄게 잦았다. 그것만 봐도 무슨 일이 있었으리라 짐작하는 것이 당연했다. 그런 그녀 옆에는 호위 역할인 케니히와 밀트가 서 있었다.

"잠깐 이야기를 한 것뿐이야. 아무 일도 없었다고."

"아무래도 그런 눈치는 아닌 것 같은데 말이지."

"알 게 뭐야."

신은 계속했다간 화를 낼 것 같았기에 그만 추궁하기로 했다. 이후로 별것 아닌 대화를 나누며 한참을 걸어가자 저 멀리 배의 돛이 보이기 시작했다.

출항이 가까워진 항구에서는 억세 보이는 남자들이 화물을 배로 옮기고 있었다.

"다들 바쁜가 보네~. 그런데 우리가 탈 배는 어느 거야?"

밀트가 주위를 이리저리 둘러보며 말했다.

"저기 있는 가장 큰 배야. 어제 확인해두었으니까 틀림없어."

신은 항구에 정박한 배들 중에 하나를 가리켰다. 주위의 배들보다 훨씬 커서 상당히 많은 물자를 수송할 수 있다는 것을 알 수 있었다.

"이미 탑승한 사람도 있나 보네. 우리도 갈까?"

"특별히 할 일도 없으니까 지금 타자."

신은 티에라에게 대답하며 배를 향해 걸어가기 시작했다. 일행이 승선장에 도착하자 승객을 확인하던 선원 한 명이 다가왔다.

당장 보디빌딩 포즈를 취해도 이상할 것이 없을 만큼 잘 단련된 근육을 가진 거한이었다.

"메디엘 호에 승선하실 분들이십니까?"

"네."

"승선권이나 소개장은 갖고 계십니까?"

위압적인 외모와는 달리 태도는 매우 공손했다.

신이 앞으로 나서며 베레트가 준 소개장을 선원에게 보여주었다. 선원은 소개장을 받아 들더니 조심스레 펼쳐 내용을 확인했다.

"……네, 됐습니다. 메디엘 호에 오신 것을 환영합니다. 방까지 안내해드릴까요?"

"부탁드립니다."

베레트는 선장에게 보여주라고 말했지만 선원에게도 이야기가 되어 있던 모양이다.

큰 배인 만큼 그에 걸맞은 다양한 객실이 준비되어 있었고, 신이 베레트에게 부탁한 사항도 전부 반영된 것 같았다.

신 일행은 몸 좋은 선원의 뒤를 따라 배 안을 나아갔다. 그들이 도착한 곳은 튼튼한 문이 있는 방이었다.

방 배치는 크게 남자들 방과 여자들 방으로 나뉘어 있었다. 해미는 변장을 하고 있었지만 되도록 남의 눈에 띄지 않도록 가장 안쪽 방을 골랐다.

"잠깐 배 안을 둘러보고 올게."

"쿠우."

신이 일어서자 유즈하가 작게 울며 어깨로 뛰어올랐다.

"그럼 나도 가겠소."

슈바이드도 함께 배 안을 돌아다니기로 했다. 화물 반입에 방해가 되지 않도록 조심하면서 어디에 무엇이 있는지를 하나하나 확인해갔다.

출입 가능한 곳을 어느 정도 확인했을 무렵 종소리가 울렸다. 이제 출항한다는 신호였다. 생각보다 오랫동안 돌아다닌 모양이었다.

이제 슬슬 돌아가려고 신이 발걸음을 돌렸을 때 길 모퉁이 너머에서 누군가의 목소리가 들렸다.

"이제 드디어 언니의 병도 나을 수 있겠군!"

"네, 분명 하루나 님도 기뻐하시겠지요."

모퉁이 너머에 있어서 모습은 보이지 않았지만 목소리를 보면 한 소녀와 그녀를 따르는 시녀로 보였다. 큰 배인 만큼 하인을 거느린 승객도 몇 명 있었다.

마침 객실 주변 통로가 조용했기 때문에 대화 내용까지 정확히 들렸다.

추측해보자면 언니를 위해 귀중한 약이라도 구한 것일까. 타인인 신도 알 수 있을 만큼 기쁨이 넘치는 목소리였다.

"손에 넣으려고 얼마나 고생했는지, 으앗?!"

"어……?"

모퉁이를 돌아오던 소녀가 갑자기 소리를 질렀기에 신은 동작을 멈추었다. 그의 앞에는 놀라움을 감추지 못하는 소녀가 있었다. 대충 중학교에 갓 입학한 정도로 보이는 외모였다.

키는 140세메르 정도에 몸집은 작았다. 등 뒤로 뻗은 불꽃처럼 붉은 머리카락이 인상적이었다. 맑고 까만 눈동자가 신을 똑바로 바라보고 있었다.

"아가씨?"

멈춰선 소녀 뒤에서 나타난 것은 사무라이 복장의 여성이었다.

검은 천에 주황색 문양이 그려진 팔 덮개와 정강이받이. 어깨는 오오소데(大袖)라고 불리는 방어구가, 가슴에는 조금 작은 크기의 가슴받이가 달려 있었다.

키는 160세메르 후반 정도였다. 허리까지 내려오는 흑발이 포니테일로 묶여 있었다.

"저 남성분께 무슨 문제라도?"

여성은 머리카락과 똑같은 색의 눈동자로 신을 바라보았

다. 날카로운 눈빛이 그녀의 강함을 대변해주고 있었다.

"아니, 아무것도 아니다. 너무 들떠 있던 모양이다. 기적을 느끼지 못하다니. 그대에게도 미안하군. 내가 신중치 못한 탓이니 신경 쓰지 말아다오."

"네⋯⋯."

소녀는 여성에게 대답한 뒤 신에게도 사과했다.

신은 얼빠진 대답을 하면서도 소녀의 대답에 내심 안도하고 있었다. 자신을 보는 여성의 눈빛이 다소 살벌하게 느껴졌기 때문이다.

"저기~ 그러면 나는 이만."

"으음. 좋은 여행이 되길 바란다."

신은 살짝 눈인사를 건넨 뒤 나머지 동료들이 있는 방으로 이동했다.

방에 도착하자 두 사람을 제외한 모두가 모여 있었다.

"해미 씨와 케니히 씨는?"

"배가 출항하자마자 해미가 멀미를 해서 둘이 같이 있어."

물을 마시던 밀트가 신의 질문에 대답했다. 전에 마차를 탔을 때는 괜찮았지만 배는 익숙하지 않았던 모양이다.

"그렇게 심하지는 않으니까 누워 있으면 괜찮을 거예요."

슈니가 한마디 덧붙였다.

"신은 배 안을 둘러보고 온 거지? 뭐 특별한 거라도 있었어?"

"아니, 이렇다 할 만한건 없었어. 수상한 밀항자도 없었고."

신은 미니맵 기능을 응용해서 선창 같은 곳에 사람이 숨어 있지 않은지 전부 확인해두었다. 게임 시절에는 그곳에 NPC가 숨어 있다가 해적이 출현함과 동시에 내부에서도 공격해오는 이벤트가 있었다.

일행은 앞으로의 예정을 간단히 상의한 뒤 각자 자유행동에 들어갔다.

신은 바깥 풍경을 보기 위해 갑판에 나가기로 했다.

"아, 나도 갈게."

"나도."

신이 나가려고 하자 밀트와 티에라가 뒤따랐다. 유즈하는 여전히 신의 어깨 위였다.

선내를 탐색할 때도 갑판에는 갔지만 통로만 확인하고 바로 내려왔기에 밖에서 어떤 풍경이 보이는지는 아직 알 수 없었다.

"갑판에 나오니까 바람이 강해진 게 느껴지네."

"기분 좋은 바람이야."

"어, 뭔가가 있어!"

갑판 끝에 서서 바다를 내다보던 티에라가 무언가를 발견한 것 같았다.

신과 밀트도 갑판 끝에 다가가 티에라가 가리키는 방향을 바라보았다.

"히어로 돌핀이네."

"여전히 색이 화려하군."

티에라가 발견한 것은 히어로 돌핀이라는 이름의 돌고래형 몬스터였다.

전대물에서 이미지를 따왔는지 항상 대여섯 마리가 무리를 지어 행동하는 습성이 있었다. 붉은색과 파란색은 고정이고 나머지는 노랑과 초록, 하양과 검정, 핑크 등이었다.

기본적으로 먼저 건드리지만 않으면 얌전한 논 액티브 몬스터였다.

"어, 별일이네. 금색이 있어."

"어어, 정말."

밀트가 가리킨 곳에서는 붉은 개체를 선두로 해서 파랑, 하양, 검정, 금색의 히어로 돌핀이 배와 나란히 헤엄치고 있었다. 금색 히어로 돌핀은 흔히 볼 수 있는 것이 아니었다.

"한 마리만 엄청나게 반짝이네."

"그렇다고 특별히 강한 건 아니지만 말이지."

다만 쓰러뜨리면 다른 개체보다 약간 귀중한 아이템을 얻을 수 있었다. 따라서 플레이어들 사이에서는 행운의 상징으로 통했다.

"응? 이봐, 티에라. 왜 그래?"

신이 돌아보자 티에라는 바다를 가만히 응시하고 있었다.

"아니, 이렇게 보고 있으니까 땅에 발이 붙어 있지 않다는 게 실감이 나서."

배에 타는 것이 처음인 만큼 마음이 불안해진 것일까.

"어지간한 일이 아니면 가라앉지 않을 테니까 안심해도 돼."

배에는 강도를 높이는 스킬이 시전되어 있기 때문에 바다에 사는 거대 몬스터와 정면으로 부딪치더라도 쉽게 침몰하지는 않았다.

"나도 아는데 아직 배가 익숙하지 않아서 그런지 마음이 안 놓여."

이것만큼은 금방 해결될 문제가 아니었다.

신 일행은 그 뒤로도 한동안 바다를 바라보다가 방으로 돌아왔다.

✝

항해는 순조롭기 그지없었고 한 번 항구 도시에 들른 것 말고는 이렇다 할 변동 사항도 없었다.

굳이 언급하자면 첫날에 통로에서 마주쳤던 소녀와 여성을 몇 번 더 만났다는 것 정도였다. 서로의 이름도 모르는 것은 불편하다는 생각에 간단한 자기소개도 나누었다.

독특한 말투가 인상적인 소녀의 이름은 쿠죠 카나데였다. 레벨 159의 궁술사였다.

사무라이 여성은 사에구사 카린. 레벨 221의 사무라이로 카나데의 경호원이었다.

싸워본 것은 아니지만 신은 그녀들이 나이에 걸맞지 않게 강하다고 느꼈다. 어쩌면 선정자인지도 몰랐다.

"오늘은 왠지 날씨가 좋지 않네요."

"으음. 한바탕 폭풍우가 올 것 같군."

신이 흐린 하늘을 올려다보며 중얼거리자 카나데가 맞장구를 쳤다. 그 옆에는 카린도 있었다.

이제 곧 해가 저물 시각이었지만 석양은 두꺼운 구름에 가려져 보이지 않았다.

"그러고 보니 두 분은 히노모토로 향하신다고요."

"그렇다."

"기회가 있다면 한번 가보고 싶은 마음은 있는데, 어떤 곳인가요?"

신은 모처럼의 기회인 만큼 히노모토에 관해 물어보기로 했다. 국명도 그렇지만 두 사람의 이름 역시 일본식이었다.

"히노모토의 기원은 천재지변으로 대륙과 분리된 섬을 몇몇 집단이 다스리게 된 것이라고 전해지지. 현재 동쪽은 쿠죠 가문, 서쪽은 야에지마 가문이 대표하고 있다."

베이룬으로 이동할 때 동행했던 드래그닐 가이엔이 말한 각 길드는 요소요소를 관리하는 데 불과하다고 한다.

"그렇군요…… 응? 카나데 씨의 성도 쿠죠잖아요."

"그렇다. 이래 봬도 히노모토의 동쪽을 담당하는 쿠죠 가문의 일원이지."

"아가씨. 그런 사실은 되도록 떠벌리지 않는 편이 좋사옵니다."

카린이 카나데의 실수를 타일렀다.

"그래도 이 녀석이라면 괜찮을 거다."

잘은 모르지만 몇 번 대화를 나누는 사이 카나데가 신을 조금은 신뢰하게 된 것 같았다. 카린에게서도 처음 같은 날카로운 시선이 느껴지지 않았다.

덧붙이자면 신이 존댓말을 쓰는 것도 카린의 위압적인 눈빛을 받지 않기 위해서였다.

"자연이 풍부한 좋은 나라다."

"제 고향이 생각나는군요. 하지만 그런 집안의 따님이 나라 밖으로 나와도 되는 건가요? 경호원이 카린 씨 혼자인 것도 조금 그렇지 않나 싶은데요."

"아무 말도 않고 뛰쳐나온 거거든. 여러 가지 사정이 있었다."

"쿠죠 가문에 속한 분께서 모험가가 된다는 건 전대미문의 일이옵니다."

"그런 말 마라. 더 이상 방법이 없다는 것을 카린도 아니까 이렇게 따라온 것 아니더냐?"

"그야 그렇사옵니다만……."

카린이 떨떠름한 표정을 짓는 것을 보면 카나데가 말한 사정은 히노모토 밖으로 나와야만 해결되는 일인 것 같았다.

"뭐, 됐다. 필요한 물건은 손에 넣었으니. 이제 돌아가기만 하면 되느니라."

신 일행의 목적지인 항구 도시에 히노모토행 배가 있다고 한다.

"비가 오기 시작하네요."

하늘에 먹구름이 가득했던 만큼 비가 내릴 것은 예상할 수 있었다. 다만 생각보다 빗방울이 굵고 바람도 갑자기 강해지고 있었다.

몇 방울의 빗줄기가 떨어진다 싶더니 이내 장대비가 쏟아지기 시작했다. 강렬한 바람도 휘몰아치면서 해수면도 크게 요동쳤다.

바로 그때 신의 감지 범위 내에서 몬스터의 반응이 나타났다. 엄청난 속도로 배에 접근하고 있었다.

"몬스터네요. 이쪽으로 똑바로 오고 있습니다."

"뭐라고? 카린도 느껴지느냐?"

"아니요, 전혀."

신의 감지 범위는 다수의 스킬을 병용한 만큼 상당히 넓었다. 카린의 능력이 어느 정도인지는 모르지만 감지하려면 조금 시간이 걸릴 것 같았다.

"믿지 않으실지도 모르지만 반응은 열 마리. 상당히 큽니다."

신은 카나데에게 설명하며 슈니에게 심화(心話)를 보냈다.

슈니 쪽에서도 몬스터의 접근을 감지하고 있었는지 필마가 선장에게 알리러 갔다는 대답이 돌아왔다.

슈바이드, 빌헬름, 티에라는 신이 있는 곳으로 올라오고 있다고 한다.

"이제 곧 제 일행이 올 겁니다. 카나데 씨와 카린 씨는 어떻게 하실 거죠?"

"배를 공격해온다면 방에 틀어박혀봐야 의미가 없지. 마침 우리는 활을 쏠 수 있다. 돕도록 하마."

"저도 미약하나마 힘을 보태겠사옵니다."

카나데는 흠뻑 젖은 기모노 안에서 한 장의 카드를 꺼내 실체화했다

다음 순간 카나데의 손에 나타난 것은 전설급 중등품 활 『금강열궁(金剛烈弓)』이었다.

장궁 정도의 크기로 화살이 든 화살통과 한 세트였다. 긴 사정거리가 특징이었다.

카린도 카나데처럼 자신의 무기를 실체화했고 왼손에 붉은 칼집의 일본도를 쥐었다.

전설급 중등품 『주란(朱蘭)』으로 화염 속성을 가진 일본도였다.

"늦지 않았군."

"아슬아슬했지만 말이지."

"너, 너무 빨라요⋯⋯."

신도 『카쿠라(禍紅羅)』를 실체화했을 때 슈바이드와 빌헬름, 티에라가 갑판에 모습을 드러냈다.

티에라의 발밑에는 카게로우와 유즈하도 있었다. 방어와 원거리 공격이 가능한 멤버들이었다.

"다른 녀석들은?"

"해미 공은 방에 있소. 만약을 위해 케니히 공과 밀트 공이 호위로 남았소이다. 필마는 선장에게 알리러 갔고, 슈니는 해미 공의 방어가 완전해진 뒤에 올 것이오."

물의 정령사인 밀트는 바다 위에서 가장 든든한 아군이었다.

"뭔가 알아냈어?"

"몬스터의 반응이 나타난 것과 날씨가 사나워지기 시작한 것이 거의 동시였어. 그걸 보면 아마도 서펜트 계열이나 연체동물 계열이겠지."

빌헬름의 질문에 신은 당장 추측할 수 있는 점을 설명했다.

몬스터 중에는 출현과 동시에 날씨에 영향을 끼치는 종류가 있었다. 신이 말한 계통의 몬스터들은 폭풍우와 함께 나타나는 경우가 많았다.

"승객 여러분! 저희가 대처하겠습니다! 빨리 배 안으로 피하십시오!"

필마에게 전달받은 것일까, 아니면 독자적으로 감지한 것일까. 한 선원이 신 일행에게 피난을 권고했다.

배에는 몬스터 요격 요원도 대기 중이었고 그들은 손에 활과 지팡이, 작살 같은 무기를 들고 있었다.

"저희도 돕겠습니다."

"하지만……! 알겠습니다. 협력에 감사드립니다!"

처음엔 떨떠름한 태도를 보이던 선원도 신 일행의 행색과 무장을 보고는 생각을 바꾼 듯했다.

폭풍우에 배가 흔들리는 탓에 균형을 잡기가 힘든 상황이었다. 이럴 때는 되도록 많은 병력으로 싸우는 편이 낫다고 판단한 것 같았다.

"옵니다!"

신의 목소리보다 조금 늦게 해수면이 크게 솟아올랐다. 그리고 거친 파도 위로 거대 몬스터가 모습을 드러냈다.

"게일 서펜트인가!"

해수면 위로 얼굴을 내민 채 그들을 바라보고 있는 것은 해람룡(海嵐龍)이라는 별칭으로도 불리는 몬스터, 게일 서펜트였다. 드래곤 계통으로 분류되며 주로 워터 브레스와 포효, 몸통 박치기 등을 사용했다.

레벨은 500~600대였지만 바다라는 불안정한 전투 환경 탓에 레벨 이상으로 훨씬 어려운 상대였다.

"설마 이렇게나 많이?"

"하필 히노모토에 돌아가기만 하면 되는 지금……."

차례차례로 모습을 드러내는 게일 서펜트를 보며 카나데와 카린은 이를 악물었다. 아무리 튼튼한 배라도 열 마리나 되는 게일 서펜트를 상대하다 보면 전복될 수밖에 없다고 생각한 것이리라.

갑판 위로 나온 선원들도 새파랗게 질린 얼굴로 멍하니 서 있을 뿐이었다.

"빌헬름! 티에라! 저 녀석들을 접근시키지 마! 슈바이드는 저 녀석들의 원거리 공격을 막아줘!"

신은 소리를 치며 『카쿠라』를 휘둘렀다.

추술(鎚術)/바람 마법 복합 스킬 【호랑(虎狼)치기】로 발생한 강력한 열풍이 비바람을 갈랐고, 배를 포위한 게일 서펜트 중 하나의 머리가 박살 났다.

강한 바람과 세찬 빗줄기 가운데서도 강력한 타격음이 사람들의 고막을 때렸다.

몇 초 뒤에 머리가 움푹 파인 게일 서펜트가 천천히 바닷속으로 가라앉았다.

"빨리 끝내버리자!"

"나도……!"

신의 공격에 이어 빌헬름이 지옥창 『바키라』를 투척했고 티에라가 활을 쏘았다.

동료가 일격에 죽었다는 것에 동요하며 움직임을 멈췄던

게일 서펜트는 덩치에 어울리지 않는 민첩함으로 사선(射線)에서 몸을 피했다. 하지만 반응이 느린 것은 어쩔 수 없었고 배와 가장 가까이 있던 개체의 한쪽 눈에 화살이 박혔다. 그리고 다음 순간 『바키라』가 몸체를 관통했다.

"—?!"

즉사로 이어지지는 않았지만 공격당한 게일 서펜트는 금속을 비벼대는 것 같은 비명과 함께 바다 밑으로 자취를 감추었다.

"그대는 보통 사람이 아닌 것 같군."

신의 움직임에 놀란 것은 몬스터뿐만이 아니었다. 게일 서펜트에게 화살을 쏘던 카나데가 그렇게 말을 꺼낸 것이다.

신은 평범한 모험자일 뿐이라고 대답하며 미니맵에 의식을 집중했다. 게일 서펜트는 배를 중심으로 헤엄치며 접근과 이탈을 반복하고 있었다.

"왠지 배의 흔들림이 심해진 것 같지 않습니까?"

"아마 몬스터들이 뭔가 하고 있는 거겠지요."

카린도 위화감을 느꼈는지 신의 말에 동의했다.

"칫, 저 녀석들, 바다로 들어가서 안 보여."

"저기, 신! 이대로 배가 확 뒤집히고 그러진 않겠지?!"

폭풍우가 더욱 거세지면서 가까운 거리에서도 티에라의 목소리가 잘 들리지 않을 정도였다. 그녀가 걱정하는 것은 당연했고 선원들도 혼자 힘으로 제대로 서 있기 힘들 만큼 배가 심하게 흔들리고 있었다.

모두들 난간이나 돛대를 붙잡거나 갑판 바닥에 무기를 꽂아 버티고 있었다.

자신의 힘으로 서 있는 건 신과 슈바이드 정도였다.

"신! 아무래도 공격해올 모양이오!"

슈바이드의 목소리에 신이 주위를 돌아보자 아홉 마리의 게일 서펜트가 바다 위로 얼굴을 내민 채로 이쪽을 향해 입을 크게 벌리고 있었다.

"브레스인가. 슈바이드는 정면을 부탁해. 난 뒤쪽을 지킬게."

신은 배 위를 최단 거리로 이동하며 슈바이드가 가진 것과 동일한 『대충각(大衝殼)의 큰 방패』를 꺼냈다. 그리고 대공 공격 차단 장벽을 최대 출력으로 전개했다.

육각형을 무수히 이어 붙인 장벽이 공중에 출현하면서 게일 서펜트가 뿜어낸 워터 브레스를 튕겨냈다.

"제길, 비바람 때문에 조준이 엇나갔어."

신은 브레스를 막는 동시에 마법 스킬로 공격을 꾀했지만 폭풍우로 배가 흔들렸고 거리도 멀었기에 좀처럼 명중시킬 수 없었다.

활을 사용하는 티에라와 카나데도 상대를 제대로 저격하지 못하고 있었다.

그것을 본 유즈하가 말을 꺼냈다.

"도와줄까?"

"부탁해."

신은 순순히 도움을 받기로 했다.

"처음 공격할 때 숫자를 더 줄여야 했는데."

머리로는 알고 있는 사실이지만 요동치는 배 위에서는 예상보다 훨씬 싸우기 힘들었다.

구름에 빛이 차단되어 주위가 어둑어둑했고 비바람 탓에 시야도 확보되지 않았다. 흔들리는 배 위에서 균형을 잡는 것도 고역인 데다 몬스터를 공격하는 동시에 배를 지키는 일까지 생각해야 했다.

신 일행은 배가 침몰해도 살아남을 수 있지만 다른 승객들은 아니었다. 이대로 간다면 상황은 조금씩 악화될 뿐이었다.

신은 처음 공격 때 잘못된 스킬을 선택한 것을 다시 한번 후회했다.

"더 이상 망설일 때가 아니겠지. 유즈하, 이쪽의 방어를 부탁해!"

"알았어~."

브레스가 멈춘 순간, 신은 기회를 놓치지 않겠다는 듯이 배에서 몸을 날렸다.

"신 공?!"

고개를 돌리자 카나데와 카린이 난간을 붙잡은 채 신을 올려다보고 있었다. 새로 온 지원군에게 적을 맡기고 신 쪽으로 달려온 모양이었다.

"바다에 떨어지지 않게 조심해!"

신은 엄호는 필요 없다고 생각하면서 그 말만을 남긴 채 {해수면을 박찼다}.

"저건?!"

카린이 놀란 듯이 소리쳤다. 신은 물보라를 일으키며 게일 서펜트를 향해 몸을 날렸다.

이동계 무예 스킬【수면 건너기】가 발동된 상태에서는 물을 발판 삼아 싸울 수 있었다.

신이 가장 먼저 노린 것은 티에라의 화살이 한쪽 눈에 박힌 개체였다. 사각(死角)에서 『카쿠라』를 휘둘러 목을 도려냈다.

"한 마리!!"

그리고 그 자리에서 몸을 회전했다. 직접 베어낸 게일 서펜트의 머리를 걷어차서 옆에 있던 한 마리를 맞혔다.

"—?!"

게일 서펜트의 자세가 무너진 순간 광술계 마법 스킬【아브라이드 · 레이】가 발동되었다.

일직선으로 뻗어 나간 광선이 비바람을 가르며 몬스터의 머리를 정확히 꿰뚫었다.

"두 마리!!"

남은 게일 서펜트는 일곱 마리.

신이 한 마리를 더 해치우기 위해 주변을 둘러보았을 때 배

앞쪽에서 폭음이 울려 퍼졌다.

어둠 속에서 은색 빛이 일렁였다.

미니맵을 보니 전방에 있던 다섯 마리 중에서 세 마리의 반응이 이미 사라진 뒤였다. 아마 신이 예상한 대로 슈니가 와 준 모양이었다.

"이대로 단숨에— 응?"

섬멸이라는 말을 꺼내려던 순간, 신은 다른 무언가가 접근하는 것을 감지했다.

숫자는 둘. 게일 서펜트를 상회하는 속도로 다가오고 있었다.

『슈니! 슈바이드! 두 마리가 추가됐어!』

신은 한 마리를 더 해치우면서 심화를 통해 새로이 출현한 몬스터의 존재를 동료들에게 알렸다.

『이쪽에서도 확인했습니다. 그런데 이 정도의 습격이 있을 줄은 몰랐네요.』

『동의하오. 우리가 없었다면 이미 침몰했을 거요.』

두 사람의 대답에서 귀찮아하는 느낌이 묻어났다. 싸우기 힘든 상황이지만 별로 급박하게 받아들이지는 않는 듯했다.

슈니와 슈바이드가 있는 한 배의 수비는 완벽했다.

"둘로 갈라진 건가."

적의 반응은 중간에 둘로 나뉘어 앞뒤로 한 마리씩 접근하고 있었다.

해수면이 한층 크게 출렁이더니 엄청난 물보라와 함께 거대한 게일 서펜트가 모습을 드러냈다.

"역시. 퀸과 킹이었군."

먼저 나타난 열 마리와 명백히 다른 생김새를 본 신은 【애널라이즈】가 발동되기도 전에 상대의 정체를 간파해냈다.

—【게일 서펜트 · 퀸 레벨 702】

신이 중얼거린 것과 거의 동시에 몬스터의 상세 정보가 표시되었다.

표시된 이름에는 예상대로 퀸이라는 단어가 포함되어 있었다. 아마 전방으로 간 개체가 킹일 것이다.

킹, 퀸이라는 이름이 붙은 몬스터는 매우 많았고 같은 계열의 부하들을 거느리는 경우가 많았다.

"이 근처에 둥지라도 만든 건가."

몬스터에게도 영역 개념이 있다는 것은 이미 알려져 있었다. 킹과 퀸인 것을 보면 서로 부부일 테고 먼저 배를 덮친 것은 그 자식들인지도 몰랐다.

"왜 굳이 배를 습격하는 건지 모르겠네. 사냥감이라면 우리 말고도 얼마든지 있을 텐데."

강력한 몬스터의 위협 때문에 원래의 생활 터전에서 쫓겨났거나 자식들의 사냥 연습을 위해 온 것인지도 모른다. 어쨌든 신이 해야 할 일은 한 가지였다.

사냥감이 저항하는 것 역시 자연의 섭리니까 말이다.

"미안하지만 배를 잃을 수는 없거든."

신은 바다 위를 박차며 퀸에게 달려들었다. 브레스를 피하고『카쿠라』를 내리치려는 순간 해수면이 부자연스럽게 움직이기 시작했다.

출렁이던 바다가 신과 퀸 사이에 큰 파도를 일으켜 강제적으로 거리를 벌린 것이다.

그리고 그에 호응하듯이 길이 60세메르 정도의 송곳 모양 바닷물이 여러 개 생겨나 신을 덮쳤다.

"【아쿠아 랜스】인가. 미안하지만 통하진 않아."

신은 사방에서 밀려드는 물의 창 중 하나를 향해 몸을 날렸다.

실제 바닷물을 사용하여 위력과 숫자, 마법 저항에 대한 내성이 강화된【아쿠아 랜스】였지만 그 정도로 막아낼 수 있을 만큼 신은 만만한 상대가 아니었다.

신은 빈틈없이 날아오는【아쿠아 랜스】를『카쿠라』로 부수며 앞으로 나아갔다. 굳이 전부를 상대할 필요는 없었기 때문이다.

"이제 막 등장했는데 미안하지만 — ."

신은 다시 한번 뿜어져 나온 브레스를 피하고 파도를 박차며 퀸에게 달려들었다.

그리고『카쿠라』의 손잡이를 양손으로 힘껏 쥐며 상대를 겨냥했다.

"이제 퇴장하라고!!"

신은 크게 외치며 『카쿠라』를 퀸의 머리 위로 내리쳤다. 공기를 뒤흔드는 굉음과 함께 퀸의 머리가 크게 함몰되었다.

제아무리 퀸이라도 추술계 무예 스킬【강격(剛擊)】으로 강화된 공격을 견뎌낼 수는 없었다.

상위 개체이며 투구 같은 갑각으로 뒤덮여 있었기에 머리가 터져버리지는 않았다. 하지만 충격을 완전히 버텨내지 못한 퀸은 몸을 휘청거리더니 그대로 바다에 축 늘어져 파도에 흔들릴 뿐이었다.

"저게 뭐냐? 앗?!"

신의 싸움을 지켜보던 카나데가 갑작스러운 흔들림에 균형을 잃었다. 신이 돌아보자 배의 밑에 게일 서펜트의 그림자가 있었다.

"배를 침몰시키려는 건가. 이 정도로 당했으면 그만 도망가도 될 텐데."

물론 도망친다고 순순히 보내줄 생각은 없었다.

신은 즉시 바닷속으로 잠수해서, 배의 바닥에 몸을 부딪치려던 게일 서펜트를 날려버렸다.

하지만 수중이었던 탓에 게일 서펜트는 즉사하지 않았고 몸을 비틀며 신에게서 거리를 벌렸다.

"역시 지상하고 똑같지는 않은 건가."

이 세계에 온 뒤로 처음 경험하는 수중전이었다. 신의 손에 전해지는 타격감도 평소보다 가벼웠다.

"게다가 해류도 성가시군."

신은 몸이 휩쓸리려는 순간 물을 박차며 버텨냈다. 눈에 보이지 않는 물의 흐름이 신의 주위를 소용돌이치고 있었다.

발 디딜 곳이 없는 바닷속에서는 방향을 가늠하기가 쉽지 않았다.

신은 일단 해수면에 올라가서 물보라를 흩뿌리며 공중으로 뛰어올랐다.

그리고 때마침 바다로 뛰어드는 카나데의 모습을 목격했다.

"아니, 이봐! 뭐 하는 거야?!"

그리고 카나데를 뒤따르듯이 카린도 바다로 뛰어들었다.

자세히 보니 배가 상당히 기울어져 있었다. 당장이라도 카나데와 카린을 뒤쫓고 싶었지만 배를 가만히 놔둘 수도 없는 일이었다.

신이 이동계 무예 스킬 【비영(飛影)】으로 배에 접근하려 했을 때 배의 밑바닥 주변의 바닷물이 단숨에 얼어붙었다.

얼음은 배를 뒤덮듯 확산되더니 바다 위에서 튜브 같은 역할을 하기 시작했다.

파도가 제아무리 높아도 배를 뒤덮은 얼음째로 전복시킬 수 있을 정도는 아니었다. 얼음이 깨지지 않는 이상 배가 뒤집힐 일은 없는 것이다.

"저쪽도 곧 마무리되겠군."

공중에 떠 있던 신은 킹을 향해 진홍색 검을 휘두르는 필마를 보며 전투가 곧 끝나리라고 확신했다.

"그렇다면 나는 — 어이쿠!"

신이 서둘러 카나데와 카린을 뒤쫓으려는 찰나에 브레스가 날아들었다. 방금 놓쳤던 개체가 신을 노리고 공격한 듯했다.

"하필 꼭 이렇게 바쁠 때……!"

신은 공중을 박차며 브레스를 피했다. 그리고 브레스를 내뿜은 게일 서펜트에게 손가락을 뻗어 마법 스킬을 발동했다.

엷은 청색의 섬광이 게일 서펜트째로 바닷물을 얼리며 거대한 얼음 기둥을 만들어냈다.

빛/물 마법 복합 스킬【프리징 레이】였다.

빠르게 뻗어 나가는 광선에 결빙 효과가 부여된 마법 스킬이 게일 서펜트의 몸속까지 얼려버렸다. 몇 초 뒤, 얼음 기둥은 크고 작은 얼음 덩어리로 깨지며 무너져 내렸다.

"시간을 뺏겼군. 꽤나 멀어졌어."

카나데와 카린의 반응을 확인한 신은 해수면을 향해 낙하하면서 투덜댔다. 신이 생각했던 것보다도 두 사람이 빠르게 흘러가고 있었던 것이다.

『슈니, 난 바다에 떨어진 녀석들을 구해 올게. 그쪽은 맡겨도 되겠지?』

『알겠습니다. 나머지는 곧 섬멸할 수 있어요. 조심하시길.』

신은 슈니와 심화를 나누며 해수면을 박찼다. 그리고 공중으로 떠올라 파도를 피한 뒤 그대로 계속 바다 위를 달려나갔다.

"아슬아슬하군."

카나데와 카린은 해류에 휩쓸렸는지 신이 감지할 수 있는 범위의 끄트머리까지 이동해 있었다.

두 사람의 반응은 어느 정도 일정한 방향으로 이동 중이었지만 궤도 자체는 매우 불안정했다. 물의 흐름에 이리저리 휩쓸리는 모양이었다.

"이대로 계속 쫓아가면 배로는 돌아갈 수 없겠는데."

신은 두 사람의 이동 속도와 배까지의 거리를 고려해서 그런 결론을 내렸다.

배와 두 사람의 위치는 완전히 반대 방향이었다. 두 사람을 따라잡기 전에 배가 먼저 감지 범위에서 벗어날 것이다.

"해미 씨와 동료들에겐 미안하지만, 일단 가야겠어."

자신의 귀환을 우선시하느라 위험에 빠진 사람을 못 본 체할 수는 없었다.

배 여행 중에 두 사람과는 적지 않은 대화를 나누었다. 그래서인지 냉정하게 돌아서기는 힘들었다.

그래서 신은 그녀들을 구하는 일부터 생각하기로 했다.

"일단은 카린 씨부터야."

바다에 뒤늦게 뛰어들었기 때문인지 신은 먼저 카린을 따라잡았다.

해수면에 내려서는 동시에 【수면 건너기】를 해제하며 바닷속으로 뛰어들었다. 몸을 휘감는 해류를 뿌리치며 앞으로 나아가 이리저리 휩쓸리고 있던 카린을 붙잡을 수 있었다.

"여유 있는 상황은 아닌 것 같군."

신은 카린에게 【다이브ㆍX(텐)】을 걸어주고 속도를 높였다.

몸체에 팔을 둘러 꽉 붙잡아두었지만 카린은 아무 반응도 보이지 않았다. 바다에 뛰어들었던 시간을 생각해보면 지금까지 호흡을 계속할 리가 없었다.

"구하러 왔는데 둘 다 죽어버리는 건 사양하겠어!!"

신은 그렇게 외치며 바닷속을 질주했다. 카나데가 시야에 보이자 아이템 박스에서 하얀 칼집의 일본도 『하쿠라마루(白羅丸)』를 꺼내 물의 저항을 이겨내며 고속으로 휘둘렀다.

검술/물 마법 복합 스킬인 【물밑 부수기】였다.

V 자로 휘두른 궤적을 따라 바다가 갈라졌다.

신은 카린을 안은 채 공중에 뛰어올라 자신의 의도대로 변화한 해수면을 박찼다.

그리고 공중에서 방향을 전환해서 V 자의 중심에 있는 카나데를 향해 돌진했다.

"이쪽도 마찬가지인가."

『하쿠라마루』를 입에 문 채 왼팔로 카린, 오른팔로 카나데를 안아 든 신은 바닷물이 원래대로 돌아가기 직전에 다시 한

번 가로로 갈라진 바닷물을 박찼다. 그리고 공중으로 솟구쳐 오른 뒤에는 【천리안】을 발동해 주위를 탐색했다.

두 사람을 뒤쫓는 것에 집중한 탓에 자신이 지금 어디에 있는지도 알 수 없었다. 근처에 육지가 있나 잘 살펴보자 멀리 오른편에 희미한 지평선이 보였다.

"잘 버텨줘!"

신은 끊임없이 다리를 움직였다.

커다란 물보라를 일으키며 육지를 향해 일직선으로 달려갔다.

비구름이 육지까지는 닿지 못했는지 해안과 가까워질수록 파도가 잠잠해졌다.

해변에 도착한 신은 바로 두 사람을 눕힌 뒤 호흡과 맥박을 확인했다.

"숨을 안 쉬는 게 당연하겠지."

두 사람 모두 이미 심폐 정지 상태였다.

신은 다급한 마음을 억누르며 어떻게 대처할지 생각했다.

【애널라이즈】로 보니 두 사람 모두 HP가 0에 가까워지고 있었다. 감소 속도는 거의 비슷했지만 카린은 바닷속에서 추가적인 대미지를 입었는지 HP의 1할 정도가 더 줄어든 상태였다.

지금 신이 생각해낼 수 있는 방법은 【힐】을 사용하면서 인공호흡을 하는 일뿐이었다.

신은 먼저 카나데에게 인공호흡을 시작했다. 카나데가 조금 먼저 바다에 뛰어들었기 때문이다. 게다가 나이도 어렸기에 더욱 위험할 수 있었다.

"콜록! 콜록!"

"좋아, 일단 한 사람 구했어!"

신은 카나데가 생각보다 쉽게 호흡을 되찾은 것에 안도하면서 편한 자세로 물을 토해내게 했다.

그리고 다음으로 카린에게도 인공호흡을 시작했다. 이쪽은 쉽게 호흡이 돌아오지 않았고 신은 희미한 기억을 되짚어 심장 마사지와 인공호흡을 여러 번 반복했다.

"으, 응……? 그대, 지금 무엇을 ─."

카나데가 뭐라고 중얼거렸지만 한창 집중하던 신의 귀에는 들어오지 않았다.

숨은 이 정도 세기로 불어야 좋을지, 심장 마사지의 힘 조절과 횟수는 정확한지, 소생 가능한 시간을 아직 넘기지는 않았는지.

머릿속은 그런 생각들로 가득했다.

"콜록! 커헉."

"됐어!"

신의 응급 처치가 효과가 있었는지 드디어 카린도 숨을 쉬기 시작했다.

바닷물을 토해내는 카린을 보자 신은 기쁘게 소리치면서도 몸에서 맥이 풀리는 느낌이 들었다.

"무슨 정신으로 움직였는지도 모르겠네……."

신은 숨을 크게 내쉬며 중얼거렸다. 역시 응급 처치는 초보자가 어설프게 하면 안 되는 법이다.

호흡이 안정된 카린이 눈을 뜨자 신은 둘이서 쉬고 있으라고 말한 뒤 장작을 모아 오기로 했다.

그들이 있는 곳은 비가 내리지 않아 나무도 젖지 않아서 금방 많은 장작을 구할 수 있었다.

신은 돌아다니는 김에 쉴 수 있을 만한 오두막이나 동굴이 없나 찾아보았다.

"어, 마침 딱 좋은 곳이 있네."

거리는 조금 멀었지만 자연스럽게 생겨난 동굴이 있었다. 어느 정도 깊어 보였기에 비가 내려도 괜찮을 것 같았다.

신은 아이템 박스에 장작을 넣고 해안으로 돌아왔다.

"저쪽에 동굴이 있습니다. 날이 저물기 전에 이동하는 게 좋을 것 같은데, 걸을 수 있겠어요?"

"나는 괜찮다. 카린은 아직 움직이기 힘들겠지."

바다에 떨어진 시점은 비슷했지만 카린의 체력 소모가 더 심해 보였다.

응급 처치와 동시에 사용한 회복 마법으로 HP는 회복되었지만 두 사람 모두 몸 상태가 좋다고는 할 수 없었다. HP가 회복되었다고 몸 상태까지 원래대로 돌아오는 것은 아니었다.

이미 태양이 수평선 밑으로 가라앉고 있었기에 신은 일단 양해를 구한 뒤 아직도 기운이 없어 보이는 카린을 등에 업었다.

신은 카나데의 체력에 부담이 오지 않도록 천천히 동굴로 걸어가기 시작했다.

동굴에 도착하자 카린을 내려주고 장작 피울 준비를 시작했다.

"파이어를 약하게 사용해서……. 좋아, 불이 붙었어. 카나데 씨, 이제 따뜻…… 지금 두 분 뭐 하십니까?"

신이 돌아보자 갑옷이 벗겨지고 옷도 풀어 헤친 카린이 있었다.

뺨에 달라붙은 젖은 머리칼과 사라시(晒)(역주: 속옷 대신 상체에 둘둘 감는 하얀 천.)에 가려진 가슴이 상황에 어울리지 않는 섹시함을 풍기고 있었다. 카린은 옷을 입으면 말라 보이는 타입인 것 같았다.

상황을 생각해보면 카나데가 벗긴 것 같았다.

"젖은 옷을 그대로 입게 할 수는 없지 않느냐. 남정네 앞에서 맨살을 드러내는 것이 남사스럽기는 하지만 지금은 카린의 몸을 따뜻하게 해주는 것이 먼저다."

"지당하신 말씀입니다. 그러면 저는 대신 입을 옷과 수건, 깔개를 제공해드리죠."

신 역시 이런 상황에서 카린을 훔쳐볼 생각은 없었다. 나중에 불필요한 오해를 받을지도 모르겠다고 생각하면서 카드 아이템을 실체화했다.

깔개용으로 꺼낸 모피 망토에는 HP 자동 회복 효과가 있었다. 피로를 씻어줄 수 있을지는 모르지만 없는 것보다는 나을 것이다.

"이렇게나 많은 카드를 갖고 있다니. 역시 그대는 보통 사람이 아니구나."

"그런 것보다 지금은 몸을 쉬게 하는 게 먼저입니다. 카나데 씨도 피곤하실 거예요. 주변 경계는 제가 할 테니 편히 쉬십시오."

신이 입은 옷은 기본적으로 수중 활동이 가능했기에 거의 젖지 않은 상태였다. 체력 소모도 거의 없었다.

"에췻!"

모닥불을 쬐고 있던 카나데의 재채기가 동굴 안에 울려 퍼졌다. 불이 아무리 가까워도 온몸이 흠뻑 젖은 이상 체온이 떨어질 수밖에 없었다.

신은 카나데에게도 옷을 갈아입으라고 한 뒤 동굴 밖으로 나왔다. 두 사람이 옷을 갈아입는 동안 야생동물이나 몬스터가 접근하지 못하도록 하는 아이템을 사용했다.

간혹 그것을 무시하고 접근하는 몬스터가 있기 때문에 동굴 안에 들어온 순간 대미지를 주는 함정도 설치해두었다.

"이제 됐다!"

신이 동굴 안으로 돌아오자 옷을 다 갈아입은 카나데와 모피로 몸을 감싼 채 잠든 카린의 모습이 보였다.

신은 두 개의 단검에 로프의 양 끝을 감고 벽에 꽂아 젖은 옷을 말리기로 했다.

"신세만 지는구나."

"뭐, 곤란할 때는 서로 도와야죠. 카나데 씨도 조금 자두는 게 좋을 겁니다. 피곤하지 않나요?"

"하지만……."

"불침번은 제가 설게요. 지금은 회복이 우선입니다."

카나데의 눈꺼풀은 이미 무거워지기 시작한 상태였다. 버티는 것도 한계에 가까운 듯했다.

"이 보답은 반드시……."

카나데가 조용히 잠든 것을 확인한 뒤, 신은 모닥불 근처에 앉았다.

'바다에 빠진 것치고는 이상할 정도로 피로가 쌓였어. 물에 빠진 사람은 다 이런가?'

신은 눈앞에서 물에 빠지는 사람을 보는 것이 처음이었기에 이것이 일반적인 상태인지 판단할 수 없었다.

하지만 두 사람이 바다에 빠졌다가 신의 응급 처치를 받을 때까지는 적어도 10분은 걸렸다.

대체 얼마 동안 심폐 정지 상태에 빠졌는지는 알 수 없지만 상당히 위험한 상황이었을 거라고 짐작할 수는 있었다.

'아마 두 사람 다 선정자일 거야. 능력치나 레벨이 높으면 이런 상황에서의 생존율이 높아지는 걸까?'

신은 그런 생각을 하며 두 사람이 일어나는 것을 기다렸다. 그리고 슈니에게도 연락을 해두기로 했다.

『여기는 신. 지금 괜찮아?』

『무사하셨군요. 이쪽은 비바람도 멈춰서 배가 다시 출발했어요. 바다에 빠진 분들은 괜찮으신가요?』

게일 서펜트도 전멸시켰다고 한다. 카나데와 카린을 제외하면 다행히 바다에 빠진 사람은 없었다.

신은 자신들의 상황을 설명한 뒤 해미의 호위를 우선시하라고 말했다.

『알겠습니다. 그러면 정확한 그쪽 위치를 파악하는 대로 연락해주세요. 그때 합류할 장소를 정하도록 하죠. 그리고 유즈하가 살짝 불안해해서 그러는데 그쪽에서 소환해주실 수 있을까요?』

『유즈하가?』

『신이 모두를 지켜달라고 했는데 두 사람이 바다에 빠져서 풀이 죽은 것 같아요.』

『아…… 그건 유즈하 탓이 아닌 것 같은데. 뭐, 사정은 알겠어.』

신은 슈니가 말한 내용을 이해했다는 뜻을 전했다.

카나데는 떨어진 것이 아니라 스스로 뛰어내렸기에 유즈하가 책임감을 느낄 필요는 없었다. 하지만 본인은 그렇게 생각하지 않는 것이리라.

신은 유즈하에게 심화를 보낸 뒤 조련사 스킬로 소환했다.

"쿠우……."

"그렇게 침울해할 것 없어. 그건 유즈하 탓이 아니야."

신은 왠지 모르게 힘없이 우는 유즈하를 쓰다듬으며 말을 건넸다.

신 역시 카나데가 왜 바다에 뛰어들었는지 의문투성이였다.

✝

"으음……."

두 사람이 눈을 뜬 것은 그로부터 두 시간 정도가 지난 뒤였다.

먼저 일어난 것은 카린이었고 조금 지나자 카나데도 눈을 떴다.

한숨 자고 난 덕분인지, 아니면 장비의 효과 덕분인지는 모르지만 두 사람은 제법 기운을 되찾은 것 같았다.

"이번에 아가씨의 목숨을 구해주셔서 진심으로 감사드립니다."

"나도 그렇다. 그대가 아니었다면 지금쯤 물고기 밥이 되었을 테지."

"차마 못 본 체할 수 없었던 것뿐입니다. 그보다도 이걸 받으세요. 이제 슬슬 저녁 먹을 시간입니다."

신은 고개를 숙이며 감사하는 두 사람에게 그렇게까지 고마워할 필요는 없다고 대답하면서 커다란 그릇을 건넸다.

두 사람이 잠든 사이 만들어놓은 스튜였다. 재료를 썰고 카드화해둔 루를 넣어 끓인 간단한 요리였다.

"거듭 고맙사옵니다."

"그건 그렇고 이것 참 맛있군. 오장육부가 감동하는 것 같구나."

"재료를 썰어 넣고 조미료로 맛을 내며 끓인 간단한 요리예요."

신은 그렇게 대답하면서 자신의 그릇에도 스튜를 담았다. 그리고 유즈하 몫도 잊지 않았다.

두 사람은 유즈하가 나타난 것을 보고 놀랐지만 계약을 맺어서 소환할 수 있다는 말에 납득했다. 히노모토에서도 비슷한 기술을 사용하는 사람이 있었다고 한다.

식사가 끝난 뒤에는 취침할 때까지 잠시 이야기를 하기로 했다.

"일단 내일은 가까운 마을을 찾는 일부터 시작하는 게 어떻겠느냐."

"그래야겠네요. 우리의 현재 위치도 모르는 지금 상황에서는 어디에도 갈 수 없으니까요."

"아, 일단 어느 나라에 있는지는 알 수 있습니다."

두 사람의 대화에 신이 끼어들었다. 동굴 밖으로 나왔을 때 특징적인 산을 발견했던 것이다.

"그랬느냐. 그래서 여기는 어디란 말이냐?"

"히노모토입니다. 두 분의 고향이오."

"신 공. 그걸 어떻게 아시옵니까?"

"밖으로 나왔을 때 보였거든요. 영봉(靈峯) 후지는 히노모토의 상징이잖아요."

바르멜에서 그런 말을 들었던 신은 산을 보자마자 자신들의 위치를 알 수 있었다.

영봉 후지는 제5차 업데이트『칼들의 연회』에서 추가된 맵이었다. 재현도가 워낙 높아 현실의 후지산과 거의 똑같았고 신 역시 한눈에 그것이 후지라는 것을 알 수 있었다.

"확실히 그렇다. 그렇다면 우리가 있는 위치도 대충 짐작이 가는구나."

"네. 히노모토에 와 있다면 돌아갈 방법은 있습니다."

신은 항구가 있는 도시를 찾아 슈니 일행과 합류해야겠다고 생각했다.

카나데와 카린의 장비는 멀쩡했기 때문에 굳이 신과 동행하지 않아도 안전할 것 같았다.

"어디로 가야 할지 정해진 김에 카나데 씨에게 드릴 질문이 있습니다."

유즈하가 풀이 죽은 이유와도 관련이 있었기에 신은 일찌 감치 물어보기로 했다.

"무엇이냐?"

"어째서 배에서 바다로 뛰어든 겁니까? 목숨이 위험해질 수 있다는 걸 아셨을 텐데요."

몇 가지 이유를 예상할 수는 있었지만 결국 예상에 지나지 않았다. 카나데는 잠시 곤란한 표정을 지었지만 대답을 회피할 수는 없다고 생각했는지 머뭇거리며 말을 꺼내기 시작했다.

"실은 언니를 위해 구한 약초가 바람에 날려가버렸느니라. 혹시라도 잃어버릴까 봐 항상 몸에 지니고 다녔던 게 도리어 화근이 되었던 게야. 미안하게 생각한다."

카나데는 그렇게 말하며 신과 카린에게 머리를 숙였다. 위험하다는 것을 알면서도 몸이 먼저 움직인 모양이었다.

"그렇게까지 했는데도 결국 이만큼밖에 남지 않았다."

카나데가 들고 있는 것은 녹색 한가운데에 붉은색이 섞인 식물의 잎이었다.

식물의 이름은 『{가짜} 시노하 풀』이었다. 말 그대로 『시노하 풀』이라는 식물과 외형이 닮은 별종이었다.

【감정】으로 표시된 이름을 본 신은 무언가가 마음에 걸렸지만 명확한 근거가 있는 의혹은 아니었기에 다음 이야기를 재촉했다.

"언니가 조금 특수한 병에 걸려서 말이지. 남은 시간이 별로 많지 않다. 이 약초가 특효약이기는 한데 우리나라에서는 구할 수도 없고 취급하는 상인도 거의 없었다. 그걸 간신히 구했느니라."

특수한 병, 특효약, 시노하 풀 ― 신은 카나데의 말에서 나온 퍼즐 조각을 자신의 지식과 대조해보았다.

"하지만 이 정도 양으로는 시간을 버는 정도밖에 안 되겠구나."

"아가씨……."

어깨를 축 늘어뜨리는 카나데를 카린이 위로했다. 히노모토 내의 상인들도 최선의 노력을 다하고 있다고 한다.

'어디선가 들어본 적이 있는 것 같은데. 퀘스트였던가?'

이야기를 들은 신은 생각에 잠긴 포즈를 취하며 사고 조작(思考操作)으로 메뉴를 열었다. 그리고 메뉴 내의 이벤트 회상을 선택했다. 이것은 게임 시절의 이벤트 내용을 볼 수 있는 기능으로, 어떤 과정을 통해 어느 아이템을 입수했는지가 기록되어 있었다.

신은 그중에서 시노하 풀이 필요한 이벤트를 검색했다.

'결과는 1건뿐인데…… 이게 맞는 건가?'

시노하 풀이 필요한 이벤트 중에 질병과 관련된 것은 단 하나였다. 길드에서 받은 퀘스트로 마을 사람들을 위한 약을 만드는 내용이었다. 원래는 연금술사 플레이어를 위한 퀘스트였지만 신은 퀘스트 보상이 필요했기에 클리어해두었다.

'이야기해도 될지 모르겠군.'

신은 이벤트 내용을 보고 두 사람에게 들키지 않을 만큼만 얼굴을 찡그렸다.

만약 퀘스트와 동일한 질병이라면 카나데가 가진 가짜 시노하 풀로는 아무 효과도 없었다. 그러나 환자의 증상을 정확히 알 수 없었기에 섣불리 이야기할 수도 없었다. 지금 이야기해본들 그녀의 작은 희망을 짓밟는 일이 될 뿐이다.

"우울한 이야기가 된 것 같군. 이제 슬슬 내일을 위해 자두는 게 좋겠구나. 오늘 밤은 우리가 모닥불을 살필 테니 신 공은 먼저 자도록 해라."

"저와 아가씨가 교대로 불을 지킬 테니 신 공은 푹 주무시지요."

"아니, 그럴 수는……."

"우리를 바다에서 힘들게 구해내느라 피곤할 테지. 뭐, 우리도 일반인과는 비교도 안 될 단련을 해온 만큼 몬스터 따위에게 고전하진 않을 거다."

카나데는 자신만만하게 웃었다.

신은 별로 피곤하지도 않았지만 괜히 고집을 부려봐야 서로의 의견이 평행하게 맞설 것 같아서 먼저 잠자리에 들기로 했다. 신이 누운 지 20분 정도가 지나자 카나데와 카린이 동굴 입구로 나갔다.

만약의 사태에 대비해서 의식은 깨어 있던 신이 그것을 깨닫고 주변을 경계했지만 몬스터 같은 것은 감지되지 않았다.

'……우는 소리?'

잠시 뒤에 희미하게 들려온 것은 누군가가 흐느끼는 소리였다.

모닥불 타는 소리 외에는 고요한 밤의 세계에서 점점 커지는 울음소리는 중간중간 끊기면서도 신의 귀에 분명히 들렸다.

"……째서냐! 좀 더…… 구해…… 언니…… 불공평……."

카나데의 목소리였다.

신과 이야기를 나눌 때는 내내 참고 있었던 것이리라.

집과 나라를 떠나면서까지 간절히 구하던 것을 손에 넣었다고 생각했을 때 하필 게일 서펜트의 습격을 받았다.

남은 것이라고는 약간의 약초뿐인 지금, 우는 소리가 나와도 이상할 것은 없었다.

하물며 카나데는 아직 아이에 가까운 나이였다. 마음이 약해져도 이상할 것은 없었다.

『카나데, 울고 있어. 슬픈 거야?』

『그야 그렇겠지.』

소리는 유즈하에게도 들렸던 모양이다. 신은 천천히 유즈하를 쓰다듬으며 신경 쓰지 말고 자자고 말했다.

'……그냥 외면…… 할 수 있다면 고민하지도 않았겠지.'

신은 남의 일로만 치부할 수 없는 자신의 성격 때문에 한숨을 쉬면서도 결국 두 사람을 돕기로 마음먹었다.

사무라이의 나라로 │ Chapter 2

THE NEW GATE

다음 날 아침, 신은 아침 식사를 마친 뒤에 슈니에게 연락
했다.

　『─그래서 말인데 한동안은 이쪽 일을 도우려고. 해미 씨
를 떠넘기게 돼서 미안해.』

　『아니요. 배에 타고 가기만 하면 되니까 힘들 일은 없어요.
어제 같은 습격이 그렇게 많이 일어나지도 않을 테고요.』

　신은 카나데를 돕겠다는 뜻과 함께 해미를 잘 부탁한다는
말을 전했다. 비슷한 습격을 받아도 괜찮을 만한 전력이 모여
있었기에 그렇게 걱정될 만한 일은 없었다.

　신은 슈니와의 심화를 끝낸 뒤 카나데에게 말을 건넸다.

　"카나데 씨. 어제 하던 이야기 말인데, 찾으신다는 약초의
이름이 뭐라고 했죠?"

　"이것 말이냐? 이건 시노하 풀이라고 한다. 조합 방법에 따
라서는 포션 재료로도 쓰인다고 들었다."

　카나데의 대답을 듣자 신은 자신이 아는 퀘스트 내용과 일
치한다는 생각이 더욱 강해졌다.

　"……실례가 될지도 모르지만 언니분의 자세한 증상을 물
어봐도 되겠습니까? 카나데 씨가 가진 약초를 보고 나서 얼

핏 떠오르는 게 있었는데 이제야 확실해졌습니다. 어쩌면 언니분의 치료를 도울 수 있을지도 모릅니다."

그렇게 말하자 카나데와 카린은 놀란 눈으로 신을 보았다.

"고마운 제안이다만 괜찮은 거냐? 집에서 멋대로 뛰쳐나온 신세라 그대에게 좋은 보수를 지급하긴 힘들 거다."

"이상하게 생각하실지도 모르지만 특별한 대가를 바라는 것은 아닙니다. 저도 가까운 사람이 질병 때문에 목숨을 잃은 기억이 있어서 그런 이야기에 약하거든요."

신의 뇌리를 스친 것은 지금은 죽은 마리노의 모습이었다. 스스로도 오지랖이 넓다고 생각했지만 역시 어려운 처지에 놓인 사람을 외면할 수는 없었다.

"그렇군……. 솔직히 말하면 지푸라기라도 잡고 싶은 심정이었다. 호의를 감사히 받겠다."

신의 표정에서 무언가 느껴지는 것이 있었는지, 카나데는 잠시 숙고한 뒤에 언니의 증상에 대해 설명하기 시작했다.

카린도 진지한 분위기를 느꼈는지 카나데를 제지하려 들지 않았다.

몇 분 뒤에 끝난 카나데의 이야기를 통해 알게 된 것은 신이 아는 퀘스트 내용과 거의 일치한다는 사실이었다.

"그렇군요……. 이런 말씀 드리기는 뭣하지만 제 지식이 정확하다면 카나데 씨기 가진 약초는 도움이 되지 않을 것 같습니다."

"뭣?! 그게 무슨 말이냐?"

"신 공, 설명해주시지요!"

신은 놀라는 두 사람을 진정시키며 다시 입을 열었다.

"카나데 씨는 그 식물의 잎을 시노하 풀이라고 생각하고 계시죠?"

"그렇다. 하지만 그런 질문을 하는 걸 보니 아니라는 뜻 같구나?"

"두 분이 속으신 건지, 그것을 판매한 사람이 착각한 건지는 알 수 없지요. 하지만 그것은 가짜 시노하 풀로 불리는데 약초가 아닌 독초입니다. 믿지 못하시겠다면【감정】을 사용할 수 있는 사람에게 확인을 부탁해보세요."

"뭐라?!"

그렇다. 시노하 풀은 포션·Ⅳ(4급 회복약)의 재료가 되는 약초지만, 가짜 시노하 풀은 섭취할 경우【포이즌·Ⅲ】에 걸리는 엄연한 독초였다.

"그걸 판 상인은 틀림없는 시노하 풀이라고……."

"겉모양은 거의 똑같으니까요. 하지만 이건 줄기와 이어지는 부분이 보라색이잖아요. 진짜는 붉은색이어야 합니다."

신은【감정】스킬로 나타난 설명문을 띄워놓고 시노하 풀과 가짜 시노하 풀의 구분 방법을 설명했다. 카나데가 가진 잎에는 분명하게 보라색이 섞여 있었다.

"이럴 수가……."

"신 공. 대신할 물건을 구할 방법은 없겠사옵니까?"

"저도 조금은 갖고 있지만 약을 만들기에는 부족합니다. 아는 사람에게 부탁해볼 수는 있는데, 히노모토 내에서는 정말 구할 수 없는 건가요? 후지 정상 부근에서도 자생한다는 이야기를 들은 적이 있는데요."

신은 게임 시절의 지식을 마치 남에게서 들은 이야기처럼 이야기했다.

퀘스트 이력에는 아이템의 입수 장소도 기록되어 있었던 것이다.

세계의 지형이 바뀌어버린 지금은 거의 도움이 되지 않는 정보였지만 만약 옛날 맵과 동일한 장소가 남아 있다면 찾을 가능성이 없지는 않았다.

그러나 카나데의 대답은 신통치 않았다.

"그야 그렇다만……."

"무슨 문제라도 있습니까?"

"후지 정상 부근은 아무도 다가갈 수 없는 마경(魔境)이옵니다. 항상 안개에 뒤덮여 있고, 사람뿐만 아니라 몬스터들도 오감이 이상해지지요. 예전에 많은 강자들이 정상을 향해 올라갔지만 돌아온 사람은 한 명도 없었사옵니다. 결국 지금은 아무도 접근하지 않는 위험 지대가 되었사옵니다."

카나데를 대신해서 카린이 후지의 현재 상황을 이야기했다. 그러나 신의 눈에는 분명 정상까지 보였기에 안개에 덮여 있다는 말이 이해되지 않았다.

"멀리서 볼 때는 문제가 없다. 어째서 그런지는 아무도 모르지."

신이 의아하게 생각하며 묻자 카나데가 고개를 저으며 대답했다. 신이 기억하는 범위 내에서 두 사람의 이야기와 비슷한 퀘스트나 이벤트는 떠오르지 않았다.

"그렇다면 카나데 씨의 언니분을 구하기 위해서는 후지에 갈 수밖에 없을 것 같네요. 그 안개라는 것도 조금 신경이 쓰이니까 돌아가는 김에 들러보죠."

"무슨 소리를 하는 것이냐? 제정신이라면 그런 마경에 들어가려는 사람은 없다. 우리를 생각해주는 건 고맙지만 어리석은 짓을 하면 안 된다. 나도 언니의 병을 고쳐주고 싶지만 그렇다고 그대를 사지로 내몰 생각은 없다."

별일 아니라는 듯이 말하는 신을 카나데가 말리고 나섰다. 대체 무슨 엉뚱한 소리를 하느냐는 눈빛이었다.

"가보고 안 될 것 같으면 그만두겠습니다. 그 안개를 어떻게든 없앨 수 있다면 일단 헤맬 일은 없을 것 같으니까요. 물론 제가 아는 사람에게도 구할 수 있나 물어보고요."

게임 시절에 후지의 몬스터 평균 레벨은 500이었다. 높이 올라갈수록 몬스터의 레벨도 올라가는 것이 특징이었다.

그리고 보스 몬스터는 정상에 있는 불사조형 몬스터 카구츠치였다.

데몬 아다라와 싸울 때 필마가 사용한 스킬【지전(至伝)ㆍ카구츠치】를 배우기 위해 필요한 아이템을 떨어뜨리는 중요 몬스터이기도 했다.

일단 몬스터 자체는 어떻게든 상대할 수 있을 것이다.

신이 염려하는 것은 예전에 망령평원에서 조우한 스컬페이스ㆍ로드 같은 특수 개체가 존재할 수도 있다는 점이었다. 물론 그때와는 상황이 다르지만 게임 시절에는 발생하지 않았던 현상이라는 점에서 마음에 걸렸다.

"아가씨. 일단 가보기만이라도 하는 게 어떨는지요? 배 위에서의 싸움만 봐도 신 공이 엄청난 실력자라는 점은 명백하옵니다. 어쩌면 안개를 돌파할 수 있을지도 모르옵니다."

"물론 나도 할 수만 있다면 부탁하고 싶다. 하지만 정말 괜찮은 거냐? 그대가 파티를 맺고 있던 동료들은 여기 없지 않느냐."

카나데와 카린도 둘이서 여행했던 경험 때문인지 솔로의 위험성을 잘 아는 듯했다.

"쿠우!"

그때 카나데의 말에 반박하듯 유즈하가 울었다. 겉모습은 귀여운 아기 여우지만 전투력은 웬만한 보스 몬스터보다 강했다.

게다가 요호족(妖狐族)의 특기가 환영 마법이었다. 생물의 감각을 현혹하는 안개에 대항할 수 있을지도 몰랐다.

"일단 파트너가 있으니까 혼자는 아닙니다. 그리고 이래 보여도 제법 강하거든요."

"그런 것이냐? 아니, 그렇게나 엄청난 싸움을 하는 그대의 파트너라면 어린 겉모습만 보고 판단해선 안 되겠지."

카나데는 그렇게 말하면서도 유즈하를 부드럽게 쓰다듬고 있었다.

"그러고 보니 배에 있을 때도 강력한 마법을 사용했던 게 기억나옵니다. 실제로 목격하지 않았다면 상상조차 하지 못했겠지요."

카나데를 바라보던 카린도 유혹을 이겨내지 못했는지 유즈하를 쓰다듬기 시작했다. 역시 여성들은 귀여운 존재에 약한 모양이다.

동굴을 떠난 일행은 해안을 따라 걷기 시작했다. 1시간 정도 나아가자 작은 어촌에 도착했다.

그곳에서 현재 위치와 후지까지 가는 길을 물은 뒤, 신 일행은 다시 후지를 향해 걸어갔다.

"두 분 모두 힘들진 않으십니까?"

마을이 보이지 않게 되었을 무렵, 신은 두 사람에게 말을 건넸다.

"괜찮다. 오히려 이상하게 몸이 가벼울 정도다."

"저도 괜찮사옵니다. 무슨 일 있사옵니까?"

교대로 야간 경계를 서느라 피곤할 법도 했지만 두 사람 모두 듬직한 대답이었다.

신이 봐도 특별히 무리를 하는 것 같지는 않았다.

"아니요, 느긋하게 걸어가도 괜찮겠지만 언니분의 병환을 생각하면 조금 서두르는 게 좋지 않을까 싶어서요. 배 위에서 싸울 때 보니 두 분도 평범한 모험가는 아닌 것 같던데, 조금이라도 속도를 높이면 많은 거리를 이동할 수 있을 겁니다."

"역시 들킨 건가. 그대만큼은 아니지만 나와 카린도 평범한 모험가는 아니다."

"저와 아가씨 같은 사람을 히노모토에서는 선조환생(先祖還生)이라고 부르옵니다. 신 공에게는 선정자라는 말이 더 익숙하시겠지요."

역시 예상한 대로 두 사람은 선정자였다.

처음 자기소개를 할 때는 두 사람 모두 C랭크라고 밝혔지만 레벨도 상당했고 장비하고 있는 무기도 전설급이었다.

그중 몇몇은 레벨뿐만 아니라 능력치까지 충족해야 장비할 수 있는 아이템이었기에 선정자라는 것은 이미 확신하고 있었다.

게다가 말투나 장비한 아이템만 봐도 고귀한 신분이라는 것 역시 쉽게 예상이 가능했다.

"그렇게 말하는 그대도 선조환생인 거겠지? 나에게는 상대의 레벨이나 직업을 읽어내는 힘이 있지만 아무래도 보이는 정보와 그대의 능력이 일치하지 않는 것 같았다. 그 정도의 힘을 가진 그대의 레벨이 200에도 못 미친다는 건 말도 안 되는 이야기지."

카나데는 【애널라이즈】를 사용할 수 있는 것 같았다. 신의 능력치는 스킬에 의해 조작되었기 때문에 배 위에서의 싸움을 본 카나데의 눈에는 이상하게 비친 듯했다.

"솔직히 말씀드리면 정보를 숨기는 스킬이 있습니다. 처음 모험가 등록을 했던 길드에서 저 같은 외모의 고레벨 모험가는 거의 없다는 말을 들었거든요. 겉모습에 비해 강한 능력을 갖고 있으면 이따금씩 불필요한 문제가 발생할 수도 있어서 일부러 숨기고 있는 겁니다."

하지만 스컬페이스 특수 개체 토벌, 바르멜에서의 『대범람』 참전, 교회에서의 해미 구출 등 눈에 띄는 행동만 해온 덕분에 실력을 숨긴 의미가 있는지도 이제는 애매해졌다.

"이해가 가는군. 모험가의 실력이라는 것이 겉모습으로 판단할 수 없는 것인데, 그걸 모르는 자들이 워낙 많으니 말이다."

"저희도 아녀자라고 무시당한 적이 있어서 어떤 심정인지 잘 아옵니다."

"두 분도 비슷한 경험이 있으셨군요."

모르는 사람의 눈에는 두 사람이 나이 차이가 조금 나는 자매로만 보였을 것이다. 잘 해봐야 소형 몬스터나 쓰러뜨릴 거라고 얕잡아 보는 사람이 더 많았으리라.

"무례하게 나오는 자들에게는 그에 상응하는 대접을 해줬지만 말이지. 주로 카린이."

"예의를 모르는 자들이 많아서 힘들었사옵니다."

"그랬겠네요."

카나데의 이야기를 들어보면 오히려 카린이 더 참지 못하고 나섰던 모양이었다.

카린은 그때 일이 생각났는지 눈썹을 찡그리고 있었다.

"그러고 보니 히노모토에도 길드 지부가 있나요? 대륙과는 완전히 분리되어 있잖아요."

대륙과 비교하면 히노모토는 작은 섬나라였다.

길드가 어디까지 지부를 냈을지 궁금해진 신이 묻자 카나데는 히노모토를 대표하는 집안의 여식답게 즉시 대답했다.

"물론이다. 다만 히노모토는 다른 나라와는 통치 형태가 약간 다르기에 큰 도시에만 있느니라."

"후지의 산기슭에 있는 도시에는 길드 지부가 있사옵니다. 신 공은 그곳에 뭔가 볼일이라도?"

"아, 그런 건 아닙니다. 길드가 있으면 급할 때 조합 재료를 팔아 여비를 구할 수 있으니까 그냥 확인하려고 한 것뿐이에요."

신이 바르멜에서 『대범람』을 통해 번 자금은 다른 동료들과 나누어 각자 관리하고 있었다. 신이 가진 금액도 상당했기에 여비가 모자랄 염려는 없었다.

다만 언제 급전이 필요할지 몰랐기에 재료를 환금할 수 있는 길드가 있는지 확인해두고 싶었던 것이다.

"으음, 그러면 신의 궁금증도 풀렸으니 바로 달려가도록 하자. 다행히 어지간한 방향치가 아닌 이상 헤맬 만한 길은 아니다."

"알겠사옵니다."

"갑시다."

카나데가 선두에 서고 신과 카린이 그 뒤를 따랐다. 선정자인 그들의 주행 속도는 말보다도 빨랐다.

목적지인 후지를 어디서나 눈으로 확인할 수 있었기 때문에 최악의 경우는 숲을 가로지를 수도 있었지만 당연히 잘 정비된 가도(街道)가 훨씬 달리기 쉬웠다.

세 사람은 이따금씩 마주치는 마차와 여행객들을 놀래며 경이적인 속도로 후지에 접근해갔다.

"자, 오늘은 이 도시에서 묵자."

"괜찮겠습니까? 상당히 무리하는 것 같던데요."

"아니, 괜찮다. 나도 모르게 마음이 급해져서 말이지."

중간중간 쉬기는 했어도 거의 하루 종일 달려왔기 때문인지 카나데의 목소리에서 아침 같은 기력은 느껴지지 않았다. 반면 카린은 조금 지친 정도였다.

"최대한 좋은 여관을 잡는 것이 좋겠사옵니다. 푹 쉬지 못하면 내일 움직일 때 지장이 생길 테니까요."

"그렇겠네요. 제가 잠깐 정보 수집을 하고 올 테니까 두 분은 저기 찻집에서 기다려주세요."

신은 도시에 들어서서 처음 눈에 들어온 찻집을 가리키며 말했다.

"고맙다."

"배려에 감사드리옵니다."

찻집으로 가는 두 사람을 배웅한 뒤, 신은 적당한 도구 상점에 들어갔다. 판매하는 상품의 등급은 베일리히트의 도구 상점보다 한 단계 위였다. 게다가 동일한 상품이라도 이쪽의 질이 더 높았다.

"역시 장인 기질이 있는 건가."

일본풍 장비와 이름 때문에 일본을 연상시키는 나라, 히노모토. 그 탓인지 신은 일본의 장인들처럼 상품의 질을 고집하는 사람이 많을지도 모른다고 생각했다.

다만 히노모토의 거리 풍경은 신이 상상했던 것과는 달랐고, 전통 가옥뿐만 아니라 곳곳에 서양식 건물도 섞여 있었다.

신은 이 도시만 특별한 건가 생각했지만 카나데에게 확인해본 결과 그렇지도 않은 모양이었다.

일본식 건물과 서양식 건물이 혼재된 모습이 명백하게 어울리지 않아 보였지만, 그것을 신경 쓰는 사람은 신을 제외하면 없는 듯했다.

히노모토의 주민들에게 이런 거리 풍경은 이미 익숙한 모양이다.

"뭐, 꼭 어느 쪽이 좋다고 할 수도 없는 건가."

위화감은 있지만 그것이 특별히 잘못된 일은 아니었다.

신은 몇몇 아이템을 골라 계산 카운터로 향했다. 그리고 아이템 값을 지불하면서 이 도시에 추천할 만한 여관이 있는지 물어보았다.

"많이 기다리셨죠? 아, 전 경단 하나요."

신은 쇼핑을 끝마치고 바로 카나데와 합류했다. 카린의 옆자리가 비어 있었기에 신도 경단을 주문하며 자리에 앉았다.

"뭔가 알아내셨사옵니까?"

"아무래도 이 길 너머에 있는 『안개정』이라는 곳의 평판이 좋은 것 같네요."

세 사람은 잠시 쉬다가 점원이 알려준 여관으로 향했다.

안개정은 상당한 전통이 있어 보이고 곳곳에서 일본식 정취가 묻어나는 여관이었다.

하룻밤에 쥬르 금화 5장이나 되는 비싼 요금을 내야 했지만 그에 걸맞은 서비스를 만끽한 세 사람은 다음 날 아침 다시 후지를 향해 출발했다.

그리고 이동을 시작한 지 이틀째 오후에 영봉 후지 근처에 있는 거대한 삼림 지대 아오키가하라에 도착했다.

'흠, 이곳이 원래 그대로라면 조금 힘들어지겠군.'

아오키가하라는 그 이름에서 연상할 수 있듯이 아오키가하라 수해(樹海)(역주: 후지산 북서쪽에 위치한 숲. 일본에서도 손꼽히는 자살 명소로 유명하다.)를 모티브로 해서 만들어진 맵이었다. 숲 속에서는 플레이어의 미니맵 기능이 현저히 제한되기 때문에, 지나간 길을 표시하며 앞으로 나아가거나 전용 유도 아이템을 사용하지 않으면 자력으로 탈출하기 힘들었다.

덧붙이자면 아오키가하라를 통하지 않고 우회해서 후지로 가는 방법도 있었다.

"오늘은 일단 숲 앞에서 쉬도록 하죠. 이 숲은 뭔가 느낌이 이상하네요."

"호오. 느껴지는 것이냐. 분명 이 숲은 다른 곳과는 약간 다르다. 무슨 이유인지 몬스터의 기척을 거의 느낄 수 없게 되거든. 드나드는 것 자체는 숲에 익숙한 사람이라면 어느 정도 가능하지만 몬스터의 습격을 받아 사망하는 경우도 많다고 들었다."

미니맵상에 몬스터의 반응이 표시되지 않는 현상도 여전한 모양이었다.

길을 잃어 숲을 헤매다 몬스터의 기습을 받아 사망하고 마을에서 부활하는 것이 아오키가하라에서 귀환하는 하나의 공식이었다.

"어떻게 할까요? 우회하는 게 좋을까요?"

"아니, 괜찮다. 숲을 통과하기 위한 아이템을 갖고 있다."

카나데의 이야기에 따르면, 최악의 경우 후지로 도망치는 방법도 있다.

신이 보기엔 무모할 따름이었지만 이유가 이유인 만큼 비웃을 수도 없었다.

일행은 아오키가하라 앞에서 잠시 휴식을 취한 뒤 카나데를 중심으로 신이 선두, 카린이 후방을 맡으며 숲에 들어섰다.

신의 시야 끝에 보이는 미니맵은 상당히 작게 변했고 몬스터의 반응도 사라져 있었다.

하지만 여러 개의 스킬을 동시에 활용한 감지 능력은 문제없이 기능했기에 기습을 당할 일은 없었다.

"뭐랄까, 무서울 만큼 순조롭게 나아가는군."

방향을 알려주는 아이템『유혹의 깃털』에서 뻗어 나온 빛을 따라가던 중에 카나데가 불쑥 중얼거렸다.

접근하는 몬스터들은 신이 살기를 내뿜으면 쏜살같이 도망쳐버렸기에 이렇다 할 전투도 벌어지지 않았다.

"그게 좋은 것 아닌가요?"

신은 돌아보면서 험난하게 가는 것보다 낫지 않으냐고 말했다. 물론 방해받기를 원하는 사람은 아무도 없을 것이다.

"그야 그렇다만. 지금까지는 일이 순조롭게 흘러갈수록 마지막 순간에 엉뚱한 방해를 받았다. 그 탓인지 지금도 뭔가 안 좋은 일이 일어날 전조 같다는 생각이 드는군."

"그랬군요. 아, 그보다도 방금 한 이야기야말로 안 좋은 일이 일어날 복선 같은 느낌이 드는데요."

"복선? 그게 무엇이냐?"

"글쎄요. 나중에 일어날 일을 암시하는 말이나 행동 같은 건데요. 그런 거 있잖아요. 전쟁터에 싸우러 가는 상황에서 살아 돌아왔을 때의 계획을 말하는 녀석일수록 죽을 확률이 높다는 식의 이야기요."

신은 흔한 사망 복선을 예로 들며 설명했다.

"흐음? 나는 못 들어봤다. 카린은 어떠냐?"

"글쎄요. 비슷한 이야기를 칸쿠로 공에게서 들어본 적이 있사옵니다. 전쟁에 나설 때는 귀환했을 때 하고 싶은 일을 말하면 안 된다고요. 특히 부부가 되자는 약속을 하면 안 된다고 하옵니다."

그야말로 전형적인 사망 복선이었다.

신은 그 칸쿠로라는 인물이 플레이어가 아닐지 의심스러웠다.

"그분은 어떤 사람인가요?"

"히노모토에서 으뜸가는 사무라이이옵니다. 『영광의 낙일』전부터 살아온, 그야말로 시대의 산 증인이라고 해야 할까요. 정말 강한 분이시지요."

『영광의 낙일』전이라는 말을 듣고 신은 누군가의 서포트 캐릭터인지도 모르겠다는 생각으로 바뀌었다.

신이 아는 한 전(前) 플레이어는『영광의 낙일』이후에만 나타났기 때문이다.

예외가 있을 수도 있겠지만 데스 게임에 갇혔던 상급 플레이어들에 대해서는 신이 거의 다 알고 있었다. 신과 같은 사무라이라면 말할 것도 없었다.

"잠깐이라도 만나보고─."

만나보고 싶다는 말을 하려다가 신은 입을 멈추었다.

말하기 무섭게 복선이 회수되었는지─ 신 일행에게 접근해오는 기척이 느껴졌던 것이다.

"신 공? 갑자기 왜 멈춰선 것이옵니까?"

"아무래도 카나데 씨가 말하는 방해를 받게 된 것 같네요. 뒤쪽에서 12명이 옵니다. 몬스터가 아니에요."

신의 경고를 들은 카린과 카나데가 차례로 무기를 들었다.

그들을 향해 일직선으로 다가오는 집단은 마법 스킬과 무예 스킬의【은폐】를 병용하고 있었다. 신 다음으로 기척에 민감한 카린이 느끼지 못한 것은 그 때문이었다.

"혹시나 해서 물어보는 건데, 닌자복을 입은 집단에게 습격당할 만한 이유가 있으신가요?"

"……짚이는 데는 없지만 비슷한 습격을 받은 적은 있다. 하지만 상대는 도적 차림을 하고 있었다. 습격당한 것도 이동 중인 상황에서였고……. 히노모토 밖에서는 그런 무뢰배들이 많이 설친다고 들었다."

신은 카린에게도 확인해보았다. 지금까지 만난 습격자들은 장비한 무기나 기량도 별것 아니었고 이번처럼 기묘한 집단에 공격당한 일은 없다고 한다.

이쪽을 향해 접근하는 집단과 두 사람이 무슨 관련이 있는지는 판단하기 어려운 상황이었다.

"아무래도 상황 파악이 어렵네요. 이렇게 된 이상 직접 상대에게 물어봅시다."

"상대의 인원수는 우리보다 4배나 되지 않느냐?"

"그냥 지켜보시면 됩니다. 아, 두 분은 잠깐 숨어 계시고요."

신은 그렇게 말하면서 환영 마법과 【은폐】를 발동해 카나데와 카린을 숨기는 동시에 가짜 환영을 만들어냈다.

유즈하에게는 신의 특제 함정을 주위 나무와 수풀 속에 숨기게 했고 완벽한 준비가 갖춰진 상태로 닌자 군단의 도착을 기다렸다.

닌자 군단이 도착한 것은 그로부터 3분 뒤였다.

직업은 겉모습과 달리 닌자 8명에 사냥꾼이 4명이었다. 평균 레벨은 200 정도다.

"숨어 있는 거 다 압니다. 잠깐 이야기를 듣고 싶은데 나와주시지 않겠습니까?"

들켰다는 것을 이미 알고 있었는지 사냥꾼 4명이 먼저 신의 앞에 나왔다.

"같이 있는 여자를 넘겨주실까."

"거절한다면?"

"죽어줘야겠지."

그렇게 말하는 것과 동시에 남자들의 손에서 검게 칠한 투척 나이프가 날아들었다.

그리고 모습을 드러내지 않은 8명이 시간차 공격으로 쿠나이(역주: 닌자들이 사용하는 짧은 단검)를 던졌다.

"느리군."

신은 날아드는 나이프와 쿠나이를 피하며 오른손으로 마비 효과의 투척 나이프를 쥐었다. 왼손으로도 똑같이 나이프를 꺼내면서 가장 가까이에 있던 2명에게 던졌다.

"윽."

닌자 2명이 동시에 신음 소리를 내며 쓰러졌다. 나무에서 떨어졌지만 레벨을 생각하면 그 정도로 죽지는 않을 것이다.

나머지 6명 중에서 4명은 이미 유즈하가 처리하고 있었다. 번개 마법으로 마비시킨 것 같았다.

"나머지는 함정에 걸린 건가."

최후의 2명은 신이 유즈하에게 설치하게 한 함정에 걸려 의식을 잃은 상태였다. 정신 계열, 상태 이상 계열의 함정 콤보 앞에서 무력하게 당한 모양이다.

"흐음, 이 정도로 쉽게 끝날 줄은 몰랐군."

"동감이옵니다."

카나데와 카린이 그렇게 중얼거리는 것도 무리는 아니었다.

닌자는 암살에 특화된 공격 직업으로 상급 척후 직업이기도 했다. 기습을 간파당하고 반격까지 당해 쉽게 전멸당하는 일은 보통 일어나지 않았다.

"어쨌든 결박해서 이야기를 듣기로 하죠. 약간의 정보는 얻을 수 있을 겁니다."

상대가 닌자였기에 카나데와 카린은 대기시키고 신이 쓰러진 1명을 향해 다가갔다. 하지만 몇 걸음 남지 않았을 때 걸음이 딱 멈추었다.

"뭐지?"

신은 누군가가 자신을 보고 있는 듯한 감각을 느끼며 눈을 가늘게 떴다.

미니맵에 반응은 없었다. 하지만 스킬로 확장된 신의 감지 범위 내에는 아오키가하라 입구에서 마력을 집중시키는 누군가가 인식되었다.

【천리안】을 사용해 시선을 집중하자 습격자들보다 몇 단계나 좋은 장비를 몸에 걸친 인물이 아오키가하라를 향해 손을 뻗고 있었다. 그 주위로 대량의 화염 구슬이 떠올라 있었다.

"유즈하! 돌아와!"

신은 즉시 유즈하를 부르며 카나데와 카린을 향해 달렸다.

그리고 수풀 속으로 뛰어들면서 안에 있던 두 사람을 억지로 끌어안았다.

"무엇이냐?!"

"시, 신 공?!"

"미안하지만 잠깐 조용히 하십시오."

신은 두 사람이 놀라는 것도 상관하지 않고 그 자리에서 벗어나기 위해 힘껏 달렸다.

중간에 합류한 유즈하를 어깨로 받아내며 더욱 속도를 냈다.

"잠깐 물어보고 싶은데요! 대량의 화염 구슬로 공격해올 만한 사람이 있으신가요?"

"잘은 모르겠지만 마음만 먹으면 가능한 사람이라면 알고 있다!"

"그중에서 카나데 씨를 노릴 만한 사람은요?!"

"내가 아는 한 없다!"

"그보다 신 공! 이제 그만 놓아주십시오!"

"죄송하지만 조금만 기다려주세요!"

신은 큰 소리로 외치며 등 뒤로 감각을 집중했다. 날아오는 화염 구슬은 신 일행이 습격당했던 장소를 향해 날아들고 있었다.

잠시 뒤에 연속된 폭발음이 숲 속에 메아리쳤다. 지면을 뒤흔드는 진동이 신 일행의 발밑까지 전해져왔다.

"이 정도면 그 닌자 녀석들은 형체도 남지 않았겠네요."

"방금 폭발음은 공격 때문이냐?"

"네. 방금 전까지 있던 곳에 화염 구슬이 대량으로 날아왔 거든요."

폭발음과 진동으로 어느 정도 짐작은 하고 있었는지, 카나데는 연기가 피어오르는 방향을 보며 얼굴을 찡그렸다.

"저자들은 우리의 발을 묶어두면서 위치를 표시해주는 역할이었나 보네요."

"아마도요. 우리에게 이기지 못할 거라는 건 이미 예상했을 겁니다. 따라오지는…… 않는 것 같네요. 우리가 추적하기도 어려울 것 같고요."

습격자는 공격의 성패를 확인하기도 전에 아오키가하라 입구를 떠났다.

신의 감지 범위에서 반응 하나가 상당한 속도로 멀어지고 있었다. 아마 상급 선정자인 것이리라.

"동료를 희생시키면서까지 상대의 목숨을 노리는 것인가."

"카린 씨는 뭐 짐작 가는 것이 없나요?"

"명확하게 짚이는 상대는 없사옵니다. 다만 서쪽을 다스리는 야에지마 가문 밑에 로쿠하라 가문이라는 일족이 있사옵니다. 그 가문을 섬기는 닌자 일족이 있사온데, 주군의 명령이라면 어떤 수단을 사용해서라도 상대를 암살한다는 풍문을 들었사옵니다."

카린은 어디까지나 소문일 뿐이라고 못을 박았다.

소문이 사실이든 아니든 간에 이 일이 단순한 약초 찾기로 끝나지는 않을 것 같았다.

"지금부터는 기습도 경계하는 편이 좋겠네요. 어쨌든 지금은 후지로 갑시다. 적어도 당장 또 습격해오지는 않을 테니까요."

신 일행은 주변을 경계하며 다시 후지를 향해 출발했다. 아오키가하라를 빠져나오자 후지의 산기슭까지는 일직선이었다.

기슭에 있는 마을에서는 최대한 안전해 보이는 여관에 셋이 묵었고 한 사람씩 일어나 경계를 섰다.

"혹시 모르니까."

신은 두 사람에게 들키지 않도록 【월(장벽)】을 전개해두었다.

하지만 결국 그날 밤은 무탈하게 지나갔고 신 일행은 날이 밝자마자 후지로 향했다.

기슭인 만큼 후지까지는 금방 도착할 수 있었다.

"지금 보니까 안개가 끼어 있는 건 후지의 중턱부터네요."

신은 후지를 올려다보며 말했다.

카나데가 말했던 대로 멀리서는 보이지 않던 잿빛 안개가 끼어 있었다. 아무 대책도 없다면 앞으로 나아가는 것조차 어려워 보였다.

"어떠냐? 갈 수 있을 것 같으냐?"

안개가 수십 메르까지 가까워졌을 때 카나데가 기대와 불안이 뒤섞인 목소리로 물었다.

"앞이 전혀 보이지 않을 정도는 아닌 것 같습니다. 길을 헤매게 될지는 직접 들어가보기 전에는 모를 것 같고요."

신은 안개 너머를 바라보며 대답했다.

유즈하에게 심화로 물어보자 몬스터가 사용하는 환술과 똑같은 효과가 있다는 대답이 돌아왔다. 상당히 강력한 안개인 듯했다.

"일단 안에 들어가보겠습니다. 갈 수 있을지는 그 뒤에 판단하고요."

"돌아올 수 없게 된다면 큰일이지 않느냐?"

"지금은 시간을 들여 조사해보는 것이 좋지 않겠사옵니까? 저희는 구하러 가드릴 수 없사옵니다."

아무래도 무모하다고 생각했는지 카나데와 카린은 신중하게 행동하자는 의견을 꺼냈다.

"제가 몸에 로프를 묶고 그 반대편을 두 분이 잡고 있으면 되겠죠. 그렇게 하면 위험할 때 다시 돌아올 수 있을 겁니다. 길을 헤매지 않고 나아갈 수 있을지 확인하는 것뿐이니까 그렇게 멀리 가진 않을 생각입니다. 괜찮을 거예요."

"흐음, 그 방법이라면 어떻게든 될 것 같군."

"저희가 휘말릴 것 같은 상황에서는 로프를 놓을 수밖에 없사옵니다만……."

"그렇게 되면 놓으셔도 됩니다. 제가 혼자서 어떻게든 대처할 테니까요."

정말 위험하다면 이야기가 달라지지만 유즈하의 【애널라이즈】로 큰 문제가 없다는 것을 알았기에 신은 그렇게 대답했다.

두 사람은 떨떠름한 표정이었지만 무리하지는 않겠다는 신의 말을 믿기로 했는지 로프를 힘껏 잡았다.

"그러면 갔다 오겠습니다. 잠시만 기다려주세요. 유즈하, 잘 경계해줘."

"쿠우!"

신은 유즈하의 울음소리를 들으며 안개 속에 발을 내디뎠다. 신의 능력으로는 뿌연 안개 속도 훤히 내다볼 수 있었다.

"몬스터의 반응은 적지만 있긴 있군. 게임 때와 똑같다면 그 두 사람이라도 괜찮을 텐데."

신은 로프가 팽팽해질 때까지 걸어간 뒤 후지 정상을 올려다보았다.

느껴지는 기척은 대부분 이동과 정지를 반복하고 있었다. 이것은 일반 몬스터의 반응이었다.

"이 느낌은 평범하지 않군. 그런데 어째서 카구츠치가 없는 거지?"

신의 감지 범위는 정상까지 닿아 있었다. 그곳에서 느껴지는 반응에 대해 신은 의문을 느꼈다.

정상에는 작은 반응과 상당히 큰 반응이 하나씩 존재했다. 반면 원래 카구츠치가 있던 장소에는 아무것도 없었다.

두 반응 모두 정상에 자리 잡은 채로 꿈쩍도 하지 않고 있었다.

미니맵 범위에는 들어오지 못했기에 마크의 색은 알 수 없었지만 게임에 빗대어 생각해본다면 카구츠치를 대신하는 보스 몬스터일 가능성이 높았다.

"약초는 정상 부근에 있을 테니까 가까이 가지 않을 수는 없으려나. 접근하는 걸 알면 가만히 있지는 않겠지."

만약 신이 아는 카구츠치가 있었다면 들키지 않고 시노하풀만 구해 돌아갈 수도 있었다.

하지만 이번 상대가 어떤 감지 방법을 가졌는지는 아직 알 수 없었다. 보스 중에서는 먼저 건드리지 않으면 공격해오지 않는 종류도 있었기에 카나데와 카린을 데려와야 할지 고민이었다.

수수께끼의 닌자 군단이 습격해오지 않았다면 당연히 혼자 갔을 테지만 화염 구슬로 공격해온 적이 잠자코 있으리라는 보장은 없었다.

눈에 보이는 곳에 두어야 할지, 아니면 방어용 아이템을 주고 유즈하에게 지키게 할지, 신은 계속 고민하면서 두 사람에게 돌아왔다.

"어땠느냐? 보아하니 문제가 있었던 것 같지는 않구나."

"안개 속에서 활동하는 것 자체는 괜찮을 것 같습니다. 그보다도 조금 신경 쓰이는 문제가 있습니다."

신은 카나데와 카린에게 후지 정상에서 움직이지 않는 반응이 있다는 것을 알려주었다.

"아마 후지의 주인인 몬스터일 것 같사옵니다."

"그렇군. 하지만 둘이라는 게 마음에 걸리는구나."

"후지 정상에는 신도(神刀)가 잠들어 있다는 전승이 있사옵니다. 어쩌면 그 수호자가 아닐는지요?"

아무도 접근하지 못하는 곳에 숨겨진 전설의 무기— 사실 흔히 있는 이야기였다.

다만 신이 알기로 후지에는 카린이 말하는 숨겨진 무기가 없었다.

"싸우기 위해 가는 건 아니니까 그냥 보내주면 좋겠지만 마음처럼 되기는 힘들겠죠. 저 혼자 가도 상관없습니다만 지난번처럼 습격을 받으면 곤란하니까요."

"저희도 신 공처럼 안개에 현혹되지 않을 방법은 없사옵니까? 그렇게 되면 안개에 숨을 수 있을 터인데요."

"저도 그러고 싶지만 이 안개가 어떤 원리로 생물을 현혹하는지 모르겠거든요. 함께 행동하면 제가 이끌고 갈 수야 있지만요."

움직이지만 않으면 현혹될 일도 없기에 안전한 곳에 피해 있다가 전투가 끝난 뒤 신이 두 사람을 데리러 가는 방법도 있었다.

어느 쪽이 안전할지 쉽게 판단을 내릴 수 없는 상황이었다.

"아가씨. 지금은 신 공을 따라가는 게 어떻겠사옵니까? 습격해오는 몬스터는 제가 대처하겠사옵니다."

"신이 고생하겠지만 여기서 기다리는 것도 하나의 방법이 아니겠느냐?"

"부끄럽지만 저는 지난번의 마법 공격을 제대로 감지하지 못하였사옵니다. 비슷한 사태가 발생한다면 저 혼자서는 감당하기 힘드옵니다. 안개 속의 몬스터를 감지하는 건 가능하니 기습을 받을 가능성은 그쪽이 더 낮을 것이옵니다."

카린은 만약의 사태에 대비해서 안개 속으로 동행할 것을 카나데에게 권했다.

"확실히 그렇군. 신. 우리가 함께 가도 괜찮겠느냐?"

"네. 몬스터와의 교전을 피하면서 최단 거리로 다녀옵시다."

신은 카나데의 말에 고개를 끄덕여 보였다. 만약을 위해 【리미트】를 Ⅱ까지 내려 데스 게임 시절의 능력치로 해두었다.

보스는 건드리지 말 것, 발각될 가능성을 줄이기 위해 채취 지역 앞에서 두 사람은 대기할 것 등의 규칙을 정한 세 사람은 안개 속으로 발을 내디뎠다.

"이런 식으로 이동하는 건 조금 마음에 안 든다."

"로프로 묶을 수도 없을 터이니 조금만 견디시옵소서."

세 사람은 안개 속에서 손을 맞잡은 채 걷고 있었다. 신이 선두에 서고 카나데는 중간, 카린이 후방이었다. 어쩔 수 없이 카나데는 양손을 맞잡게 되었다.

마치 잃어버리지 않도록 부모와 손을 잡은 어린아이 같은 상황이라 카나데가 불평한 것이다.

"잠시만 견디세요."

"안심하시옵소서. 몬스터가 나왔을 때는 제가 막아드리겠사옵니다."

"카린, 그런 뜻으로 하는 말이 아니다."

카린은 카나데가 불평한 것이 몬스터의 습격을 받았을 때 양손을 쓸 수 없기 때문이라고 생각한 모양이었다.

몬스터가 출몰하는 지역에서 무기도 없이 걸어 다니는 것은 분명 불안할 테지만 카나데가 하고 싶은 말은 그것이 아닐 것이다.

"어, 이쪽으로 오는 몬스터가 있습니다. 이쪽으로……."

신은 몬스터의 접근을 감지하고 근처의 바위에 다가갔다. 몇 분 뒤에는 카나데와 카린도 몬스터의 기척을 느끼며 바위 뒤에 몸을 숨겼다.

그리고 또 몇 분 뒤. 이번에는 지면이 작게 흔들리기 시작했다.

쿵, 쿵 하는 발소리가 세 사람이 숨은 바위를 향해 가까워지고 있었다.

'골렘인가.'

요란한 발소리를 내며 다가온 것은 키가 4메르 정도 되는 블록 골렘이었다.

잘게 조각낸 바위를 적당히 이어 붙인 인형 같은 모습을 하고 있었고 머리만 소와 비슷했다. 단단해 보이는 외형처럼 물리 공격에 매우 강했다.

레벨은 400~500으로, 손에 든 야구 배트 모양의 바윗덩이에 맞으면 장비 상태에 따라서 탱커 직업도 즉사할 수 있었다. 그야말로 물리 공격에 특화된 몬스터였다.

출현 장소는 던전을 제외하면 산이나 광산 등이었다.

감지 능력은 낮았기에 어지간히 큰 소리를 내거나 먼저 공격하지 않는 이상 쉽게 피해갈 수 있었다.

신 일행에게 접근해온 블록 골렘도 바위 뒤에 숨은 세 사람을 발견하지 못하고 안개 속으로 사라졌다.

"이제 괜찮습니다. 다시 전진하죠."

블록 골렘이 충분히 멀어진 것을 확인한 신은 자리에서 일어섰다.

세 사람은 몬스터를 피해가면서 빠른 속도로 산을 올랐다.

그리고 약 두 시간 만에 정상을 눈앞에 둔 장소까지 도착할 수 있었다.

"응?"

앞을 살피던 신은 정상으로 이어지는 길의 중간부터 안개가 걷힌 것을 발견했다.

"신 공, 왜 그러시옵니까?"

"이 앞에는 안개가 걷힌 것 같은데요."

"뭣이?"

신의 말에 카나데도 반응했다. 밖에서 보았을 때는 정상 주변에도 안개가 끼어 있었기 때문이다.

이곳저곳 관찰하던 신은 안개의 한가운데만 맑게 개어 있다는 사실을 깨달았다.

"그렇군. 여기부터는 모습을 숨긴 채로 갈 수 없다는 건가."

안개가 끝나는 지점 앞에서 발을 멈춘 신은 이곳만 안개가 걷힌 이유를 깨달았다.

"침입자를 놓치지 않겠다는 거로군."

『쿠우, 뭔가가 있어.』

지켜보고 있다.

숨기려는 기색이 전혀 없는 여러 개의 강한 시선이 그들을 주시하고 있다는 것을 신은 금방 알아챘다.

유즈하도 귀를 쫑긋 세우고 시선의 주인공이 있는 방향으로 얼굴을 돌렸다.

"지켜보고 있구나."

"시선만으로 이 정도의 위압감이 느껴질 줄은……."

카나데와 카린도 시선을 느낀 모양이었다.

카린은 긴장된 표정으로 허리에 찬 검에 손을 가져갔지만 카나데는 아예 겁을 먹은 것 같았다.

"여기서 기다리시겠습니까?"

"아니요. 지금은 모두 함께 가는 게 좋을 것이옵니다. 우리가 셋이라는 건 이미 알고 있을 거예요. 섣불리 흩어지면 상대가 경계할지도 모르옵니다. 저 시선에서 적의는 느껴지지 않사옵니다. 싸우러 온 건 아니니까 굳이 상대를 자극할 필요는 없겠지요."

카린이 험악한 얼굴로 말하자 카나데가 동의하듯이 고개를 끄덕였다.

신 일행은 주위를 경계하며 앞으로 나아갔다. 30분 정도 산을 오르자 사당 같은 장소가 나왔다.

"신 공, 뭔가 묘한 기척이 느껴지옵니다."

"큰 몬스터 반응은 저기 보이네요."

미니맵에도 틀림없이 몬스터 반응이 표시되고 있었다. 하지만 눈앞에 보이는 것은 바위와 흙, 그리고 약간의 식물들뿐이었다. 작은 반응은 사당 안에 있었다.

움직임을 멈춘 세 사람의 귀에 갑자기 딱딱한 것들끼리 쓸리는 소리가 들렸다.

"아아, 반응의 정체는 이거였군."

소리가 난 쪽으로 시선을 돌린 신은 그 원인에 납득하며 고개를 끄덕거렸다. 실체화한 『카쿠라』는 아직 허리에 매달려 있었다.

"신, 이건 위험하지 않겠느냐?"

"아가씨, 위험한 상황이 오면 제가 시간을 벌 테니 도망치십시오."

감탄하며 말하는 신과 달리 카나데와 카린은 창백해진 얼굴로 도망칠 준비를 하고 있었다.

그도 그럴 것이 사당 위에는 여덟 개나 되는 거대한 뱀의 머리가 세 사람을 노려보고 있었다.

입을 벌리면 사람 하나 정도는 쉽게 삼킬 수 있을 것 같았다.

여덟 개의 머리 중 세 개가 가까이 다가오면서 슈웅 하고 공기가 새는 듯한 소리가 들렸다. 처음에 바위로 보였던 것이 저 뱀들의 몸통이었던 모양이다.

"여덟 머리 오로치(大蛇)…… 로군요. 이런 곳에 있을 만한 몬스터는 아닐 텐데요."

"어째서 그렇게 침착한 것이냐?"

"카린 씨가 말한 것처럼 적의는 느껴지지 않습니다. 공격할 생각이었다면 우리가 접근하기 전에 움직였겠죠."

미니맵상의 마크는 중립을 나타내는 녹색이었다. 여덟 머리 오로치는 특별한 움직임 없이 세 사람과 한 마리를 조용히 바라볼 뿐이었다.

『흥미…… 진진?』

『응. 일단 봐선 싸우려는 분위기는 아니야.』

신 일행이 무기를 들고 있지 않은 것도 있지만 여덟 머리 오로치는 그들에게 경계심을 갖고 있지 않은 듯했다.

마음속을 꿰뚫어보려는 듯이 세 사람을 조용히 지켜볼 뿐이었다.

"손님인가. 이봐 야치, 그렇게 쳐다보면 손님이 놀라지. 조금 물러서."

신이 시험 삼아 말을 걸어보려고 생각했을 때 사당 안쪽에서 여성의 목소리가 들렸다.

그에 맞춰 여덟 머리 오로치는 천천히 머리를 빼서 몸체 위로 돌아갔다. 하지만 여덟 머리 중에 두 개는 아직 신 일행을 바라보고 있었다.

이윽고 누군가가 사당에서 걸어 나오는 것이 보였다.

"놀라게 했나 보군. 그쪽이 이상한 짓을 하지 않으면 공격당할 일은 없으니까 안심해."

그곳에서 나타난 것은 푸른색으로 장식된 백은 갑옷을 몸에 걸친 미녀였다.

등 뒤로 뻗은 윤기 있는 흑발이 햇빛을 받아 반짝이고 있었다. 오른손에는 투구, 왼손에는 태도(太刀)를 하나씩 들고 있었다.

─【천하오검(天下五劍)・무네치카(宗近) 레벨 929】.

"……감사합니다. 어떻게 해야 좋을지 곤란하던 참이었거든요."

신은 【애널라이즈】로 표시된 이름을 보고 잠시 놀랐다가 간신히 말을 꺼냈다.

"흐음. 여느 사람 같으면 공격당할 거라 생각해서 무기를 들거나 도망치는 게 보통인데, 그대들은 다른가 보군. 무슨 목적으로 왔지?"

무네치카는 조금도 경계하지 않고 신 일행에게 말을 건넸다. 눈매가 날카로웠기에 심문당하는 듯한 위압감이 느껴졌다.

"시노하 풀이라는 약초를 찾으러 왔습니다. 후지 정상 부근에 자라난다고 들었거든요."

"그것 말인가. 그래, 확실히 자라나 있지."

"……!!"

무네치카의 말에 카나데가 숨을 멈추었다.

신이 가진 정보는 500년 이상 오래된 것이었다. 시노하 풀이 후지에 있을 확률 자체는 도박에 가까웠다.

"나눠주실 수 없겠습니까? 우리는 그쪽을 해칠 의도가 전혀 없습니다. 시노하 풀만 받을 수 있다면 바로 떠나겠습니다."

"우리에게는 크게 가치 있는 물건은 아냐. 나눠주는 것 자체는 괜찮아."

의미심장하게 말하는 무네치카의 시선은 신을 향하고 있었다.

"그, 그렇다면—!"

"하지만 이곳은 우리의 지배 영역이다. 여기에 있는 물건을 가져가고 싶다면 대가를 받겠다."

카나데의 말을 가로막으며 무네치카가 말했다.

"……뭘 원하시죠?"

신은 무네치카의 시선을 느끼면서 물어보았다.

무네치카는 제5차 업데이트 『칼들의 연회』의 메인 이벤트 『검의 시험』에서 추가된 NPC 겸 몬스터였다.

이벤트 내용은 사람의 모습을 한 무기를 쓰러뜨리면 이름의 유래가 된 무기를 얻는 것이었다. 그녀의 경우는 이름에서 짐작할 수 있듯이 고대급 태도 『미카즈키무네치카(三日月宗近)』였다.

등급만 봐도 알 수 있지만 【THE NEW GATE】의 이벤트에서 얻을 수 있는 무기 중에서는 톱클래스의 성능을 자랑했다.

싸울 때의 성별은 랜덤이었고 남녀 중 어느 쪽일지는 직접 싸워볼 때까지는 알 수 없었다.

덧붙이자면 신이 게임 시절 싸울 때는 {언제나} 가냘픈 미청년의 모습이었다.

"쓰지 않는 무기는 녹슬지. 오랜만에 검을 맞댈 만한 자가 오지 않았는가. 잠깐 내 상대가 되어주었으면 한다."

"……혹시 거절한다면?"

"약초는 줄 수 없지. 뭐, 진지하게 싸우자는 건 아니야. 봐주면서 하겠다. 치명상이 될 것 같으면 검을 멈추겠다고 약속하지."

무네치카의 말에 신의 눈썹이 꿈틀거렸다.

게임 시절에 신은 상당히 여러 번 무네치카와 싸운 경험이 있었다. 무네치카의 전투력은 능력치가 상한선에 도달한 신조차 긴장을 늦출 수 없는 수준이었다.

싸우던 당시의 신은 능력치와 장비가 지금처럼 충실하지 않았기에 수없는 패배를 맛봐야 했다.

승리한 것은 단 한 번이었다. 그것도 이벤트가 끝나기 직전에 운 좋게 쓰러뜨렸을 뿐이다.

"……카나데 씨, 카린 씨. 휘말려 들지 않도록 멀리 떨어져주세요. 유즈하, 부탁할게."

"쿠우!"

주위에 습격자의 기척이 없는 것을 꼼꼼히 확인한 신은 두 사람에게 떨어져 있으라고 말했다.

그리고 혹시 모르기에 유즈하에게도 경계를 부탁해두었다.

"기척이 바뀌었군. 보기보다 강한 건가."

"거칠게 굴려주신 덕분이죠. 이번엔 운으로 이겼다는 말은 못 할 겁니다."

신은 품에서 카드를 한 장 꺼내 실체화했다.

"거칠게 굴렸다고? 아니, 그보다도…… 그대, 그것은…….."

"이거라면 부러질 일은 없겠죠. 마음껏 공격해보시죠."

그렇게 말한 신의 왼손은 『하쿠라마루(白羅丸)』를 쥐고 있었다.

『카쿠라』는 사용하지 않는다. 아니, 사용할 수 없다고 말하는 편이 맞았다. 『카쿠라』의 성능으로는 무네치카가 사용하는 무기의 위력에 견딜 수 없었기 때문이다.

【리미트】는 여전히 Ⅱ로 고정되어 있었다. 여덟 머리 오로치도 함께 공격해온다면 전력으로 싸워야 할 테지만 어디까지나 대련이었기에 가장 제어하기 쉬운 상태로 상대하기로 했다.

"이 세계에 아직 그 정도의 무기가 남아 있었을 줄이야. 아니, 지금은 이야기할 때가 아니로군."

무네치카는 오른손에 들고 있던 투구를 머리에 쓰고 왼손의 칼자루에 손을 뻗었다.

그리고 무네치카 자신의 분신이라고 할 수 있는 『미카즈키 무네치카』를 뽑아 들었다.

"간다."

말이 끝나자마자 무네치카의 모습이 신의 눈앞으로 이동했다.

서로의 거리는 10메르 정도였다. 보스 몬스터인 무네치카에게 그 정도의 거리는 없는 거나 마찬가지였다.

호를 그리며 날아드는 칼날을 신도『하쿠라마루』를 뽑아 막아냈다.

두 개의 은색 궤적이 두 사람 사이에서 격돌했다.

"카린, 방금 저게 보였느냐?"

"분하지만 잔상밖에 보이지 않았사옵니다. 그보다도 아가씨, 위험하오니 조금 더 물러서주십시오."

엄청난 속도의 공격에 흥분한 카나데를 카린이 뒤로 잡아당겼다.

강자끼리의 싸움은 가까이서 구경하는 것만으로도 위험이 동반된다.

눈앞에서 펼쳐지는 일격의 위력을 잘 아는 카린은 카나데의 안전을 확보하려면 지금보다 훨씬 더 멀어져야 한다고 확신하고 있었다.

"반응 속도는 좋군. 받아낼 만한 근력도 있고."

"단련했거든요."

"그렇다면 기술은 어떻지?"

신이 웃으며 대답하자 무네치카는 지면을 미끄러지듯 뒤로 물러났다. 다음 순간 신의 왼쪽 하단으로 검이 날아들었다.

그 자리에서 움직이지 않고 무네치카의 움직임을 똑바로 주시하던 신은 날아드는 칼날을『하쿠라마루』로 받아냈다.

칼날과 칼날이 맹렬히 부딪치며 불꽃이 튀었다.

"제법 하는군."

무네치카는 입가에 희미한 미소를 띠며 맞부딪친 검을 능숙하게 움직였다. 레벨 900대의 근력이 뒷받침된 참격(斬擊) 폭풍은 은색 격류가 되어 신을 덮쳤다.

"흡!"

일격으로도 대지를 가를 만한 참격을 신은 『하쿠라마루』로 튕겨냈다.

금속끼리 맞부딪치는 날카로운 소리가 연속으로 울려 퍼졌다. 두 사람의 격돌이 너무나 빨랐기에, 싸움을 지켜보던 카나데의 귀에는 길게 이어지는 소리처럼 들리고 있었다.

검이 부딪칠 때마다 은색 격류에 붉은 불꽃이 더해졌고 신이 서 있는 곳을 중심으로 대지에 참흔(斬痕)이 새겨졌다.

'역시 싸우는 방식이 달라.'

신은 칼날을 튕겨내면서 무네치카의 전투 스타일을 분석하고 있었다.

같은 일본도라 해도 검신의 길이는 일정하지 않았다. 태도(太刀)인 『미카즈키무네치카』의 검신 길이는 약 80세메르. 그에 반해 타도(打刀)인 『하쿠라마루』의 검신 길이는 70세메르였다.

무네치카는 신보다 긴 무기를 활용하기 위해 조금씩 거리를 두며 공격하고 있었다.

불과 10세메르의 차이가 신에게는 몇 배로 길게 느껴졌다.

여성판 무네치카의 공격은 일격의 위력도 높지만 굳이 따지자면 횟수 중시였다.

신이 예전에 싸운 남성판은 강력한 일격에 중점을 둔 위력 중시 타입이었다.

양쪽 성별의 무네치카는 달인이라 불리는 사람들의 움직임을 기반으로 프로그래밍되었기에 당시에도 레벨 이상으로 강하다는 평가를 받고 있었다.

"내 움직임을 따라오는 건가? 하지만 막는 것만으로 벅찬가보군."

"설마요. 이제 슬슬 갑니다!"

신은 한층 강하게 검을 튕겨냈다. 무네치카의 자세를 무너뜨릴 정도는 아니었지만 그것으로 확실한 『틈』이 생겨났다.

신은 그 1초도 안 되는 찰나를 파고들었다.

신은 무네치카에게 한 방 먹이기 위해 단숨에 간격을 좁혔다. 백은색 섬광이 되어 날아드는 『하쿠라마루』를 이번에는 무네치카가 받아냈다.

『하쿠라마루』는 『미카즈키무네치카』보다 검신이 짧고 중량도 가벼웠다. 하지만 바꾸어 말하면 상대에게 파고들어 재빨리 검을 휘두를 수 있다는 장점도 있었다.

"쉿!"

무네치카는 간격을 유지하기 위해 뒤로 물러서려고 했다. 하지만 신이 그보다도 빠르게 움직였다.

불과 몇 초 전의 상황이 공수가 뒤바뀌어 재현되었다.

"으음!"

참격을 받아내던 무네치카가 신음 소리를 냈다. 간신히 공격을 튕겨내고 있었지만 그녀가 상상했던 것보다 훨씬 빠른 속도였던 것이다.

"역시나!"

신의 공격은 확실히 빨랐다. 하지만 아슬아슬하게 무네치카에게는 닿지 못했다.

속도에서 밀리는 무네치카가 신의 공격에 대응할 수 있는 것은 순수한 기량 차이 덕분이었다.

기반이 된 프로그램의 영향 때문일까, 아니면 500년에 걸친 단련의 성과일까. 무네치카의 기량은 신의 그것을 훨씬 웃돌았다.

신의 검술은 게임 내에서 알게 된 검술 경험자 — 검도가 아닌 검술이다 — 의 가르침을 통해 익힌 것이다. 그것이 데스 게임의 목숨 건 싸움 속에서 단련되어 지금에 이르렀다.

보다 빠르게, 보다 강하게, 보다 효율적으로.

실전 속에서 갈고닦은 기술은 훈련만으로는 가질 수 없는 강함을 신에게 선사했다.

하지만 신에게 특별한 무예 재능이 있는 것은 아니었다.

높은 능력치로 밀어붙이는 싸움도 많았고 기껏해야 1년도 안 되는 시간 동안 거친 지도와 경험만으로는 진짜 달인들에게 미치지 못했다.

"이 정도일 줄이야, 재미있군!"

"기대에 부응할 수 있어서 영광입니다!"

직선적인 궤도가 많은 신의 공격을 무네치카의 원을 그리는 참격이 튕겨냈다. 궤도가 빗겨간 검은 무네치카에게 닿지 못했고 그 여파로 등 뒤의 바위에 흠집이 났다.

얼마 안 되는 시간 동안 수십 합을 겨루면서도 서로에게는 상처 하나 없었다.

이대로 계속될 것 같은 공방전 속에서 신은 갑자기 공격 방식을 바꾸었다.

『하쿠라마루』의 간격을 유지한 상태로 한 번 더 간격을 좁힌 것이다.

"으음?!"

무네치카가 그것을 깨닫는 것과 동시에 신의 오른쪽 다리가 움직였다.

갑작스러운 발차기를 무네치카는 왼팔을 들어 막아냈다.

금속끼리 부딪치는 굉음이 울려퍼졌고 무네치카는 지면에 두 줄의 발자국을 남기며 10메르 정도 밀려났다.

"여기서 발이 나오다니. 방심할 수 없는 녀석이군."

"너무 무기에만 얽매이면 막상 놓쳤을 때 싸울 방법이 없어지니까요."

신의 전투 스타일은 애초에 검에만 집착하는 방식이 아니었다. 특히 무기를 놓쳤을 때에 대비해 체술(體術)을 제대로 익혀두고 있었다.

때로는 검술과 조합하여 사용할 수도 있었다.

"이대로 계속 검을 맞부딪쳐봐야 끝이 나지 않았을 테지."

"들킨 건가요. 아무래도 기술 면에서는 제가 조금 부족한 것 같았거든요."

"자신의 기량을 제대로 파악하는 것은 나쁜 일이 아니지…… . 뭐, 됐어. 정면으로 검을 맞대본 적은 정말 오랜만이군. 시노하 풀을 가져오마. 잠시만 기다려라."

아무래도 싸움에 만족한 모양이었다. 검을 쉽게 검집에 넣는 무네치카를 보며 신은 조금 맥이 빠졌다.

아직 전초전에 불과했기에 스킬까지 사용하지는 않아도 조금 더 격렬한 싸움이 될 것이라 예상했기 때문이다.

"저기, 이제 된 겁니까?"

"그래, 괜찮다. 근 백 년 동안 제대로 검을 맞대본 상대가 없었거든. 그리고 더 이상 하면 진심으로 싸우게 될 것 같다."

무네치카는 그렇게 말하며 살짝 미소 지었다. 전투의 고양감이 완전히 가라앉지 않았는지, 본모습이 무기라는 것을 까맣게 잊을 만큼 요염한 분위기를 풍기고 있었다.

"그렇군요. 그렇다면 호의를 받아들이겠습니다."

무네치카에게서 전해지는 기척과 분위기를 살핀 뒤에 신은 한 걸음 물러났다. 대련이라면 모를까, 진심으로 싸우게 되면 주위의 지형이 바뀔 것이다.

"자, 여기 약속한 물건이다."

10분쯤 뒤에 돌아온 무네치카의 손은 확실한 시노하 풀을 들고 있었다. 양도 충분했다.

"감사합니다."

"기회가 되면 다시 와라. 너와 이야기가 하고 싶군."

"그렇게 하죠. 지금은 급한 상황이니 언젠가 다시 뵙겠습니다."

신은 멀리 떨어져 있던 카나데와 카린에게 합류한 뒤 바로 후지에서 내려왔다.

카나데는 시노하 풀을 손에 넣고 잔뜩 신이 나 있었다.

반면에 카린은 앞에서 걸어가는 신의 뒷모습을 조용히 지켜보고 있었다.

신은 자신을 바라보는 시선을 느끼며 그녀에게서 어떤 반응이 나올지 생각하기 시작했다.

✝

후지에서 하산하자마자 곧바로 카나데의 언니가 있는 쿠죠 가문으로 출발하지는 못했다.

강행군의 여파가 나타난 것인지, 아니면 진짜 시노하 풀을 찾아내어 긴장이 풀린 것인지 모르지만 산기슭에 도착하자 카나데가 몸을 비틀거리기 시작했다.

"일단 마을로 돌아가서 여관을 잡죠."

"미안하구나……."

아픈 사람을 걷게 할 수도 없었기에 지금은 신이 카나데를 업고 있었다.

유즈하는 신의 어깨에서 내려와 땅 위에서 종종걸음으로 걷고 있었다.

그렇게 몇 분 정도 걸어가자 신은 귓가에서 새근새근 잠든 숨소리를 들었다.

"잠든 것 같네요. 다행히 열은 없는 것 같은데 쌓인 피로가 나타난 걸까요?"

"계속 신경을 곤두세우고 계셨으니까요. 산 위에서 오로치와 마주쳤을 때부터 정신적으로 한계에 몰리셨는지도 모르옵니다."

후지에서 내려오면서 나눈 대화를 통해 알게 된 사실이지만 카나데에게는 여덟 머리 오로치의 레벨이 보이지 않았다고 한다.

그도 그럴 것이 여덟 머리 오로치의 레벨은 833으로 대공급 데몬에 필적했다.

상대의 강함을 알아볼 능력이 있으면서도 쓰러뜨릴 힘은 전혀 없었던 탓에 카나데는 무의식적으로 신경이 곤두서 있었던 것이리라.

거기에 무네치카라는 차원이 다른 존재까지 등장하면서 긴장은 최고조에 이르렀다. 카나데가 신과 무네치카의 대화에 끼어들었을 때 왠지 모르게 이상해 보이던 것도 그 때문인지 모른다.

"어쨌든 일단은 체력부터 회복해야겠군요. 경계는 제가 할 테니 카린 씨도 편하게 쉬면서 가세요. 신경이 곤두섰던 건 카린 씨도 마찬가지였을 테니까요."

카나데보다 강하다고 해도 카린 역시 크게 다를 것이 없는 상태였다. 오히려 카나데를 지켜야만 하는 카린 쪽이 더 심한 긴장감을 느꼈을 수도 있었다.

"마음 써주셔서 감사드립니다. 부끄럽지만 저도 조금 냉정함을 잃은 것 같사옵니다. 신 공과 무네치카 공의 싸움……한 번만 잘못 휩쓸려도 중상을 입을 수 있을 텐데도 말로 표현할 수 없는 감정이 끓어올랐사옵니다. 아마 저도 정상이 아닌 것이겠지요."

카린은 뺨을 살짝 붉히며 솔직한 마음을 털어놓았다.

신이 보기에 카나데처럼 몸 상태가 나쁜 것은 아닌 모양이었다. 같은 사무라이로서 무언가 느껴지는 것이 있었던 것이리라.

마을에 도착하자 세 사람은 바로 여관으로 향했다.

전에 묵었던 여관이었고 이곳에서는 유즈하 같은 몬스터도 실내에서 자유롭게 행동할 수 있었다.

일행은 일박 요금을 내고 객실로 이동했다.

"일행분은 몸이 안 좋으신 건가요? 필요하시면 의사를 불러드리겠습니다."

여관 주인이 신에게 업힌 카나데를 보았을 때 걱정스럽게 말했다.

"아, 괜찮습니다. 그냥 오랜 여행에 지쳐서 이러는 것 같거든요. 심각할 것 같으면 저희가 의사에게 데려가겠습니다."

신은 완곡히 거절한 뒤 방에 카나데를 업고 가서 침대 위에 눕혔다.

"저는 옆방에 있겠습니다. 어쨌든 잘 지켜보고 카나데 씨의 상태가 괜찮아지면 그때 출발하도록 하죠. 카린 씨도 푹 쉬세요."

"감사하옵니다."

신은 카린의 인사를 받으며 옆방으로 이동했다. 그리고 탐지계 스킬을 사용해 주위 상황을 살폈다.

신이 느끼기에는 누군가가 따라온 기척은 없었다. 미니맵 상에도 붉은 마크는 보이지 않았다.

하지만 명확한 적의를 드러내거나 공격해오기 전에는 원래 적이라는 판정이 나오지 않았다. 그래서 미니맵을 과신할 수도 없는 일이었다.

"유즈하는 뭔가 느껴지는 게 있어?"

"쿠우? 쿠…… 아무것도 없어."

눈을 감고 귀를 쫑긋거리던 유즈하는 아무것도 느끼지 못하는 것 같았다.

시각은 벌써 저녁 무렵이었다.

두 사람을 남겨두고 밖에 식사하러 갈 수도 없었기에 신도 잠시 침대에 누워 있기로 했다.

고급 여관인 만큼 침대도 크고 푹신푹신했다.

"그러고 보니 결국 나한테 아무것도 물어보지 않았군."

신은 문득 카린에 대해 생각했다.

후지에서 내려올 때부터 신은 자신을 향한 카린의 시선을 느끼고 있었다.

카나데의 상태가 안 좋기도 해서 말할 기회가 없었는지도 모르지만, 오는 내내 어째서 입을 다물고 있었던 것인지 의문이었다.

그런 신의 생각을 가로막듯이 침대 위에서 대자로 누워 있던 신의 위로 유즈하가 뛰어 올라왔다.

"쿠우!"

"커흑."

소녀의 모습으로 변해 있었기에, 방심하던 신의 입에서 얼빠진 신음 소리가 흘러나왔다. 다행히 지난번에 옷을 입혀둔 덕분에 이번에는 알몸이 아니었다.

흰색과 붉은색이 대비를 이루는 무녀복과 어깨까지 뻗은 은발, 그리고 은색 꼬리가 신의 눈을 끌었다.

붉은 바지에서 튀어나온 꼬리는 여섯 개였다. 몸에 어떻게 이어져 있는지가 조금 궁금해지기도 했다.

"무슨 일이야? 갑자기 뛰어 올라오고."

"신, 독차지했어."

지금 모습으로 성장한 뒤로 약간 이상해진 말투로 유즈하가 말했다.

평소 같으면 침대 구석에서 몸을 둥글게 말고 있었을 테지만 지금은 신의 가슴에 머리를 기댄 채 눈을 감고 있었다.

일행이 슈니와 티에라, 카게로우였을 무렵에는 신과 유즈하가 같은 방을 썼기 때문에 한 번씩 이불 속으로 숨어 들어올 때가 있었다.

슈바이드와 합류한 뒤로는 그런 일이 없었는데 아무래도 꾹 참고 있었던 모양이다.

'겉모습은 성장했어도 하는 행동은 아직도 어린애구나. 뭐, 지금 상태라면 상당히 아슬아슬하지만.'

어린아이의 모습이라면 모를까, 소녀로 불러도 될 만한 지금으로서는 귀엽기만 한 수준을 조금씩 벗어나고 있었다.

지금보다 더욱 성장한다면 지금같이 여동생처럼 여기기는 쉽지 않을 것 같았다.

'……여동생이라.'

자신의 몸 위에서 잠들었는지 움직이지 않는 유즈하를 보며 신은 문득 현실 세계의 여동생을 떠올렸다. 그리고 거기서부터 원래 세계의 기억들이 줄줄이 생각나기 시작했다.

부모님, 조부모님, 여동생을 비롯한 형제자매들. 고등학교부터 알고 지낸 친구들, 대학 동아리 친구들. 떠올랐다 사라지는 얼굴들은 왜인지 전부 미소짓고 있었다.

"⋯⋯엣취! 이봐 유즈하, 꼬리로 얼굴을 찌르지 마! 털! 털이 코에⋯⋯!"

유즈하의 공격이 울적한 분위기를 깨뜨렸다.

부드럽게 흔들리는 꼬리의 털끝이 신의 얼굴을 찌르고 있었다.

"쿠우."

"아니, 쿠우라고만 하지 말고. 갑자기 왜 그래?"

"이상한 것 생각했어."

유즈하는 뺨을 부풀리며 항의했다. 꼬리의 움직임은 자신에게 더욱 신경 써달라는 재촉이었던 모양이다. 잠든 줄 알고 가만 놔둔 것에 대해 화가 난 듯했다.

달래듯 말하는 신의 손을 유즈하의 꼬리가 둘둘 말아서 자신의 머리로 가져갔다.

"미안해, 미안해. 잠깐 생각난 게 있어서 말이야⋯⋯ 음, 이건 머리를 쓰다듬어달라는 거야?"

역시 아직 어린애라고 생각하며 신은 천천히 유즈하를 쓰다듬었다.

"쿠우~."

유즈하의 꼬리가 상하좌우로 정신없이 움직였다.

그 모습은 마치 애완 강아지를 연상시켰다. 보고 있으면 왠지 마음이 편안해졌다.

"……이런, 나도 긴장이 풀리니까 잠이 엄청 오네."

신도 적지 않게 피곤했는지 마음이 편안해지자마자 강한 잠기운이 몰려왔다.

신은 예전 습관대로 순식간에 결계 스킬로 방을 감싸 안전을 확보했다.

"쿠우? 신, 자?"

"미안, 유즈하…… 밥을 아직 안 먹었지."

"힘들어, 안 돼."

유즈하는 그렇게 말하더니 사람에서 여우 형태로 바뀌었다.

능력치가 오르면서 성장한 유즈하의 몸길이는 1메르 반 정도였다.

"아…… 이건 못 참…… 겠…….."

무거운 눈꺼풀과 힘겨운 싸움을 벌이던 신에게 유즈하가 부드러운 털로 치명타를 날렸다. 유즈하의 체온과 푹신푹신한 감촉 앞에서 신의 의식이 깊이 가라앉는 것은 시간문제였다.

✝

"……으음?"

다음 날 해가 뜨기도 전에 신은 눈을 떴다.

옆에는 여우 모습의 유즈하가 잠들어 있었고 신의 가슴과 배 위로 꼬리가 얹어져 있었다.

"아아, 그랬지. 나도 모르게 잠들었어."

신은 푹신푹신한 꼬리의 감촉을 즐기면서 어젯밤의 기억을 떠올렸다. 생각보다 피곤했나 보다고 생각하며 몸을 일으켜 기지개를 켰다.

"쿠우?"

"아, 미안. 깨웠나 보네."

신의 움직임을 느낀 유즈하가 눈을 떴다.

그리고 해가 뜬 지 1시간 정도 지나자 옆방에서도 사람이 움직이는 기척이 느껴졌다.

잠깐 들여다보자 카나데는 완전히 회복되었고 카린도 안심하는 표정이었다.

"그러면 빨리 약초를 갖고 언니분께 갑시다."

"으음, 서두르자!"

하룻밤 쉬며 평소의 기운을 되찾은 카나데가 재빨리 달려나갔다.

신과 카린도 그녀를 따라 달려가기 시작했다.

"아가씨, 너무 무리하지 마십시오."

어제 일이 걱정되었는지 카린이 카나데를 타일렀다.

카나데도 걱정 끼친 일을 반성하고 있는지 알았다고 대답했다.

일행은 적당한 휴식을 취하며 가도를 나아갔다. 그러는 동안에도 신은 탐지계 스킬로 주위를 계속 경계하고 있었다.

겨우 시노하 풀을 손에 넣었는데 적에게 당할 수는 없었기 때문이다.

남들 눈에 띄는 곳에서 습격해오지는 않을 테지만 신은 최악의 사태에 대비해서 경계만큼은 게을리하지 않았다.

그 덕분인지 세 사람은 무탈하게 쿠죠 가문의 영지에 도착할 수 있었다.

"여기까지 오면 이제 반나절 정도 남았군."

"무리하는 건 아니겠죠? 이상한 짓 안 했고요?"

"안 했느니라. 괜찮다. 여기까지 와놓고 쓰러지지는 않을 거다."

신 일행은 가도 중간에 위치한 찻집에서 잠시 쉬면서 남은 여정에 대해 이야기하고 있었다.

최후의 순간에 방해를 받는 것이 카나데의 징크스라면 징크스였다.

수수께끼의 습격자나 예상치 못한 몬스터와의 조우 등, 신이 함께 행동한 뒤로 며칠 동안 겪은 이벤트는 전부 범상치 않은 것들이었다.

신이 계속 신경 쓰는 것도 당연하다고 할 수 있었다.

"습격자가 어떻게 나올지도 모르니까 아직 안심할 수 없습니다."

"그자들에 대해서는 나도 생각하고 있었느니라. 내가 쿠죠 가문의 여식임을 알고 습격한 것이라면 본가에서도 이미 움직이고 있을지 모른다."

"우리가 나라를 떠난 사이 무슨 일이라도 있었던 것일까요?"

"알 수 없지. 하지만 집에 돌아가면 알게 될 거다."

신은 본가에서 카나데의 위치가 어느 정도인지 몰랐지만 적어도 약간의 정보는 얻을 수 있으리라 생각하고 있었다.

마음 같아서는 두 사람을 데려다주고 난 뒤로는 이 일에서 아예 손을 떼고 싶었지만 이미 얼굴이 알려졌을 가능성이 높았기에 그러기도 힘들 것 같았다.

"자, 이제 얼마 안 남았다. 가자."

"알겠사옵니다."

"알겠습니다."

신을 선두로 해서 일행은 다시 달리기 시작했다.

카나데의 말처럼 반나절 만에 성의 천수각(天守閣)(역주: 일본의 성 건축물에서 가장 높은 곳에 위치한 누각) 같은 것이 보였다. 틀림없는 일본식 성이었다.

성으로 이어지는 길에는 갑옷을 입은 집단이 있었다.

"저건 성의 병사들인가요?"

"깃발에 그려진 것은 토도 가문의 문장이옵니다."

"그렇다면 칸쿠로인가. 토시로도 있을지 모르겠군."

카나데와 카린은 깃발에 그려진 문장을 잘 알고 있는지 특별히 경계하지 않는 눈치였다.

신도 들어본 적 있는 이름이 나왔기에 안심하고 물어보기로 했다.

"아는 분들인가요?"

"으음, 녀석들뿐만 아니라 병사들이 돌아가면서 영내를 순찰하고 있는 것이다. 그 덕분에 도적이나 몬스터에 의한 피해가 최소화되고 있지."

아무래도 순찰하고 돌아오는 병사들과 마주친 모양이었다.

"하지만 그 탓에 모험가 길드의 지부가 적기도 하옵니다."

"어째서죠?"

"길드에서 모험가가 수행하는 의뢰— 특히 보수가 많은 토벌 의뢰의 대상인 몬스터들이 순찰병들에게 정리되는 것이옵니다. 순찰병은 평균적으로 레벨이 200은 되니 어지간한 거물이 아닌 이상 쓰러뜨릴 수 있사옵니다. 그 덕분에 이 나라에서 모험가가 되는 사람은 그렇게 많지 않은 것이지요. 물론 히노모토의 모험가 길드에도 강자는 있사옵니다."

카린은 그래서 해외로 처음 나갔을 때 놀랐다고 간결히 덧붙였다.

히노모토를 수라(修羅)의 나라로 부르는 사람도 있다고 한다.

항상 『범람』의 위험에 노출된 성곽 도시 바르멜조차 병사들의 평균 레벨은 150이 되지 못했다. 200에 이르는 것은 정예로 불리는 일부뿐이었으므로 그렇게 말한 사람의 마음도 충분히 알 만했다.

"히노모토는 자국의 일을 자국이 해결한다는 의식이 강한 나라다. 바깥 대륙처럼 땅이 광대한 것도 아니니 말이지. 자국의 일은 대부분 알아서 해결하려고 하고, 또 해결할 수 있다."

치안도 대륙에 비해 상당히 좋다고 한다.

이야기를 나누는 사이 군대와 가까워졌다. 후방에 있던 병사가 신 일행을 발견했다.

"나는 사에구사 가문의 장녀 사에구사 카린이다. 그리고 여기 계신 분은 쿠죠 가문의 카나데 님이시다. 그대들의 통솔자는 누구인가!"

카린이 자신의 이름을 밝히자 잠시 동요하던 병사들이 양쪽으로 갈라지며 중앙에서 두 명의 남자가 나타났다.

천천히 걸어오는 남자들의 이름과 레벨을 신의 【애널라이즈】가 꿰뚫어보았다.

한 사람은 야에지마 토시로. 레벨 190의 시무리이었다. 나이는 20대 초반 정도로 흰색이 섞인 흑발과 갈색 눈동자를 가진 늠름한 청년이었다.

나머지 한 사람은 토도 칸쿠로. 레벨 255의 사무라이로 50~60세 정도의 남성으로 보였다.

머리는 하얗게 세고 주름도 눈에 띄지만 허리는 꼿꼿하고 동작에서도 나이가 전혀 느껴지지 않았다. 상당히 날카로운 눈매로 온화한 표정을 짓고 있었다.

갑옷을 입은 집단 속에서 그 혼자만이 예외였다. 짙은 녹색의 하오리(羽織)(역주: 일본식 옷 위에 걸쳐 입는 짧은 겉옷)와 짙은 감색 바지만을 입고 있었다.

신은 그가 갑옷을 입지 않은 이유를 알 수 있었다. 바지의 성능이 병사들이 입은 갑옷보다 뛰어났기 때문이다. 다만 그보다도 더욱 신경 쓰이는 것이 노인이 허리에 찬 일본도였다.

"카린 아가씨와 카나데 님이셨군요. 히노모토를 떠났다고 들었는데 건강한 것 같아 다행입니다."

"칸쿠로도 건강해서 기쁘다. 순찰하고 돌아오는 것이냐?"

카린이 말했던 히노모토 최강의 검사는 온화한 말투로 카나데와 이야기를 나누었다.

"네. 상대하기 버겁다고 보고된 몬스터를 베고 오는 길입니다. 그런데 카나데 님이 오셨다는 것은, 혹시 약을 찾아내신 겁니까?"

밝게 대화하던 칸쿠로가 긴장된 표정을 지었다. 아무래도 칸쿠로는 카나데가 히노모토를 떠난 이유까지 알고 있는 듯했다.

"으음. 충분한 양을 손에 넣었다. 언니의 용태는 어떠냐?"

"느리지만 확실히 약해지고 계십니다. 하지만 아직 늦지 않았겠지요. 저희가 앞장서겠습니다. 그런데 같이 계신 분은……?!"

칸쿠로는 신을 돌아보며 말했다. 순간, 칸쿠로의 표정이 경악으로 물들었다.

"칸쿠로 님, 이자에게 무슨 문제라도……."

"아니, 아무것도 아닐세. 실례가 많았습니다. 아는 사람과 많이 닮아서 말이죠."

"아, 아뇨. 괜찮습니다."

토시로가 묻자 칸쿠로는 별일 아니라는 듯 고개를 저으며 신에게 사과했다.

신은 조금 요란한 반응이라고 생각했지만 굳이 더 캐물을 필요는 없을 것 같았기에 잠자코 있었다.

"이쪽은 신 공이옵니다. 우리가 약초를 구하는 일을 도와주셨사옵니다. 제가 저택으로 안내할 테니 아가씨와 칸쿠로 공은 하루나 님께 가주십시오."

"저택에? 흐음, 믿을 만하다는 겁니까?"

"네."

카린은 칸쿠로를 똑바로 바라보며 고개를 끄덕였다.

"카린 아가씨가 그렇게 말한다면 문제는 없을 테지요."

"괜찮으시겠습니까? 지금 신원이 불분명한 자를 성에 들이면…….""

"토시로, 우리는 신에게 큰 은혜를 입었다. 무슨 일이 있었는지는 모르지만 첩자가 아니라는 것은 내가 보장하겠다."

"……카나데 님이 그렇게 말씀하신다면…….""

토시로는 카나데가 말하자 불만스러운 표정을 지으면서도 이의를 제기하지 않았다. 대신 날카로운 눈빛으로 신을 쏘아보았을 뿐이다.

"아, 그럼 저하고는 여기서 작별하는 게 좋지 않을까요? 제가 할 일은 이미 끝났고 호위도 이분들이 더 잘 해주실 테니까요. 성안에서 무슨 일이 있는 거라면 굳이 의심받을 만한 사람을 들일 필요는 없죠."

애초에 보수를 받을 생각도 없었던 것이다. 안 된다는데 억지로 안에 들어갈 필요는 없었다.

"아니, 이 정도의 도움을 받고 빈손으로 보낸다면 천하가 나를 손가락질할 것이다. 하다못해 하룻밤 쉬다 가기라도 해다오."

"사에구사 가문의 저택으로 안내하지요. 토시로 공이 염려하시는 것도 이해하옵니다. 제가 신 공과 동행하며 모든 책임을 질 것이옵니다."

"음, 카린 공이 굳이 그러실 필요는 없습니다. 그 정도 일은 제가…….""

카린이 책임을 지겠다고 하자 토시로가 반대하고 나섰다.

"토시로, 카린 공을 곤란하게 하지 말게. 히노모토 십걸(十傑)의 일원인 카린 공이 함께 있는다면 걱정할 것이 없지 않겠나."

"그건 그렇습니다만……."

카린은 신이 모르는 직함을 갖고 있는 모양이었다. 이름을 통해 추측해보면 히노모토 최고의 실력자들에게 주어지는 칭호일 것이다.

"그러면 갈까요. 신 공, 이번에 아가씨들을 도와주셔서 감사합니다."

"아…… 네."

칸쿠로는 가볍게 목례를 한 뒤 카나데를 데리고 성으로 향했다.

남겨진 신과 카린은 잠시 기다렸다가 성 밑 마을에 들어섰고, 마을을 지나 성으로 향했다.

토시로가 그랬던 것처럼 문지기의 표정은 별로 좋지 않았지만 카린이 잘 이야기해준 덕분에 별 탈 없이 통과할 수 있었다.

"엄청 크네요."

"성안에는 다양한 설비가 있기 때문이지요."

쿠죠 성은 사방이 해자로 둘러싸이고 중앙에 본성(本城)이 있는 구조였다. 성안에는 단련장과 대장간 등의 다양한 건물이 늘어서 있었다.

특별히 언급할 만한 점은 바로 넓이였다. 신이 아는 일본식 성과는 차원이 달랐다.

성 밑 마을 외에도 성안에 또 하나의 마을이 존재하는 것이 나 마찬가지였다. 본성 부근에는 별도의 성문과 성벽이 있다 고 한다.

안내해주는 사람이 없다면 금방 길을 잃을 법한 길을 나아 간 두 사람은 다른 곳보다 한층 커다란 저택에 도착했다.

두 사람을 본 문지기가 황급히 다가왔지만 이번에도 카린 이 잘 설명해주었다.

물론 이곳의 문지기는 카린이 돌아왔다는 것에 더욱 놀란 것 같았다.

"번거롭게 해드려서 송구하옵니다."

"아니요, 문지기분도 기뻐하던걸요. 인기가 좋은가 보네 요."

"그렇습니다. 아가씨는 누구에게나 상냥해서 가신들도 다 들 존경하고 있답니다."

신의 말에 자랑스럽게 대답한 것은 사에구사 가문을 섬기 는 미도 치요라는 여성이었다. 카린의 유모였기에 카린이 돌 아온 것을 가장 기뻐한 사람 중 하나였다.

"그보다 아버님은 지금 어디에 계셔?"

"이미 방에서 기다리고 계세요."

"알았어. 그럼 신 공. 잠깐 인사하러 가야 할 것 같사옵니다."

"알겠습니다."

신과 카린은 치요의 안내를 받으며 저택 안을 걸어갔다.

"카린 님과 신 님을 모셔왔습니다."

장지문 앞에서 치요가 먼저 보고를 했다.

대답하는 목소리가 안에서 들려오자 치요가 장지문을 열었고 방 안에서 책상다리로 앉은 남성과 옆에 앉은 여성의 모습이 보였다.

남성은 옷을 입어도 드러날 만큼 우람한 근육질 체형이었다. 커다란 바위 같은 사람이라고 신은 생각했다.

여성 쪽은 인자한 미소를 띠고 그 옆에 정좌해 있었다. 작은 체구가 남성의 큰 몸집과 대비되면서 더욱 가냘프게 보였다.

"아버님, 어머님, 소녀 돌아왔사옵니다."

"잘 돌아왔다. 이야기는 어느 정도 들었다. 찾으러 간 물건은 무사히 구해온 모양이구나."

"네. 이제 약이 만들어지는 것을 기다리기만 하면 되옵니다."

아버님이라 불린 남성은 카린과 간단한 인사를 나눈 뒤에 신 쪽으로 눈을 돌렸다.

"기다리게 해서 미안하오. 나는 사에구사 가문의 당주 사에구사 쿠요우라고 하오. 이쪽은 안사람인 카요외다."

"신…… 이라고 합니다. 이쪽은 저와 계약을 맺은 유즈하라 고 하고요."

"쿠우!"

카린 옆에 정좌해 있던 신도 자기소개를 했다. 유즈하는 신 옆에 놓인 방석 위에 얌전히 앉아 있었다.

"내 여식과 카나데 님의 일을 도와주었다고 들었소. 그럼에 도 보수를 받지 않겠다고 했다지. 카나데 님이 찾던 것이 어 떤 물건인지 알고 있소?"

"언니분의 치료약을 만들 재료라는 것만 압니다."

"으음, 아직 결과는 나오지 않았지만 만약 하루나 님의 병 이 회복된다면 우리는 귀공에게 큰 빚이 생기는 셈이오. 설령 그렇지 못하더라도 궁지에 처한 자를 대가 없이 돕는 그 심성 이 마음에 들었소. 오늘 하루뿐만 아니라 한동안 우리 집에 머무르도록 하시오."

"감사합니다."

"아버님, 신 공은 저와 카나데 님을 구해준 생명의 은인으 로— ."

"실례하겠다!"

신과 쿠요우의 간단한 인사가 끝나고 카린이 쿠요우에게 자세한 이야기를 꺼내려는 순간 갑자기 카나데가 문을 열고 들어왔다.

"……카나데 님. 댁에 가셨던 것이 아니었습니까?"

"시노하 풀은 의원에게 건네주고 왔느니라. 이제 내가 할수 있는 일은 없다. 약의 재료가 전부 갖춰졌다고 언니에게 말해주고 싶지만 아직 효과가 있을지 모르니까 말이지. 아버님은 뭔가 회의 중이시라 먼저 이곳에 온 것이다."

"카나데 님. 심란하신 것은 짐작합니다만 부디 진정하십시오."

쿠죠의 공주로서의 태도에 대해 쿠요우가 말하자 카나데는 입술을 비죽 내밀며 반론했다.

"이것만큼은 어쩔 수 없다. 나와 그대들 사이에 이 정도는 용서해라."

역시 카나데의 불안감은 약의 효과가 분명히 나타나서 하루나의 병이 완치되기 전에는 걷히지 않을 것 같았다.

카나데의 심정을 잘 아는 쿠요우도 더 이상 그녀를 타이르지는 않았다.

"그래, 무슨 이야기를 하고 있었느냐?"

"신 공에 대한 이야기를 들으려던 참입니다. 성에 들어올 때 잠깐 말썽이 있었다고요."

"성안의 분위기가 좋지 않은 이유는 들었다. 신이 의심을 받아도 어쩔 수 없겠지."

카나데는 칸쿠로에게 자신이 없는 동안 무슨 일이 있었는지 들었다고 한다.

"아버님, 아가씨. 저는 아직 그에 관한 이야기를 듣지 못했사옵니다. 자세히 듣고 싶사옵니다만."

"흐음, 그랬구나."

"저기, 갑자기 끼어들어서 죄송하지만 제가 그 이야기를 들어도 되는 걸까요?"

신이 쿠요우의 말을 가로막으며 입을 열었다. 외부자가 들으면 안 되는 이야기일 수도 있었기 때문이다.

"상관없소. 아직 소문에 지나지 않으니 말이오. 이 이야기는 성 밑 마을에서도 들을 수 있을 거요. 원래 히노모토의 패권을 다투고 있었던 만큼 신빙성은 그렇다 쳐도 다들 불안해하고 있을 것이오. 하지만 내가 아는 한 야에지마 가문의 당주는 카나데 님의 부친이신 쿠죠 타다히사 님과 벗이니 그런 마음을 품었을 것 같지는 않소."

"굳이 의심해보자면 이치노세 쪽이겠죠."

자신의 생각을 말하던 쿠요우의 말을 받아서 계속 잠자코 있던 카요가 입을 열었다.

"이치노세라고요?"

"그 집안은 동서의 전력 균형이 한쪽으로 기우는 것을 굉장히 신경 쓰고 있었고, 얼마 전까지 히노모토를 통일해야 한다는 소리를 했거든. 계승에 대한 이야기도 카린이 자리에 없으니 제외해도 좋지 않겠냐고 하지 않겠니? 정말 양심도 없지!"

"어머님, 진정하시옵소서. 흐음, 그런 일이 있었군요."

카린은 어머니의 화를 진정시키며 납득한 듯 고개를 끄덕거렸다.

토시로가 신을 경계한 것도 이치노세에서 보낸 사람이 아닐까 하는 의심 때문이었다고 한다.

"뭐, 아직 구체적인 행동에 나선 것도 아니고 소문에 불과하니까 정보 수집에 힘쓰고 있단다. 그런데 나는 신 군이 어떤 사람인지가 더 궁금하네. 여행할 때 무슨 일이 있었는지 말해주겠지?"

"그것이……."

"물론이다. 처음 만난 것은 히노모토로 돌아오는 배 위에서였다."

카요는 갑자기 흥미진진한 표정으로 신에 대한 화제를 꺼냈다.

신이 어떻게 말을 꺼내야 할지 생각하고 있을 때 카나데가 먼저 신과 처음 만났을 때의 상황을 이야기하기 시작했다.

"─그때 바다에 빠진 것을 구해준 거다. 그러고 보니 그때 그건 뭐였던 것이냐?"

"그거라고요?"

"그, 카린에게 입맞춤을 하면서 가슴을 만지지 않았느냐?"

"뭐?! 시, 신 공! 제가 의식이 없는 동안 대체 무슨 짓을 하신 것이옵니까?!"

카나데의 말을 들은 카린이 양손으로 가슴을 가리며 펄쩍

뛰었다. 그리고 단숨에 벽 쪽으로 물러나더니 방석을 방패처럼 들고 있었다.

"호호오, 자세히 이야기해보시오."

"그래, 무척 흥미가 생기네."

그와 동시에 쿠요우에게서 엄청난 위압감이 발산되었고 카요의 미소가 미소처럼 느껴지지 않았다. 레벨과 능력치마저 무시한 어마어마한 압박감에 신의 얼굴이 딱딱하게 굳었다.

"아니, 아니, 아니, 그건 카린 씨의 호흡과 심장이 멈춰버려서 어쩔 수 없이 그랬던 거고요! 절대 나쁜 생각을 했던 게 아니라고요! 카나데 씨도 오해를 불러일으킬 만한 이야기를 하지 마세요!"

카나데의 폭탄 발언에 대해 신은 필사적으로 항변했다.

입맞춤은 정지한 호흡을 되살리기 위한 인공호흡이라는 조치였다는 점, 가슴을 만졌던 것이 아니라 심장을 다시 뛰게 하기 위한 심장 마사지였다는 점 등을 최대한의 지식을 동원해 설명한 것이다.

신에게는 그만큼 쿠요우와 카요의 분위기가 무시무시하게 느껴졌다. 이런 것이 바로 본능적으로 느끼는 공포인지도 모른다.

"흐음, 결국 전부 내 여식을 구하기 위해서였다는 것이오?"

"바로 그렇습니다. 그 방법은 가능한 한 빨리 사용해야만 하거든요. 저도 관련 지식이 완벽하지는 않았지만 그런 것을 따질 때가 아니라고 판단했습니다. 절대, 맹세코 저에게는 한 점 부끄러움도 없습니다."

"그건 나도 보증할 수 있다. 나는 먼저 눈을 떴기 때문에 신이 얼마나 필사적이었는지 잘 기억한다."

신은 카나데의 말을 듣고 '말하려면 좀 빨리 하든가!'라는 생각이 들었지만 카나데의 신분을 생각해서 자중하기로 했다.

"그래서 그런 거라면 우리는 오히려 신 공에게 감사해야겠네. 신 공이 없었다면 우리 딸도 카나데 님도 물고기 밥이 됐을 테니까."

"이해해주셔서 다행입니다."

딸 가진 부모의 위압감에서 해방된 신은 뺨을 타고 흐르는 땀을 닦았다. 웬만한 보스 몬스터보다 훨씬 카리스마가 있었다.

"⋯⋯그렇게 된 일이었다면 어쩔 수 없겠지."

신에게서 멀리 떨어졌던 카린도 이야기를 듣자 옆자리로 돌아와 앉았다. 하지만 얼굴은 아직 새빨간 상태였다.

그 뒤에 후지에 올라갔다 성에 도착하기까지의 이야기가 모두 끝났을 때, 카나데를 데리러 성에서 사람이 왔다고 치요가 전했다.

"회의가 이제야 끝났나 보군. 그러면 나는 가겠다. 내일 또 보자."

카나데는 그렇게 말하며 성으로 돌아가버렸다. 갑작스레 나타나서 폭탄을 떨어뜨린 카나데가 사라지자 저택이 단숨에 조용해지는 것 같았다.

"흠, 이야기가 너무 길어진 것 같군. 식사를 하도록 하지."

저녁 식사가 끝나자 목욕 준비가 끝났다는 말을 듣고 신은 욕실로 향했다.

신이 욕실로 향한 뒤에 쿠요우, 카요, 카린은 방에 남아 이야기를 계속하고 있었다.

"그건 그렇고 후지 위에는 정말 카나데 님이 말한 존재가 있었느냐?"

"네. 아마 대련이 아니라 진짜 싸움이었다면 신 공 혼자 살아남았을 것이옵니다. 신 공은 오로치를 여덟 머리 오로치라고 불렀사옵니다. 여성 쪽의 정체는 알 수 없사옵니다. 솔직히 말씀드리면 사람이 맞는지도 불분명하옵니다."

방금 전까지와는 달리 이야기의 내용은 진지하기 이를 데 없었다. 쿠요우 입장에서도 후지의 안개 내부에 대한 귀중한 정보를 듣지 않을 수 없었다.

"나라를 집어삼킨다고 전해지는 괴물과 그것을 길들인 여자인가. 안개 밖으로 나오지 않는다면 이쪽에서 먼저 건드리지 않는 것이 현명하겠군. 내일은 타다히사 님이 널 부르시겠지. 이 이야기를 똑바로 전하거라."

"네."

쿠요우가 당주다운 얼굴로 카린에게 명령했다.

지금도 후지의 안개 속에 들어가는 사람이 적지 않았다. 만약 어쩌다 정상에 도착해 그곳에 있는 두 존재를 자극한다면 엄청난 피해가 발생할 수도 있었다.

카나데의 이야기를 들어보면 타다히사도 위기감을 느끼리라고 쿠요우는 확신했다.

"어려운 이야기는 끝났나요?"

"그래. 그건 그렇고 오늘은 정말 놀라게 되는군."

"그래요. 우리 카린이 남자를 데려오는 날이 다 오다니. 그것도 입을 맞춘 상대라니요."

"어, 어머님! 그 이야기는 이제 그만하시옵소서!"

부끄러운 이야기가 또 나오자 카린이 황급히 제지하려 했다.

"중요한 이야기잖니. 안 그래도 네가 히노모토에 없어서 맞선 이야기를 계속 거절해왔으니까 이제 슬슬 한 곳에 정착하기로 결심할 때란다. 그래서? 신 공에 대해 어떻게 생각하니? 오늘 보니까 예의도 바르고 검술 실력도 상당한 것 같던데? 사위 삼기 나쁘지 않을 것 같더라."

"음! 그건 너무 성급하지 않겠소!"

"마, 맞아요! 아직 서로에 대해 거의 모르는걸요!"

카요의 갑작스러운 사위 발언에 두 사람이 이의를 제기했다.

하지만 덮어놓고 반대하는 쿠요우와 달리 카린은 서로를 알아가는 것이 먼저라는 뉘앙스였다.

"싫지만은 않은가 보네. 이거, 신 공에 대해 좀 더 알아볼 필요가 생겼는데?"

"어머님! 부탁이니까 이상한 일은 하지 마시옵소서!"

"카요! 결혼은, 결혼은 아직 이르오!"

신이 욕실에 들어가 있는 동안에 방에서는 그런 대화가 펼쳐지고 있었다.

†

다음 날 아침.

신은 자신에게 배정된 방 앞의 정원에서 『카쿠라』를 휘두르고 있었다.

무네치카와의 싸움을 거치면서 자신의 기량 부족을 통감했기 때문이다.

"달인의 상대가 안 된다는 건 나도 알고 있었지만 말이지."

신은 자신에게 검의 재능이 없다는 것을 자각하고 있었다. 하지만 노력은 할 수 있었다.

적의 모습을 상상하면서 때로는 피하고 때로는 『카쿠라』를 휘둘렀다. 슬로모션처럼 아주 느린 동작이었다.

이것은 신에게 검을 가르쳐준 사람이 전수한 단련 방법이었다.

"— 휴우우우……."

이 단련법은 움직임이 느릿한 반면에 몸에는 상당한 부담을 주었다. 능력치를 일부러 떨어뜨려놓았기에 『카쿠라』의 무게가 온몸을 짓누르고 있었다.

한 줄기의 땀이 신의 뺨을 타고 흘렀다.

"……너무 집중했나 보군."

카린의 기척이 바로 가까이에 와 있다는 것을 느낀 신은 『카쿠라』를 바닥에 꽂아두고 크게 심호흡을 했다. 연습복 대신 입고 있던 셔츠는 땀으로 흠뻑 젖어 있었다.

"죄송합니다. 단련을 방해했나 보네요."

"아니요, 잠깐 시간이 가는 것도 잊고 있던 참이라 마침 잘 오셨습니다."

미안하다는 듯이 말하는 카린에게 신은 괜찮다고 대답했다.

카린이 온 것은 식사 준비가 다 되었다는 것을 알리기 위해서였다.

땀을 닦고 옷을 갈아입은 신이 식사를 마친 것과, 누군가가 사에구사 저택의 대문을 두드린 것은 거의 동시였다.

"결국 이렇게 된 건가."

사에구사 가문의 문을 두드린 것은 쿠죠 가문에서 온 사자였다.

신은 카린의 안내를 받으며 쿠죠 가문의 본성인 쿠죠 성에 들어갔다. 유즈하는 사에구사 저택에 두고 오기로 했다.

안내받아 들어간 방에서는 카나데와 쿠요우, 칸쿠로 같은 이들도 보였다.

카나데가 신을 못 가게 붙잡아둔 것은 은인을 그냥 보낼 수 없다는 이유도 있지만 어차피 사람을 풀어 데려오게 할 것을 알고 있었기 때문이었다고 한다.

카나데가 안내인과 함께 신을 맞이해줄 때 그렇게 설명해 주었다.

잠시 지나자 방의 상석에 한 남자가 나타났다. 깔끔하게 자른 머리카락과 두툼한 눈썹, 얼굴의 중심에는 검에 베인 흉터가 있었고 큰 체구는 아니었지만 단단하게 단련된 인상을 주었다.

그가 바로 쿠죠 가문의 당주인 쿠죠 타다히사였다.

"다들 고개를 들라."

남자가 나타나면서 머리를 숙였던 사람들이 그 한마디에 일제히 고개를 들었다. 주변을 보고 따라 한 신 역시 마찬가지였다.

"신 공…… 이라고 했던가."

"네."

신의 이름을 부르는 목소리가 낮게 울려 퍼졌다.

"일단 무엇보다도 그대에게 감사 인사를 해야겠군. 이번 일에 대해 진심으로 감사를 표한다."

그렇게 말하며 고개를 숙이는 타다히사를 보고 신과 칸쿠로를 제외한 가신들이 술렁이기 시작했다.

당주가 처음 보는 상대에게 고개를 숙이는 일은 있을 수 없기 때문이다.

"그대의 협력으로 찾아낸 약초로 만든 약으로 내 여식의 병이 극적으로 회복되었다. 의사의 말로는 체력만 돌아오면 원래대로 생활할 수 있다는군."

"오오!"

타다히사의 말에 방금 전과는 다른 종류의 술렁거림이 일어났다. 가신들도 거기까지는 몰랐던 모양이다.

공주에 대한 인망이 워낙 좋았는지 가신들 중에는 그 자리에서 눈물을 보이는 자도 있었다.

"신 공에게는 무엇이든 보답을 하고 싶다. 원하는 것이 있는가?"

"아니요. 제가 원하는 것은 아무것도 없습니다. 굳이 말하자면 동료가 올 때까지 비바람을 피할 장소가 필요하긴 합니다."

"흐음, 카나데에게도 들었지만 정말로 욕심이 없군."

"애초부터 이곳에 도착하면 작별할 예정이었습니다. 이미 들으셨을지도 모르지만 저도 가까운 사람을 병으로 잃은 적이 있습니다. 그래서 도와드린 것뿐이니 신경 쓰지 않으셔도 됩니다."

신과 타다히사의 대화를 들으며 가신들이 술렁거렸다.

신은 현실 세계에서 보았던 사극을 떠올리며 자신이 뭔가 실례되는 말을 했나 생각해보았지만 딱히 짚이는 것은 없었다.

"그러면 계속해서 사에구사의 저택에서 신세를 지도록 하라. 쿠요우, 카린, 잘 부탁한다."

"알겠사옵니다."

타다히사의 명령에 쿠요우와 카린이 나란히 고개를 숙였다. 신이 묵을 곳이 이미 정해져 있었던 것처럼 별로 놀라는 눈치도 아니었다.

"내 입장에서는 이대로 머물면서 우리 집안을 위해 일해주면 좋겠다만. 검술 실력도 상당하다고 들었다. 그대의 동료들과 함께 와줄 수는 없겠는가?"

"아니요, 신체 능력에 의지했을 뿐이지, 순수한 실력 자체는 대단치 않습니다. 어딘가에 소속되고 싶은 마음이 전혀 없기도 하고요."

아무리 좋은 조건이라도 남의 밑에 들어갈 생각은 당연히 없었기에 신은 단호히 거절했다.

"그러면 나와 한 판 겨뤄주시지 않겠습니까?"

대화가 끝나자마자 갑자기 칸쿠로가 입을 열었다. 표정은 여전히 평온했지만 왠지 모르게 날카롭게 느껴지는 눈빛이었다.

"호오, 이거 별일이군. 칸쿠로가 이런 자리에서 먼저 그런 말을 꺼낼 줄이야."

"무례하다는 건 잘 압니다. 하지만 조금 신경 쓰이는 일이 있어서 말이지요."

"흐음, 신 공. 어떤가? 별도의 보상은 지급하겠네."

"……보상은 괜찮습니다. 솔직히 말씀드리면 저도 궁금한 부분이 있었던 차에 마침 잘되었네요."

신에게는 딱히 이득 볼 것이 없는 대련이었지만 신은 칸쿠로의 제안을 받아들였다.

신 역시 신경 쓰이는 부분이 있었던 것이다.

"승리 조건은 어떻게 할까요?"

"서로에게 궁금한 점이 있는 것 같으니까 그걸 알게 되면 끝나는 걸로 하지요."

병사의 훈련장으로 장소를 옮긴 신과 칸쿠로는 병사들과 가신들에게 둘러싸여 서로 대치했다.

양쪽 모두 선정자라는 점을 고려해서 두 사람의 대련을 구경하러 온 사람들은 넓은 훈련장의 가장자리에 모여 있었다.

신은 무네치카와 싸울 때처럼 【리미트】를 Ⅱ로 설정해두었다.

"그러면 제가 먼저 들어가겠습니다."

선공은 칸쿠로였다. 산책이라도 가는 것처럼 가벼운 발걸음으로 눈 깜짝할 사이 거리를 좁혀왔다. 손에는 선정자를 위해 특별 제작된 목도를 들고 있었다.

칸쿠로가 휘두른 일격을 신이 똑같은 목도로 막아내려는 순간 — 칸쿠로가 한 걸음 물러섰다.

"역시 빠르군요."

칸쿠로가 그렇게 말하자마자 호를 그리던 목도가 찌르기로 변화해서 신을 향해 파고들었다.

물 흐르듯이 부드럽게 뻗어 나간 목도는 독자적인 의지를 갖고 움직이는 것 같았다.

"선공은 제가 가져갔으니 질문을 먼저 받아드리기로 하지요."

격렬한 검격(劍擊)이 펼쳐지고 있음에도 불구하고 칸쿠로는 온화한 말투로 신에게 말을 건넸다.

"그러면 사양 않겠습니다. 허리에 차고 계신 검은 어디서 얻으신 거죠?"

"이런, 이걸 알아보시다니 안목이 있으시군요. 이건 옛 주인에게서 받은 물건입니다. 이름은 —."

"『현월(玄月)』…… 일 테지요? 공격 범위 확장에 모든 역량을 쏟아부은 『파문도(波紋刀)』의 강화판이죠."

"……!! 역시 꿰뚫어보고 계셨군요."

신이 검의 상세한 정보를 이야기하자 칸쿠로가 휘두르는 목도의 속도가 올라갔다. 입가에는 평소와 달리 왠지 모르게 즐거워 보이는 미소를 머금고 있었다.

휘두르는 일격의 속도나 검을 부딪칠 때의 충격을 통해 신은 칸쿠로의 능력치가 지금까지 만난 모든 사람 중에서 최고에 가깝다는 느낌을 받았다. 적어도 리온과는 비교도 안 될 정도였다.

후지에서 싸운 무네치카가 더 강한 것은 분명하지만 기량보다도 경험 차이가 압도적이었다. 무네치카와 싸울 때는 전혀 없었던 껄끄러움이 칸쿠로를 상대로는 강하게 느껴졌다.

카린의 말에 따르면, 『영광의 낙일』 이전부터 살아온 강자다. 수많은 싸움을 경험했으리라는 것은 상상하기 어렵지 않았다.

"거기까지 알고 계실 줄이야. 자세한 성능까지 아는 사람은 저와 저의 옛 주인 정도밖에 없었는데 말이지요. 아니, 그러고 보니 그 밖에도 아는 사람이 있긴 했지요."

칸쿠로는 과장되게 말을 끊었다가 다시 이어나갔다.

"『검은 대장장이』. 제 애검을 만든 그분이라면 자세한 정보를 알고 있어도 이상할 것이 없습니다."

신의 정체를 암시하는 그 말은 한층 강하게 부딪친 목검 소리에 파묻혀 아무도 듣지 못했다.

칸쿠로는 서로의 검을 맞댄 채로 신에게 물었다.

"자, 신 공. 이번에는 제가 질문을 해도 되겠습니까?"

"뭐죠?"

"진쿠로라는 이름을 기억하십니까?"

"……네, 기억합니다. 같은 사무라이끼리 친하게 지냈었 죠."

진쿠로. 그것은 게임 시절에 존재했던 일본풍 길드 『화조 풍월(花鳥風月)』의 길드마스터였다. 신과 같은 사무라이로 서로 교류가 있었다.

다른 것은 몰라도 신이 직접 『현월』을 건네준 사람이 바로 그였다. 잊어버릴 리가 없었다.

신은 그제야 칸쿠로에 대한 것도 생각이 났다.

신의 서포트 캐릭터라고 하면 슈니의 이름이 제일 먼저 언 급되는 것처럼, 진쿠로의 대표적인 서포트 캐릭터가 바로 칸 쿠로였던 것이다.

칸쿠로의 종족은 하이로드였다. 슈니와 마찬가지로 천재지 변 직후의 혼란스러운 세상에서 살아남은 역사의 산증인이라 고 할 수 있었다.

"저는 그분의 필두 부하였습니다. 그래서 신 공, 저는 당신 이 어떤 존재인지 잘 압니다. 얼굴을 기억하기 때문이기도 하 지만 달의 사당의 소멸, 지라트 공의 죽음, 게다가 황국에서 는 슈바이드 공도 여행을 떠났다고 들었습니다. 이렇게 되면 단순히 닮은 사람이라고 치부할 수도 없겠지요."

칸쿠로가 신과 처음 만났을 때의 표정을 생각해보면 그의 정체를 바로 간파한 것이 분명했다.

"진쿠로 님은 저에게 이것을 건넨 채로 사라지셨습니다. 신 공은 어째서 돌아오신 겁니까?"

"엄밀히 말해서 돌아온 건 아니에요. 오히려 제가 왜 여기에 있는 건지 묻고 싶을 정도입니다."

신은 칸쿠로의 비스듬한 공격을 목도로 쳐내면서 한숨을 쉬듯 말했다.

"그렇습니까. 어쩌면 신 공에게는 신 공 본인도 모르는 무언가가 있는지도 모르겠군요."

"무언가…… 라고요?"

"네. 신 공은 알고 계십니까? 그 옛날 플레이어라고 불린 분들을 섬겼던 자는 시간이 지남에 따라 자신의 주인을 잊게 됩니다."

"네?"

칸쿠로의 말에 신의 검 끝이 희미하게 흐트러졌다. 능력치로 밀어붙여 공격을 억지로 피하기는 했지만 마음의 동요는 완전히 감출 수 없었다.

"그게 무슨 소리인가요?"

"기억이 조금씩 희미해지는 겁니다. 아니, 그 기억에 대해 신경 쓰지 않게 된다고 해야 맞을까요. 기억은 하고 있습니다. 하지만 예전에 가졌던 충성심과 친애의 감정을 점점 남의 일처럼 느끼게 됩니다. 이러는 저도 그 영향을 받았습니다. 진쿠로 님이 사라진 직후라면 쿠죠 가문을 섬길 생각은 하지도 않았을 테니까요."

칸쿠로는 담담하지만 왠지 모르게 슬픔이 느껴지는 어투로 말했다.

서로 맞부딪치는 목검 소리가 희미하게나마 작아지고 있었다.

"그 이야기를 왜 저에게……?"

"50년쯤 전에 슈니 공과 만날 기회가 있었습니다. 저는 그녀도 똑같은 상태일 거라고 생각했지요. 하지만 그녀의 신 공에 대한 마음은 전혀 변화하지 않은 것처럼 보였습니다. 의아하게 생각한 저는 지라트 공과 슈바이드 공 같은 다른 신하분들도 찾아가보았습니다. 결과는 마찬가지였지요."

모두가 신에 대한 마음을 잃지 않고 있었다 — 그렇게 말하는 칸쿠로의 눈빛에는 선망의 색이 깃들어 있었다.

"히노모토를 떠나 여행을 할 때에 다른 『육천』 부하분을 몇 명 만나본 적도 있습니다. 살아가는 모습은 각기 달랐지만 역시 다들 주인에 대한 변함없는 충성심을 간직하고 있었지요. 그것이 신 공이 돌아왔다는 사실과 뭔가 관련이 있을지도 모르겠습니다."

"……."

"신 공. 부디 그분들의 충성심에 보답해주길 바랍니다. 저는 그 말을 전하고 싶었습니다."

말이 끝남과 동시에 칸쿠로의 목검도 멈추었다.

신도 칸쿠로에 맞춰 목검을 든 손을 멈추었다. 생각지도 못했던 사실을 알게 되어 신은 여전히 떨떠름한 표정이었다.

"대련은 여기까지 해야겠군요."

"그러……네요. 그건 그렇고 많이 놀랐습니다. 그런 이야기는 처음 들었거든요."

"저처럼 자각하지 못한다면 아무도 깨닫지 못할 테지요……. 그건 그렇고 한동안 신 공의 정체는 숨겨드리겠습니다. 섣불리 밝혔다가는 불필요한 혼란을 초래할지도 모르니까요. 지금은 아직 드러낼 때가 아니겠지요?"

"네. 그렇게 해주시면 감사하겠습니다."

신은 칸쿠로와 이야기를 하며 사람들이 구경하던 곳으로 걸어갔다. 마음은 여전히 복잡하기만 했다.

두 사람의 싸움을 관전하던 타다히사에게서 칭찬의 말을 들은 뒤, 신은 쿠죠 저택 밖으로 나왔다.

그때 옆에 있던 카린이 입을 열었다.

"신 공. 아까의 싸움에서 칸쿠로 님과 무슨 이야기를 하셨는지요?"

"네, 뭐. 칸쿠로 씨가 허리에 차고 있던 칼이 왠지 낯익었거든요. 하지만 아니었습니다."

"어떤 칼이라고 생각하셨사옵니까?"

"파문도라는 이름의, 공격 범위가 늘어나는 칼입니다. 칸쿠로 씨의 이야기에 따르면 그 강화판이더군요. 많이 놀랐습니다. 『현월』이라고 하던가요?"

신은 칸쿠로와 나눈 대화 내용을 굳이 말할 생각이 없었다. 그래서 얼버무리는 김에 칸쿠로가 가진 칼에 대한 화제로 넘어갔다.

"그보다 좋은 칼은 히노모토에 없다는 말이 있사옵니다. 신도(神刀)라고 불리는 명검 중의 명검이지요. 칸쿠로 님의 말씀에 따르면, 전설 속 검은 대장장이가 만든 검이옵니다. 하지만 그 탓에 약간의 다툼이 생겼습니다."

"다툼이…… 벌어졌다고요? 그러고 보니 어제 들은 이야기에서 계승이 어쩌고 하던데, 그것와 관계가 있나요?"

"칸쿠로 님이 이제 슬슬 후계자에게 자리를 물려주고 싶다고 말씀하셨지요. 히노모토에서 가장 검술이 뛰어난 자에게 물려주겠다고요. 물론 칸쿠로 님을 제외했을 때의 이야기지만요."

카린의 이야기에 따르면, 히노모토에는 검술에 뛰어난 자에게 주어지는 『히노모토 십걸(十傑)』이라는 칭호가 있다. 예전에 칸쿠로에게서도 들어본 적이 있는 단어였다.

실력순으로 1석, 2석으로 순위가 매겨지며 칸쿠로는 당연히 제1석, 카린은 제3석이라고 한다.

히노모토 십걸은 어디까지나 검술만 보고 평가되므로 전투

력 면에서 십걸의 말단보다 강한 사람은 얼마든지 존재할 수
있었다.

대략 제5석까지가 상위 라인이었고 그중에서도 칸쿠로는
차원이 다른 존재였다.

"적진에 홀로 뛰어들어 1,000명 가까운 적병을 베어 죽인
이야기가 특히 유명하지요. 검은 칼집에 은색 검신을 가진
『현월』을 휘두르는 모습 때문에『백발의 검귀(劍鬼)』라는 별명
으로도 알려졌사옵니다."

"『백발의 검귀』…… 인가요."

유명해질수록 그런 별명은 떼려야 뗄 수 없는 모양이었다.

『검은 대장장이』라는 별명으로 유명한 신도 남의 일처럼 느
껴지지 않았다.

"현재 가장 유력한 후보는 누군가요?"

"저를 포함해서 제2석부터 제4석까지가 박빙을 이루고 있
사옵니다. 게다가 저희 세 사람을 쓰러뜨리면 이름을 떨칠 수
있다는 생각인지 결투를 신청해오는 사람도 많았습니다."

카린은 예전 일이 떠올랐는지 하늘을 올려다보며 한숨을
쉬었다. 상당히 곤혹스러웠던 모양이다.

이미 히노모토에 그녀가 돌아왔다는 소식이 알려졌을 테니
또 그런 자들이 몰려들지 않으리라는 보장도 없었다.

그런 이야기를 나누며 두 사람이 사에구사 저택에 돌아오
자 갑자기 무언가가 신을 향해 뛰어들었다.

"쿠우!"

"어이쿠. 유즈하, 무슨 일이야?"

신의 품에 뛰어든 것은 아기 여우 모습의 유즈하였다. 무슨 일인지 털이 흠뻑 젖어 있었다.

"이런, 이런, 안 돼, 유즈하. 깨끗이 씻어야— 어머, 카린 님, 신 님. 어서 돌아오십시오."

유즈하의 뒤를 따라 저택 밖으로 나온 사람은 치요였다. 그녀는 손에 목욕용 솔을 들고 있었다.

"뭐 하는 거야, 치요? 이 아이가 겁먹었잖아."

"그저 몸을 씻겨주었을 뿐이에요."

"손을 왜 그렇게 수상하게 움직이는 건데……."

당치 않다는 듯이 입술을 비죽 내민 치요의 손을 본 카린이 눈썹을 찡그리며 그렇게 말했다. 목욕 솔을 들지 않은 반대쪽 손의 손가락을 빠르게 구부렸다 폈다 하고 있었다.

신도 같은 의견이었다. 몸을 씻겨줄 때의 움직임은 분명 아니었다.

『손이, 손이~.』

"진정해, 유즈하. 어쨌든 나머지는 제가 하겠습니다. 그런 건 계약자가 직접 하는 편이 좋을 테니까요."

신은 당장이라도 울음을 터뜨릴 것만 같은 유즈하를 달래면서 치요에게 그런 제안을 했다. 이대로 치요에게 맡겨두면 안 될 것 같았다.

"그럴 수가……?!"

"치요…… 왜 그렇게 절망스러운 표정을 짓는 거야?"

나라를 잃은 듯한 얼굴의 치요를 카린이 어이없다는 듯 쳐다보았다. 카린의 태도를 보면 예전에도 비슷한 일이 있었던 모양이다. 신은 쓴웃음을 지을 수밖에 없었다.

†

신과 카린이 떠들썩한 한때를 보내고 있을 무렵, 쿠죠의 본성에서는 카린을 제외한 가신들이 한자리에 모여 있었다.

"그래, 칸쿠로. 어째서 그자와 대련했는지, 이유를 들려주겠는가?"

타다히사는 신과 처음 만났을 때의 온화한 분위기는 온데간데없이 상당한 위압감을 풍기고 있었다.

신은 타다히사의 딸인 쿠죠 하루나의 생명을 구해준 은인이었다.

그런 신에게 감사하기 위한 자리에서 대결을 청한 것이다. 칸쿠로가 아니었다면 그 자리에서 쫓겨날 만한 행동이었다.

"네. 반드시 확인해야 할 일이 있었습니다. 허락해주셔서 감사했습니다."

타다히사와 달리 칸쿠로는 평소와 다를 것 없는 말투였다.

확신이 있었기에 꺼낸 제안이었다. 신이 그 정도로 불쾌해

하지 않으리라는 것을 칸쿠로는 알고 있었던 것이다.

"저의 옛 주인인 진쿠로 님의 친구분과 외모부터 분위기까지 매우 닮아 혹시 본인이 아닐까 했는데 역시 맞았습니다."

"칸쿠로의 옛 주인 말인가. 그런 싸움을 본 이상 납득할 수밖에 없군."

타다히사의 말에 본인을 포함한 모두가 고개를 끄덕거렸다.

싸움을 지켜본 사람들 중에는 칸쿠로의 검을 가볍게 받아내며 반격까지 해내는 신을 보며 험악한 표정을 짓는 이도 있었다.

고수가 많은 쿠죠 성에서도 칸쿠로와 정면으로 대결할 수 있는 사람은 얼마 되지 않았다. 그곳에 있는 누구도 두 사람의 속도에 반응할 능력은 없었다.

"조금 특수한 분이시라 그 정도의 싸움이라면 이야기를 나눌 만한 여유도 있었습니다. 그리고 또 한 가지. 이쪽이 더 중요한 사항이지요."

"그것이 무엇인가?"

"그분이 누군가를 섬기게 될 일은 절대 없습니다. 만약 이 안에 있는 누군가가 신 공을 등용하려 한다면 적어도 무리한 방법은 사용하지 않는 것이 좋을 겁니다. 최악의 경우는 히노모토가 바다 밑으로 침몰할 수도 있습니다."

칸쿠로의 말에 그 자리에 있던 모두가 놀라움을 금하지 못했다. 대체 이게 무슨 농담이냐며 어이없어하는 자도 있었다.

검 실력이 칸쿠로와 호각이라 해도 히노모토 전체가 위험하다는 것은 과장일 것이라고 모두가 생각했다.

"……이런 상황에 그대가 농담을 할 리는 없을 텐데."

"분명 타다히사 님은 슈니 라이자나 지라트 에스트레아와 만난 적이 있으셨지요?"

"그렇다. 내가 아직 당주가 되기 전이었지."

"그분들이 얼마나 강한지도 알고 계십니까?"

"슈니 라이자가 출진한 전투라면 본 적이 있다. 몬스터 군단을 혼자서 쓸어버리는 광경은 압권이기도 했지만 무시무시하기도 했지. 그 힘은 인간의 영역을 뛰어넘은 것 같았다. 나라 하나를 멸망시킬 수 있다는 말도 결코 허풍쟁이들의 과장은 아닐 테지."

타다히사는 당시의 일이 떠올랐는지 엄숙한 얼굴이 더욱 딱딱하게 굳어 있었다. 그는 작은 상처 하나 없이 몬스터들을 섬멸해가는 모습을 똑똑히 지켜보았던 것이다.

"신 공의 힘은 그것와 동등, 아니, 그 이상이라고 생각해야 할 겁니다. 검술 실력이라면 저에게도 앞서는 부분이 있습니다만 마음먹고 싸우게 될 경우는 손쓸 도리가 없습니다. 최선을 다한다 해도 고작 몇 분 시간을 끄는 정도겠지요."

"그 정도인가?"

"틀림없습니다. 타다히사 님도 하이 휴먼에 대한 전설을 알고 계시겠지요? 지금 전해지는 이야기의 대부분은 사실입니다. 그러한 낙일 이전의 세계에는 지금과 비교조차 되지 않을 만큼 수많은 강자들이 있었고, 신 공 역시 지금의 상식으로 판단해서는 안 됩니다. 현재 전해지지 않는 비기와 기술만 해도 수십 개는 익히고 있을 겁니다. 하지만 다행히 그분은 어지간한 일이 아니라면 먼저 검을 뽑는 성격이 아닙니다. 우리가 친절하게 대한다면 노여움을 살 일은 없을 테지요."

낙일 이전부터 살아왔고 히노모토 최강이라 불리는 칸쿠로의 말이 아니었다면 다들 웃어넘길 만한 내용이었다. 하지만 칸쿠로의 표정을 보면 농담이 아니라는 것은 금방 알 수 있었다.

그로부터 한동안 아무도 입을 열지 못했다.

히노모토 십걸의 제1석에게 이렇게나 진지한 말을 들은 이상 상황을 낙관할 수 있는 사람은 아무도 없었던 것이다.

절대로 신을 건드려서는 안 된다. 이미 그런 결론이 난 것이나 다름없었다.

신 일행이 쿠죠의 영지에 도착했을 무렵이었다. 한 저택에서 두 남자와 한 여자가 이야기를 나누고 있었다.

상좌에는 몸집이 큰 웅인(熊人) 남성과 퇴폐적인 분위기의

미녀가 앉아 있었다.

나머지 한 명의 남자는 검은 닌자복을 입고 무릎을 꿇은 채 고개를 숙이고 있었다.

"실패한 건가. 상대는 마법에 대한 방어가 그렇게 강하지 않았을 텐데, 뭔가 대책이라도 해두었던 것인가?"

"아니요. 남자 동행자가 한 명 더 있었습니다. 아무래도 그 자가 위험을 감지한 모양입니다.

닌자복의 남성이 당시의 상황을 설명했다."

"어떤 놈이지?"

"신이라는 이름의 모험가입니다. 대륙의 도시를 휩쓴 몬스터 군단에게 막대한 피해를 입힌 것 때문에 최근 들어 유명해지고 있습니다. 틀림없이 선조환생일 테지요."

신이 생각한 것 이상으로 바르멜에서 활약한 소문이 널리 퍼진 모양이었다. 강자에 대한 정보는 본인이 의도치 않더라도 어쩔 수 없이 전해지는 법이었다.

"사람들 속에 숨어 몰래 관찰했습니다만 그자는 위험합니다. 겉모습은 얌전해 보이지만 몸에서 짙은 피 냄새가 납니다. 그자는 우리들과 비슷합니다."

닌자복 남자는 그렇게 말하며 희미하게 몸을 떨었다. 어둠의 인간만이 느낄 수 있는 특수한 감각이 냄새의 형태로 신의 위험성을 경고해준 것이다.

"어머, 로쿠하라 제일의 실력자로 이름 높은 카이가 그 모험가를 두려워하는 거야?"

상좌에 앉은 남자를 대신해서 여성 쪽이 입을 열었다. 고개를 갸웃거리는 움직임에 맞춰서 바닥에 닿은 백발과 머리 위의 동물 귀가 흔들렸다.

여성의 등 뒤에는 하얀 털이 북실북실한 꼬리 여섯 개가 하늘하늘 움직이고 있었다.

"목숨을 걸어도 된다면 어떻게든 처리하겠습니다."

"급하게 굴지 마라. 네 목숨은 나중에 쓸데가 있다. 가장 중요한 쿠죠 가문의 후계자를 해치우지 못한다면 아무 의미가 없다."

상좌에 앉은 남자는 얼음처럼 차가운 목소리로 카이라 불린 남자를 타일렀다. 일반적인 웅인보다 훨씬 큰 체구와 몸에 새겨진 흉터가 더욱 중후한 위압감을 풍기게 했다.

카이는 그 말을 듣자 몸을 낮게 엎드렸다.

"타마모. 너의 기술로도 처리할 방법이 없는 건가? 성에 들어가버리면 그렇게 쉽지는 않을 거다."

"쥬고 님을 위해서라면 타마모는 기꺼이 힘을 빌려드리겠어요."

타마모는 쥬고에게 몸을 기대면서 사람을 홀리는 미소를 지었다. 그것은 마법 같은 효과를 발휘하여 쥬고와 카이의 사고를 조금씩 변화시켰다.

그것이 아니라면 꼬리가 여섯 개나 달린 모습에서 아무것도 알아채지 못할 리가 없었다.

"훗, 쿠죠 가문도 소중한 딸이 죽임을 당한다면 더 이상 평안하지는 않겠지. 언니 쪽도 이제 얼마 남지 않았던가?"

"네, 병은 이제 곧 쿠죠 하루나의 생명을 완전히 집어삼킬 거예요. 할 수만 있다면 장남도 처리하고 싶었지만 접근할 기회가 있어야 말이죠. 아쉬워라."

"일단은 가까운 자들부터다. 히노모토는 더 이상 둘로 나뉘어 있어선 안 돼."

쥬고의 눈동자에 광기의 빛이 깃들기 시작했다.

그것을 알면서도 타마모와 카이는 아무 말도 하지 않았다.

히노모토 내에서 불온한 불씨가 피어오르고 있었다.

각자의 마음 | Chapter 3

쿠죠 타다히사와 대면한 다음 날 아침이었다.

신은 아침부터 『카쿠라』를 혼자 휘두르고 있었다. 그것도 【리미트】를 해제한 상태로 말이다.

"— 흡!"

능력을 해방했다고 주위가 휩쓸리는 일은 없었다.

온 힘을 다해 힘을 쓴다면 제어하기 어렵겠지만 반대로 힘을 빼는 것은 쉬웠다. 베일리히트의 길드마스터 발크스와 싸울 때도 【리미트】를 사용하지 않은 상태였다.

신은 사용하는 힘을 조금씩 늘리면서 몸의 느낌을 신중히 확인해나갔다. 완전히 파악하기는 힘들겠지만 이렇게라도 하지 않으면 세밀한 힘 조절을 할 때 큰 차이가 날 수밖에 없었다.

완전 해방 상태로 힘 조절을 해야 할 일이 앞으로 있을지는 지금 굳이 생각하지 않기로 했다.

"쿠우."

"어, 시간이 된 건가."

아침 식사 시간까지 끝내고 먹으러 갈 준비를 하기 위해 유즈하에게 시간을 봐달라고 부탁해둔 참이었다.

"으음~ 이제 그만 나와도 되거든요?"

"……알고 계셨군요."

신이 툇마루 끝을 향해 말을 건네자 카린이 부끄러워하며 모습을 드러냈다.

"방해가 될까 하고 나름대로 주의했사옵니다만."

"그렇다면 괜찮습니다. 아 있구나, 하는 정도의 느낌이었으니까 집중하는 데 방해가 되진 않았거든요."

지난번처럼 근처에 카린이 있다는 사실을 신은 알고 있었다. 그때도 그랬지만 나름대로 배려해주려는 모양이었다.

"아침을 먹기에는 아직 이른 것 같은데요."

"아, 그건 신 공이 어떤 수련을 하는지 궁금해서 그랬사옵니다. 어제 칸쿠로 님과 보여주신 대결도 엄청났으니까요."

"그런가요. 하지만 별로 특별한 훈련 같은 건 안 하는데 말이죠……. 그런데 제가 싸우는 모습이 어떠셨나요?"

신은 마침 좋은 기회라는 생각에 예전부터 신경 쓰이던 부분을 카린에게 물어보기로 했다.

"어떤 것 말이옵니까?"

"저의 검술에 관해서 물어보고 싶어서요. 일단 약간의 지도를 받기는 했지만 어쩔 수 없이 저만의 방식으로 굳어진 부분이 많아서요."

한 명의 플레이어로 따진다면 신은 충분히 강했다.

하지만 능력치 차이가 없이 순수하게 검술만으로 승부를

겨룬다면 그쪽 계통의 전문가인 칸쿠로나 카린을 당해낼 수 없을 것이다.

신이 강한 것은 몬스터, 플레이어를 상대로 한 풍부한 전투 경험 외에도 다양한 마법과 스킬의 응용 때문이었다.

직업에 따른 무기 제한이 없기 때문에 검, 창, 활 등 사용할 수 있는 무기도 많았다.

이것은 전투가 기본적으로 솔로이기 때문이었다. 상대에게 유효한 무기로 즉시 바꾸어야만 전투를 유리하게 이끌어갈 수 있었다.

한 가지 무기를 파고드는 편이 더욱 강해질 수 있다는 의견도 있지만 신은 그런 방법을 선택하지 않았다.

배우지 않아도 모든 것을 이해한다거나 하루가 멀다 하고 기량이 올라가는 식의 천부적인 재능은 신과 인연이 없었다.

굳이 정의를 내리자면 신의 검술은 수재(秀才)의 검술이었다.

"……저 따위가 건방진 이야기를 하는 것 같아 황송하옵니다만……. 가장 눈에 띄었던 건 몸의 움직임이옵니다."

"움직임?"

"네. 저희 집안에 전해지는 사에구사류(流) 검술에서는 검을 휘두르는 동작 하나하나에도 몸 전체를 사용하도록 의식해야 하옵니다. 자신의 의지로 한 치의 흔들림 없이 제어된 정밀한 검격이야말로 사에구사류의 진면목이옵니다. 그와 비교하자

면 신 공의 검술은 몸동작에 흔들림이 있는 것처럼 느껴지옵
니다. 아마도 형식적인 동작을 몸으로 익히는 대신 실전을 통
해 강해졌기 때문이 아닐는지요."

"굉장하네. 정답이야."

신이 검을 처음 배운 뒤로 수련에 쏟은 시간은 많지 않았
다. 그가 사용하는 대부분의 기술은 실전 속에서 갈고닦인 것
이었다.

그리고 현실이 아닌 게임이었던 만큼 시스템이 유효하다고
판정을 내리면 최적의 움직임이 아니더라도 분명한 대미지가
들어갔다. 따라서 신의 움직임도 점점 거기에 맞춰지며 정착
하게 된 것이다.

"신 공은 신체 능력이 압도적이옵니다. 그래서 사소한 어긋
남 정도는 문제가 되지 않았던 것이겠지요."

"하지만 이제부터는 그렇게 되기 힘들겠죠."

지금 이 세계에는 게임 같은 대미지 판정 시스템이 존재하
지 않았다. 카린이 지적한 사소한 어긋남이 상대에게 주는 대
미지에 분명한 영향을 끼칠 수밖에 없었다.

"이제부터 말이옵니까?"

"언제까지고 자기 몸에 휘둘릴 수는 없으니까요."

검의 천재에게 이기고 싶은 것은 아니었다. 그저 자신의 힘
을 완벽히 다룰 수 있게 되고 싶었다.

아직도 자신의 힘을 주체하지 못하는 신은 시간이 있을 때

조금이라도 제어하는 연습을 해두고 싶었다.

"저기…… 저라도 괜찮으시다면 기초적인 부분을 알려드릴 수는 있사옵니다. 일행분이 도착하실 때까지 저희 집에 머무르실 테니 조금은 신 공의 힘이 될 수 있을 것이옵니다."

"저야 감사하지만 외부인에게 가르쳐줘도 되는 건가요?"

카린의 갑작스러운 제안에 신은 의문을 드러냈다.

"신 공이라면 잘못된 일을 하지는 않으리라 믿사옵니다. 지금의 신 공에게 필요한 것은 신체 능력을 파악하고 제어하는 일이지요. 유파의 기술을 전수하는 것도 아니니 개인적인 지도에 문제를 제기하는 사람은 없을 것이옵니다. 기초적인 지도는 아무 도장에서나 다 하는 일이지요."

문제 제기하는 사람이 분명 있을 거라고 신은 생각했지만 히노모토 십걸의 제3석인 카린에게 직접 배울 수 있는 기회를 놓칠 수는 없었다. 그래서 사소한 일은 신경 쓰지 않기로 했다.

"그러면 아침 식사 뒤에 바로 수련을 시작하겠사옵니다."

"잘 부탁드립니다."

두 사람은 아침 식사가 끝나자 사에구사 가문의 도장으로 이동했다. 카린의 안내를 받아 도착한 곳은 아담한 도장으로, 문하생들은 별도의 도장에서 지도를 받는다고 한다.

신은 【리미트】로 능력치를 낮춘 채로 카린에게 잘못된 점을 지적받았다. 자신만의 방식으로 너무 오래 싸워왔기 때문인지, 예상했던 것보다 잘못된 습관이 많이 배어 있었다.

"신 공은 검 외에도 많은 무기를 사용한다고 하셨으니 그 탓이 아닐는지요."

다양한 무기를 사양하는 탓에 자신의 습관을 발견하기 어려웠으리라고 카린은 말했다.

"쿠아~."

그런 두 사람을 유즈하가 하품을 하며 지켜보고 있었다.

†

신이 카린에게 지도를 받게 된 지 며칠이 지난 어느 날 밤이었다.

신은 자신의 방에서 나와 툇마루에 걸터앉으면서 슈니의 보고에 귀를 기울이고 있었다.

『─그렇구나. 그 뒤에는 별문제 없었나 보네.』

『네. 해미 씨는 무사히 데려다드렸습니다. 만약을 위해 빌헬름이 함께 있으니 어지간한 일이 없는 이상 괜찮을 겁니다.』

밀트는 『정점의 파벌』의 거점 공략에 동원되었기에 호위 역할로 빌헬름이 남은 모양이다. 여정 동안에 해미가 가장 마음을 연 상대가 빌헬름이었기에 모든 면을 고려했을 때 최적의 선택이었으리라.

『그 말을 들으니 안심이 되네. 이쪽은 아직 별일 없지만 조금 신경 쓰이는 일이 있어. 오는 길에 경계를 늦추면 안 될 것 같아.』

『알겠습니다. 그럼.』

왠지 모르게 기분이 좋아 보이는 목소리를 마지막으로 슈니와의 심화를 끊었다. 풍향에 따라 달라지겠지만 1주 정도면 히노모토에 도착할 수 있다고 한다.

모처럼의 기회인 만큼 잠깐 히노모토 관광이라도 할까 생각하며 무심코 하늘을 올려다보자 예쁜 보름달이 떠 있었다.

"달빛이 비추는 정원도 제법 괜찮군."

"오늘은 멋진 달밤이니까요."

신은 혼잣말로 중얼거렸지만 거기에 대답하는 목소리가 있었다. 물론 근처에 있다는 것을 이미 알았기에 놀라지는 않았다.

그것은 바로 실내용 기모노를 입은 카린이었다. 윤기 있는 흑발이 달빛을 받아 희미하게 반짝이는 것처럼 보였다.

"아버님이 좋은 술을 선물 받았다며 신 공에게도 드리라고 하셨사옵니다."

그렇게 말하는 카린은 나무 술병과 사기 술잔이 올려진 쟁반을 손에 들고 있었다.

"잘됐네요. 모처럼 예쁜 달이 떴으니까 달을 보면서 한잔 할까요."

신은 현실 세계에서 술을 별로 좋아하지 않았기에, 달구경을 하면서 술을 마시는 것은 처음이었다.

"받으시옵소서."

"네? 아, 감사합니다."

신은 직접 따라 마시려고 했지만 카린이 먼저 술병을 들어 잔에 따라주었다. 술잔이 두 개인 것을 보면 카린도 함께 마시려는 모양이었다.

술을 다 따르자 이번에는 신이 카린의 술잔에 술을 따라주었다.

아마 【THE NEW GATE】의 일본주일 것이다. 잔에 담긴 술의 달콤한 향기는 긴죠슈(吟醸酒)(역주: 백미를 원료로 저온 발효시켜 빚은 청주. 풍부한 향기가 일품이다.)를 연상시켰다.

언젠가 대학에서 마셨던 기억을 떠올리며 천천히 입에 갖다 대자 희미한 단맛과 깔끔한 목 넘김이 인상적인 술이었다. 술맛을 잘 모르는 신도 맛있다고 단언할 수 있었다.

밤하늘의 달을 올려다보며 마시니까 술맛이 더욱 각별해지는 듯했다. 어쩌면 카린 같은 미인이 옆에 있기 때문인지도 모른다.

"예쁘네요."

"네?! 아, 아니, 그렇사옵니다! 예쁜 달이옵니다!"

"……?"

놀라는 목소리였기에 신이 카린을 돌아보았지만 그녀는 황급히 밤하늘 쪽으로 시선을 피했다.

"왜 그러세요?"

"아니요, 정말 아무것도 아니옵니다⋯⋯."

아무래도 긴장한 기색이 역력해 보였다. 방금 전까지의 의연한 모습은 온데간데없었다.

"혹시 기둥 뒤에 숨은 두 분과 관계가 있습니까?"

"⋯⋯들킨 모양이군요."

"뭐, 저건 오히려 들키지 않는 게 어려울 것 같은데요⋯⋯."

툇마루 끝 모퉁이 뒤에 쿠요우와 카요가 숨어 있다는 것을 신은 이미 감지하고 있었다. 쿠요우의 눈빛에는 약간의 살기가 어려 있었기에 싸움 속에서 살아온 신이 알아채지 못할 리는 없었다.

"무슨 일이라도 있었던 건가요?"

"⋯⋯실은 어머님이 신 공에 대해 좀 더 알아오라고 하셨사옵니다."

"저에 대해서요?"

술은 이야기가 더 잘 나오게 하기 위해서였다고 한다.

"제가 뭐 잘못한 거라도 있었나요?"

"그런 것이 아니오라⋯⋯ 제가 알고 싶은 것은, 저기⋯⋯ 좋아하는 음식이나 좋아하는 것이나 여성에 대한⋯⋯ 취향이옵니다."

마지막 한마디는 기어들어 가는 목소리였다.

"어…… 혹시 그런 건가요? 맞선이라도 시키시려고요?"

카린의 어머니 카요는 무슨 생각으로 카린에게 그런 질문을 시킨 것일까. 신은 그 이유를 대충 짐작했지만 직접적으로 언급하지는 않기로 했다.

사에구사 저택에 신세지게 된 뒤로 신은 히노모토의 무가(武家)에 대해서도 조금은 배우게 되었다.

카요도 그랬지만 히노모토의 여성은 결혼을 빨리 했고 10대에 어머니가 되는 일도 드물지 않았다.

특히 여성이면서 히노모토 십걸이기도 한 카린은 원래 약혼자가 있어도 이상할 것은 없었다.

다만 사에구사 가문은 무를 중시하는 가풍이 있었기에 어중간한 남자는 쿠요우가 인정하지 않았다. 히노모토 십절 제2석인 쿠요우가 인정할 만한 상대는 그리 많지 않았던 것이다.

"어머니가, 저기, 신 공이라면 괜찮을 거라고…… 아버님도 납득하셨다고 하옵니다."

칸쿠로와 정면으로 대결하는 것을 보고 쿠요우의 기준에는 합격한 모양이다. 카린의 이야기를 통해 추측해보면 두 사람을 적극적으로 맺어주려는 사람은 카요인 것 같았다.

"정말로 납득하신 게 맞습니까? 점점 살기가 강해지는 느낌인데요."

시간이 지남에 따라 쿠요우에게서 뿜어져 나오는 살기가

강해지고 있었다. 머리로는 납득하더라도 아버지로서의 감정을 어찌할 수는 없는 듯했다.

"저기, 그게 말이죠. 죄송하지만 저에게는 약혼자가 있어서 그런 이야기는 받아들일 수 없습니다."

"어…… 아, 네. 그, 그렇겠지요! 신 공 같은 분이라면 당연히 약혼자가 있을 것이옵니다!"

약혼자가 있다는 말을 들은 카린은 순간적으로 눈을 동그랗게 뜨더니 조금 과장된 반응을 보였다.

놀라는 것 같기도 하고 안심하는 것 같기도 한 복잡한 표정에서는 순간적인 침묵이 무엇을 의미하는지 읽어낼 수 없었다.

"이상한 이야기를 꺼내서 송구하옵니다. 모처럼 좋은 밤을 방해했군요."

"개인적으로는 술을 따라주셔서 영광이었습니다."

"그렇다면 다행이옵니다."

카린은 고개를 숙인 뒤 쿠요우와 카요가 있는 방향으로 걸어갔다. 그대로 세 사람의 기척이 멀어지는 것을 보면 카린이 일부러 배려해준 모양이었다.

"약혼……이라."

신이 원래 살던 세계에서도 집안이나 혈통 같은 것을 중시한 결혼은 존재했다. 하지만 그것은 자신과 전혀 상관없는 이야기였다.

만약 카린이 정말 신에게 반했다면 결혼 이야기를 꺼낸 것을 조금은 이해할 수도 있었을 것이다. 하지만 아직은 단순한 호감일 뿐이지, 그것이 연애 감정으로 발전했다는 느낌은 전혀 없었다.

물론 인공호흡이나 심장 마사지 같은 신체 접촉으로 신을 더욱 의식하게 되었을 테지만 말이다.

"학생한테는 아직 이른 이야기야."

신의 원래 신분은 대학생이었다. 결혼도 그리 먼 이야기는 아닐 테지만 아직은 남의 일처럼만 느껴지는 것이 사실이었다.

"……휴우."

신과 헤어진 뒤에 카린은 쿠요우와 카요를 침실로 보내고 자기 방에 돌아와 있었다.

평소보다 무겁게 느껴지는 몸을 이부자리에 눕힌 채 천장을 올려다보았다.

"약혼자……."

신의 전투력은 매우 높았다. 히노모토 밖이라면 모험가로도 대성할 수 있을 것이다.

실제로 신은 이미 조금씩 유명해지고 있다는 것을 카린도 알고 있었다.

타다히사는 신에게 무리한 요구를 하지 말라는 엄명을 내렸지만 본인끼리 좋아한다면 문제 될 것은 없었다.

"귀찮은 일이 줄어들었다고 좋아해야 할 상황인데……."

그녀는 지금까지 신부 수업은 뒷전에 두고 검만 휘둘러왔다. 모험가로 떠돌면서 요리와 바느질을 어느 정도는 익혔지만 결혼에 대한 생각을 진지하게 한 적은 한 번도 없었다.

—불과 최근까지는 말이다.

"……휴우."

방에 돌아온 뒤부터 한숨이 끊이지 않았다.

자신의 컨디션을 관리하는 것도 무인의 의무였다. 그럼에도 신과 이야기한 뒤로는 아무래도 상관없는 일처럼 느껴졌다.

카린은 자신이 지금 어떤 상태인지 알고 있었다.

그녀의 몸을 뒤덮은 권태감의 정체, 그것은 상실감이었다.

소중한 것을 잃어버렸을 때 느끼는 무력감과 비슷한 감정이다.

하지만 그것은 이상했다. 자신은 아무것도 잃어버리지 않았기 때문이다.

"예쁘다고…… 했었는데."

카린의 마음속에서 방금 전 신의 말이 되살아났다.

신의 태도를 보면 그것이 자신을 향한 말이 아니라는 것쯤은 알 수 있었다. 그럼에도 이상할 만큼 당황하고 말았다.

지금도 얼굴이 달아오르는 것을 자각할 수 있었다.

그와 동시에 가슴 안쪽이 죄어들듯 아파왔다.

카린은 이것이 무슨 감정인지도 알고 있었다.

"나는…… 신 공을 좋아했던 걸까?"

처음 만난 것은 히노모토로 돌아오는 배 안에서였다. 실력자라는 것은 알았지만 단지 한 배에 탄 승객에 불과했다.

여러 번 이야기를 나누는 사이 나쁜 사람이 아니라는 생각이 들었다.

게일 서펜트와 싸울 때는 그의 힘을 보고 경악했다.

그리고 바다에 빠진 카나데를 따라 자신도 바다에 뛰어들었다 깨어나자 제일 먼저 신의 등이 보였다.

"넓었어……."

카린은 그에게 업혔을 때의 상황을 희미하게나마 기억하고 있었다. 신은 몸이 마른 편이지만 등은 의외로 넓었고 몸을 기대는 동안 조금의 불안감도 느껴지지 않았다.

그리고 하루나를 구하기 위한 약초 찾기를 도와준 데다 후지에서는 거대한 여덟 머리 몬스터를 두려워하지도 않고 자신의 검으로 약초를 얻어주었다.

백은의 갑옷을 입은 여자 사무라이와 정면으로 대결하는 신을 보았을 때 가슴이 뜨거워졌던 기억이 있었다. 그때는 그것이 강자끼리의 싸움을 가까이에서 지켜보았기 때문으로만 생각했다.

"싸우는 모습을 보고 반하다니, 나도 참 이상해."

카린은 자신의 감성이 이상하지 않나 걱정되었다. 아무리 지금까지 검만 보고 살아왔다지만 그건 너무 심하지 않은가.

그 외에 반한 계기가 있다고 한다면…….

"아…….."

거기까지 생각이 미치자 떠오르는 것이 있었다.

카린이 신을 이성으로 의식하게 된 결정적인 사건이다.

카린의 손가락이 자신의 입술을 어루만졌다.

"입맞춤."

신은 카린을 구하기 위해서였다고 필사적으로 이야기했고 카린 역시 그 말을 의심할 생각은 없었다.

하지만 입을 맞춘 것은 사실이었다. 게다가 카나데의 이야기에 따르면, 가슴까지 만졌다.

또래보다 약간 발육이 좋은 편이라는 것은 그녀도 자각하고 있었다. 카나데와 모험할 때도 남자들의 시선이 가슴으로 향하는 것을 느끼고 있었다.

그때는 불쾌하기만 할 뿐이었지만 상대가 신이라고 생각하자 이상하게도 기분이 나쁘지 않았다.

나쁘기는커녕—.

"내가 지금 무슨 생각을 하는 거지?!"

자신도 모르게 큰 목소리가 나오고 말았다.

심장이 시끄럽게 뛰고 있었다. 생각이 꼬리를 물며 계속 이어졌다.

하지만 생각하지 않으려 할수록 머릿속에는 신의 모습이 떠올랐다.

처음 만났을 때 봤던 조금 얼빠진 얼굴.

게일 서펜트의 머리를 날려버릴 때의 용맹한 얼굴.

자신을 배려해줄 때의 상냥한 얼굴.

집중하고 검을 휘두를 때의 진지한 얼굴.

"거절당하고 나서 깨닫다니, 이상하잖아……."

오늘 밤은 잠이 올 것 같지 않았다.

✝

신이 카린에게 약혼 이야기를 들은 지 사흘 뒤, 사에구사 저택에 한 통의 편지가 도착했다.

편지를 받은 치요의 말에 따르면, 쿠죠 가문의 사람이 가져 왔다.

"저한테 온 건가요?"

"으음, 하루나 님이 신 공과 만나고 싶다고 했다는군. 보낸 사람은 카나데 님이네."

무례하다는 것은 잘 알지만 언니와 한 번 만나달라고 이야 기해주지 않겠는가 ― 대충 그런 식의 내용이 적혀 있었다고 한다.

카나데의 성격을 생각해보면 본인이 직접 와도 이상할 것은 없었지만 히노모토를 오랫동안 떠나 있었던 탓에 시녀들이 밖에 내보내주지 않는 건지도 몰랐다.

"하루나 님은 착실한 분이라 편지뿐만 아니라 직접 감사 인사를 하고 싶어 하실 걸세."

신은 이미 도와준 것에 대한 하루나의 감사 편지를 받았다.

고풍스럽게 돌려 말하는 내용이 많아 이해하기 힘들었지만 감사의 마음이 분명히 전해지는 문장이었다.

"타다히사 님에게도 감사 인사는 받았으니까 굳이 신경 쓰지 않으셔도 될 것 같은데요."

"하지만 의외로 완고한 성격이라 말일세. 어떤가, 신 공. 하루나 님에게 감사 인사를 할 기회를 드리지 않겠는가?"

"동료가 올 때까지는 어차피 한가하니까 말이죠. 그렇게 해서 그분의 마음이 편해진다면 저는 상관없습니다. 뭐랄까, 오히려 제가 더 황송해지는데요."

승낙했다는 내용의 편지를 쿠요우가 써서 대기하고 있던 심부름꾼에게 건네주었다.

만나러 갈 날짜는 내일이었다.

"저기, 일단 예의범절을 확인해두고 싶은데요……."

"네, 네……."

쿠죠 성으로 가는 도중에 신이 카린에게 말을 건네자 어색한 대답이 돌아왔다.

혼인 이야기를 꺼낸 다음 날에는 카린이 많이 당황했는지 무예 지도도 제대로 하지 못했다.

지금은 며칠 지나면서 어느 정도 침착해진 상태였다.

덧붙이자면 유즈하는 이번에도 저택에 남아 있었다.

하루나가 있다는 저택에 도착하자 문지기에게 답장과 함께 받은 통행증을 보여주었다.

통행증은 둘로 나뉘어 있었고 신이 가진 것과 문지기가 가진 것을 맞추어보자 서로 이어지며 옅은 빛을 냈다. 위조 방지를 위해 마법 처리가 되어 있는 모양이었다.

안내해줄 사람을 기다리자 금방 카나데 본인이 뛰쳐나왔다.

"잘 와주었다. 이쪽이다."

"카나데 님. 쿠죠 가문의 여식이 사람들 앞에서 그렇게 행동하시면 안 됩니다!"

그러자 바로 40대 정도의 여성이 따라나와서 카나데를 타일렀다. 카나데의 교육 담당으로 이름이 에이라고 한다.

"실례했습니다. 방까지 안내해드리겠습니다. 하루나 님은 몸을 일으킬 수 있게 된 지 얼마 되지 않았사오니 너무 무리하시지 않도록 주의해주십시오."

"알겠습니다."

에이가 고개를 깊이 숙이며 말하자 신은 힘 있게 고개를 끄덕여 보였다. 완치되었다지만 오랫동안 병상에 누워 있던 사람을 힘들게 할 생각은 당연히 없었다.

잠시 나아가다가 툇마루가 있는 방 앞에서 에이가 걸음을 멈추었다. 한발 먼저 돌아온 카나데는 이미 안에 있는 것 같았다.

에이는 무릎을 꿇고 장지문 안쪽을 향해 말했다.

"하루나 님. 신 님과 카린 님이 도착하셨습니다."

"들어오시라고 해."

대답이 들리자 에이가 장지문을 열었다. 신과 카린은 손짓하는 대로 방 안에 들어갔다.

"일부러 여기까지 와주셔서 감사드립니다."

방 안에는 카나데 외에 화려한 기모노를 입은 한 여성이 있었다. 허리까지 내려오는 윤기 있는 흑발과 잘 연마된 흑요석 같은 눈동자가 신의 시선을 끌었다.

얼굴 생김새는 전형적인 일본인이었고 고풍스러운 인상을 주었다. 마치 사극 속의 여주인공 같았다.

"언제까지 서 있을 것이냐? 어서 앉아라. 하루나 언니를 기다리게 하면 안 된다."

"평소보다 더욱 거침없으시네요."

아무래도 앞에 있는 사람이 쿠죠 하루나인 모양이었다.

신이 준비된 방석 위에 앉자 하루나는 몸가짐을 바르게 하며 고개를 깊이 숙였다.

"이번에 저의 누이와 벗의 목숨을 구해주셔서 정말로 감사드립니다. 덕분에 저도 병마를 쫓아낼 수 있었습니다. 이 은혜는 평생 잊지 않겠습니다.”

“고개를 들어주세요. 저는 제 마음이 말하는 대로 솔직하게 움직였을 뿐입니다. 감사한 마음은 충분히 알겠습니다.”

신은 당주의 딸이 모험가 따위에게 고개를 숙이는 것에 대해 불편함을 느꼈다.

감사받는 것 자체는 기분 나쁠 것이 없지만 이 정도로 공손한 태도를 취하면 오히려 황송해지는 것이 인지상정이다.

현대인의 상식을 가진 신이 보기에 하루나의 반응은 오히려 요란스러웠다.

“저도 무엇이든 보답을 해드리고 싶습니다.”

“아니요, 정말로 괜찮습니다. 음…… 아, 그렇지! 하루나 님의 미소를 보여주시면 그걸로 충분합니다!”

“미소…… 말인가요?”

“평소에는 어떤지 모르겠지만 지금의 하루나 님은 뭐랄까, 표정이 딱딱합니다. 물건이나 명예 같은 건 필요 없으니까 만약 가능하다면 좀 더 밝은 표정을 보고 싶네요.”

즉석에서 생각해낸 제안이었지만 신은 내심 자기답지 않은 행동이라는 생각이 들었다.

나중에 자신의 행동을 떠올리며 이불을 걷어찰 것이 틀림없었다.

“흐음, 나도 하루나 언니의 웃는 얼굴이 좋다.”

카나데는 그렇게 말하며 하루나의 품에 안겼다.

미소를 보고 싶다는 말을 들은 하루나는 잠시 어리둥절한 얼굴이었지만 이내 표정이 밝아졌다.

"저의 미소에 그 정도의 가치가 있는지는 모르겠지만, 그것을 원하신다면 거절할 수는 없겠지요. 다만 병상에 누운 뒤로 웃을 일이 그다지 없었던 연유로 잘 웃을 수 있을지 모르겠습니다. 어색하지 않다면 좋겠습니다만."

하루나는 자신의 무릎 위로 뛰어든 카나데의 머리를 쓰다듬으며 말했다. 신은 그 말을 들으면서 마음속으로 가슴을 쓸어내렸다.

카나데와 장난치는 하루나의 얼굴에 햇살 같은 미소가 떠올라 있었기 때문이다.

"……도와드린 보람이 있었습니다."

하루나와 카나데의 모습을 보며 마음이 따뜻해진 신은 방금 전의 불편함이 조금은 사라진 듯한 느낌이 들었다.

그 뒤로는 어떤 곳을 여행했는지 간단히 이야기하고 방에서 나오기로 했다. 교육 담당인 에이에게서 너무 오래 있지 말라고 다짐을 받았기 때문이다.

카린은 거의 이야기를 하지 않았지만 개인적인 친구 사이인 그녀와 하루나는 이미 충분한 대화를 나누었다고 한다.

"예전보다는 체력도 많이 돌아왔습니다만 아직도 다들 걱정이 많아서요."

"오랫동안 누워 계셨다고 들었습니다. 어쩔 수 없는 일이겠죠."

약간 불만스러워하는 하루나를 타이르듯이 말하며 신은 자리에서 일어났다. 하루나가 아쉬워하는 표정을 지었지만 어쩔 수 없었다.

지금도 방 밖에서는 그만 쉬게 해드리라는 무언의 압박이 찌릿하게 전해져오고 있었다. 아마도 에이일 것이다.

"그러면 저는 이쯤에서 물러나겠습니다. 이제 막 회복된 사람을 힘들게 할 수는 없으니까요."

신은 하루나가 많은 사랑을 받고 있다고 생각하면서 그녀에게 작별 인사를 고했다.

"또 만날 수 있을까요? 또 히노모토 바깥의 이야기를 들려주십시오."

"헤어진 동료들이 도착하길 기다리며 사에구사 저택에서 신세를 지고 있으니까 그때까지는 얼마든지 괜찮습니다. 뭐, 당주의 따님이 저 같은 것을 만나면 사람들이 반대할 것 같지만요."

"괜한 소문이 나지 않게 하는 것이 좋겠지요. 만날 때는 누군가가 동석하시는 편이 좋을 것 같사옵니다."

쿠죠 가문은 히노모토의 동쪽을 다스리는 대가문이었다. 그 장녀가 낯선 모험가와 각별한 사이라는 소문이 퍼지면 신보다도 하루나의 타격이 컸다.

되도록 단둘이 있지 않는 편이 좋다고 카린이 조언해주었다.

"저도 알지만 아쉽군요."

"이것만큼은 신과 카린의 말이 맞다. 병이 나았다는 것이 알려지면 또 맞선 이야기가 쇄도할 것이 뻔하니 말이지."

신도 카나데의 말에 마음속으로 동의했다.

집안과 용모는 완벽하다고 할 수 있었고 이야기를 나누어 보니 성격도 온화 한데다 제법 이지적인 부분도 있었다. 그 정도의 좋은 조건이라면 아내로 맞고 싶다는 사람이 쇄도해도 이상할 것이 없었다.

병이 나은 지 얼마 되지 않았기에 아직 그런 이야기가 나오 지는 않았을 테지만 어차피 시간문제였다. 이것만큼은 신도 관여할 수 없는 일이었다.

"그러면 기회가 되는 대로 또 뵙겠습니다."

"먼 길 와주셔서 감사했습니다."

"으음, 또 오도록 해라!"

돌아가는 길에는 방 밖에서 대기하던 에이가 다시 현관까 지 안내해주었다.

"오늘은 하루나 님을 위해 시간을 내주셔서 감사합니다."

"아니요, 일개 모험가에게는 과분한 영광입니다."

저택의 울타리에 난 작은 문에서 큰길로 통하는 대문까지 는 원래 안내인이 동행해야 하지만 이번에는 카린이 있었기에 아무도 따라오지 않았다.

아무리 큰 은혜를 입었다 해도 외부인이 본성 주변을 혼자 돌아다니게 할 수는 없는 것이리라.

거기까지 생각이 미치자 신은 쿠죠 가문의 영내에 들어온 뒤로 며칠 동안 사에구사 저택 밖으로 나올 때마다 반드시 누군가가 동행했다는 사실을 깨달았다.

"뭐, 그야 당연하겠지."

신이 혼자 중얼거리며 대문 쪽을 보자 문지기와는 다른 인물이 있었다.

"오랜만이군요, 신 공."

"안녕하세요…… . 칸쿠로 씨도 하루나 님을 만나러 온 겁니까?"

지난번에 대결할 때와 똑같은 차림을 한 칸쿠로는 신의 말에 고개를 가로저었다.

"아니요. 무료함을 달래기 위해 산책을 하던 참에 신 공의 기척이 느껴져서 말이지요. 잠깐이라도 좋으니 담소를 나누는 것이 어떻습니까?"

"저는 괜찮지만 카린 씨는 어떤가요?"

"저도 상관없습니다. 토시로 공도 계신 것 같은데, 어떤가요?"

"저도 특별한 예정은 없습니다."

카린이 돌아본 곳에는 야에지마 토시로가 있었다. 갑옷은 착용하지 않고 회색과 짙은 녹색이 섞인 바지를 입고 있었다.

"다만 시간이 허락한다면 저는 신 공에게 시합을 신청하고 싶소."

"시합?"

신은 토시로를 처음 만났을 때부터 그에게서 우호적인 감정이 느껴지지 않았다. 굳이 구분하자면 적의에 가깝다는 생각이 들 정도였다.

그래서인지 당당하게 대결을 신청해오자 조금 의외였다.

"풍문으로 들었소. 귀공은 카린 공에게 검술 지도를 받고 있다던데."

"그런 소문이 있는 건가요?"

토시로의 말에 신은 눈썹을 치켜올렸다.

사에구사 가문의 장녀이자 히노모토 십걸 제3석의 카린에게 지도받았다는 사실이 알려지면 틀림없이 시끄러운 일이 벌어질 것이다. 신은 모처럼 받은 카린의 호의를 원수로 갚고 싶지 않았다.

"누군가에게 이야기한 기억은 없사옵니다만."

"저도 처음 듣는군요. 그리고 보니 토시로는 최근에 갑자기 모습을 감출 때가 많던데요."

카린에 이어서 칸쿠로가 그렇게 말하자 신은 토시로를 미심쩍게 바라보았다.

"치요 공에게 들은 것뿐이오! 누구에게도 말하지 말라고 단단히 다짐을 받고 말할 생각도 없소! 정말이지 어찌 이런 부러운, 엣헴!"

대화가 진행될수록 신이 가지고 있던 토시로에 대한 이미지가 크게 바뀌고 있었다.

"저기, 토시로 공?"

카린은 아직 토시로의 호감을 알아채지 못했는지 고개를 갸웃거릴 뿐이었다.

"아무튼! 얼마만큼 실력이 올라갔는지 내가 확인해주겠소!"

"죄송합니다. 토시로는 카린 공을 연모하고 있어서 말이죠."

"아, 네. 대충 그럴 것 같았습니다."

"그, 그건 지금 이야기와는 상관없소!"

몰래 수군거리던 신과 칸쿠로에게 토시로가 언성을 높였다.

"……?"

대화를 듣지 못한 카린은 다시 한번 고개를 갸웃거렸다.

신은 생각했다. 야에지마 토시로는 의외로 나쁜 녀석이 아닌지도 모르겠다고 말이다.

✝

신은 딱히 급한 일이 있는 것도 아니었기에 카린과 함께 칸쿠로의 안내를 받으며 토도 가문의 도장을 찾았다.

이곳은 칸쿠로와 토시로 외에 몇 사람만이 사용하는 별관이었다.

사에구사 가문의 도장도 가보았지만 문하생이 수련하기 위한 도장과 개인 단련용 도장이 나뉘는 것은 어디든 마찬가지인 듯했다.

"주위에 방해받지 않고 자기 단련에 몰두하고 싶어 하는 사람도 있습니다. 오늘 같은 대련에도 가끔씩 쓰이곤 하지요."

"……되도록이면 남에게 보이고 싶지 않겠지."

"네, 뭐. 그렇게 해주시면 감사하지요."

그 대화를 마지막으로 신과 토시로는 서로를 향해 목도를 겨누었다.

오는 도중에 칸쿠로에게서 들었던 이야기로는 토시로도 히노모토 십걸에 버금가는 실력자다. 그 말을 확실히 납득할 만한 기백이 토시로에게서 느껴지고 있었다.

이야기를 나눌 때는 왠지 모르게 미워할 수 없는 인상을 주던 토시로도 지금은 어엿한 검사의 품격을 띠고 있었다.

"가겠소."

토시로는 그 한마디와 함께 먼저 공격했다. 예비 동작도 없이 미끄러지듯 신에게 파고들었다.

느릿하게 움직이는 것 같았지만 토시로가 휘두르는 목도는 순식간에 신에게 가까워지고 있었다.

"쉿!"

신도 토시로의 공격에 대응하기 위해 목도를 휘둘렀다. 목도가 서로 부딪치며 내는 무미건조한 소리가 도장 안에 울려 퍼졌다.

"흐음……."

칸쿠로는 목도를 맞댄 두 사람을 보며 생각에 잠기듯 턱에 손을 갖다 댔다. 신의 움직임이 며칠 전에 싸울 때보다 날카로워진 것이 보였기 때문이었다.

'이렇게나 달라진 건가…….'

하지만 달라진 움직임 때문에 가장 놀란 것은 바로 신이었다.

카린의 지도는 신의 움직임에서 불필요한 동작을 제거하는 데 집중되어 있었다. 실전 형식의 훈련은 하지 않고 무기를 허공에 휘두르거나 스킬의 동작만 재현해보는 것에 그치고 있었다.

"이 자식, 지난번보다 실력이 올라간 건가."

"마침 스스로도 놀라는 참이야."

생각지도 못한 결과에 놀란 탓인지 신의 말투가 평소대로 돌아와 있었다.

토시로의 첫 일격은 탐색전이었는지 두 번째, 세 번째 공격으로 이어지며 펼치는 공격은 속도와 무게감 모두 차원이 달랐다. 칸쿠로에게는 미치지 못하더라도 웬만한 선정자는 반응하기도 어려운 공격이었다.

하지만 신은 그런 움직임에도 어렵지 않게 대응하고 있었다.

높은 능력치로 반응 속도가 강화된 측면도 있지만 무엇보다 몸이 잘 움직이고 있었다.

능력치에 대한【리미트】설정을 변경한 것이 아님에도 목도를 휘두르는 간격이 짧아져 있었다. 목도를 휘두르는 속도도 빨라졌다. 공격의 무게감도 바뀌었다.

"이렇게나 변할 수 있는 건가."

높은 능력치 덕분에 효과를 실감할 수 있었는지도 모른다.

하지만 그렇다 해도 예전에는 불필요한 동작이 많았다는 것을 인정할 수밖에 없을 만한 성과였다.

목도가 부딪치는 소리가 시간이 지나면서 더욱 커졌고 소리가 들리는 간격도 짧아졌다.

'오른쪽 상단에서 내려 베고 바로 왼쪽 하단에서 올려 베기……를 도중에 중단하고 돌진!'

신은 자신에게 날아드는 목도를 피하고 쳐내고 받아냈다.

그러다 두 사람은 목도를 맞댄 채 힘겨루기로 들어갔다.

"흡!"

토시로는 목도를 밀어내기 위해 체중을 싣고 있었지만 짧은 순간 뒤에 갑자기 뒤로 물러났다.

토시로가 서 있던 바닥이 뒤로 밀려난 것만 같은 움직임이었다. 물러선 거리는 정확히 목도 끝으로 신에게 닿을 수 있는 정도였다.

공중에서 호를 그린 목도가 신의 오른쪽 옆구리를 향해 내리꽂혔다.

"어딜!"

신은 회피나 방어를 하지 않고 목도가 닿기 직전에 뒤로 물러난 토시로와의 거리를 좁혔다. 토시로를 밀어낼 작정으로 돌격한 것이다.

"크윽!"

토시로는 피할 수 없으리라 판단한 것 같았다. 토시로가 목도를 다시 당기는 것과 신이 몸통박치기를 가한 것은 거의 동시였다.

가속하면서 앞으로 나아가는 신과, 물러나면서 목도를 휘두르는 토시로. 패배한 쪽은 당연히 토시로였다.

토시로는 자세가 무너지면서도 쓰러지는 것만은 피했지만 그 탓에 신의 추격을 막아낼 수 없게 되었다.

토시로는 자신의 목을 향해 날아드는 목도를 몸을 비틀어 피하려고 했다.

하지만 그런 최후의 발악마저도 정확히 읽어낸 신의 목도가 토시로의 목에 닿기 직전, 신은 움직임을 딱 멈추었다.

"……무슨 일이냐?"

자세를 바로잡은 토시로가 의아하다는 듯이 물었다.

신은 토시로 대신 도장 입구를 바라보며 대답했다.

"누군가 옵니다. 두 사람이네요."

"흐음, 그런 것 같군요."

칸쿠로도 감지해냈는지 신의 말에 고개를 끄덕였다. 카린 역시 신과 똑같은 방향을 바라보고 있었다.

잠시 지나자 두 남자가 도장에 모습을 드러냈다.

"방해를 한 건가요?"

"형님! 어째서 이곳에……."

두 사람 중에 미안하다는 표정을 짓는 남자를 향해 토시로가 외쳤다.

【애널라이즈】로 보니 이름은 야에지마 시덴이었고 20대 후반 정도의 젊은 남자였다.

흰색과 검은색이 뒤섞인 머리칼과 붉은 눈동자, 키는 신과 비슷해 보였기에 180은 넘을 것 같았다. 얌전한 말투와 온화한 표정과는 달리 팔다리가 굵었고 마치 온몸에 강철을 두르고 있는 것 같았다.

직업은 사무라이였고 레벨은 제법 높은 238이었다.

"토시로라면 여기에 있을 것 같아서요. 타다히사 공에게서 성내를 이동해도 된다는 허가를 받았습니다. 칸쿠로 님도 여전하시군요. 카린 공도 하루나 님의 약초를 찾아 돌아오셨다고요."

"시덴 공도 여전하신 것 같아 다행입니다."

"오랜만이옵니다."

시덴의 말에 칸쿠로와 카린이 대답했다. 세 사람은 당연히 면식이 있는 듯했다.

"카네즈카 공은 여전히 잘 지내십니까?"

"그렇소."

칸쿠로가 다음으로 인사를 건넨 사람은 카네즈카 아라키였다.

30대 후반에서 40대 초반 정도로 보이는 남자였다. 시덴의 옆에 서 있었던 탓인지 신에게는 몸집이 작아 보였다.

직업은 대장장이였고 양팔의 근육이 상당히 발달된 것을 볼 수 있었다. 레벨은 166이다. 회색 머리카락은 짧게 정돈되어 있었고 검은 눈동자가 칸쿠로의 『현월』을 주시하고 있었다.

"거기 계신 분은 신 공이 맞으십니까?"

"그렇습니다만 저를 아시나요?"

시덴이 신 쪽을 돌아보며 물었다. 그의 얼굴은 상당히 진지해 보였다.

"하루나 공을 위한 약을 찾는 데 도움을 주셨다고 들었습니다. 아아, 아직 자기소개를 안 했군요. 저는 야에지마 가문의 장남인 야에지마 시덴이라고 합니다."

"저기, 이미 알고 계실 테지만 신이라고 합니다."

이곳에서 손님 대접을 받고 있다는 사실도 이미 알고 있는 듯했다. 신의 인상착의에 대해서도 미리 물어본 모양이었다.

"그래서 오늘은 무슨 일로 오셨습니까? 시덴 공이 직접 이곳에 오신 걸 보면 어느 정도 짐작은 갑니다만."

"서쪽에 불온한 움직임이 있다는 이야기는 이미 많은 분들의 귀에 들어갔으리라 생각합니다. 아무 근거도 없는 이야기라도 단언할 수 있다면 좋을 테지만 저희 부하인 이치노세 가문이 무언가 꾸미고 있다는 보고가 올라왔습니다. 그에 관해 저희 야에지마 외 세 가문도 조사를 하고 있다고 타다히사 공에게 알려드리러 왔습니다."

시덴의 이야기를 듣고 토시로가 목소리를 높였다.

"이치노세 가문이?"

"흐음, 그 가문은 예전에도 히노모토 통일을 주장했지요. 하지만 이치노세가 단독으로 행동을 일으킬 수 있겠습니까?"

칸쿠로는 잠시 생각하다가 의문을 표했다.

"아직 조사 중이라 말씀드릴 수 있는 것은 없습니다. 하지만—."

"저기, 잠깐만요!"

놀라는 토시로를 그대로 둔 채로 이어지던 칸쿠로와 시덴의 대화에 신이 갑자기 끼어들었다.

"왜 그러시죠?"

"아니, 그런 중요한 이야기를 외부인인 제 앞에서 하면 안 되지 않습니까?"

신의 말에 의아한 표정을 짓던 칸쿠로는 아무렇지 않게 고개를 끄덕거렸다.

"신 공이 이치노세에게 가담한다면 저항할 방법이 없겠지요."

"타다히사 공과 하루나 님께 신 공은 충분히 신뢰할 만한 분이라는 말씀을 들었습니다. 이 이야기를 함부로 누설하지는 않으실 테지요?"

"그야 그렇지만요……."

과한 믿음에 신이 오히려 의아한 표정을 짓고 말았다.

"칸쿠로 공이 믿을 수 있다고 보장하시는 분이니 저 역시 의심할 이유가 없습니다. 그리고 칸쿠로 공초차 신 공에게는 이길 수 없다고 하셨다지요. 그런 분께 우리가 적이라는 오해를 사고 싶지는 않습니다. 칸쿠로 공이 얼마나 강한지는 저도 잘 알고 있으니까요."

칸쿠로의 발언은 동서(東西) 양쪽 가문의 사람들도 신을 신뢰하게 만든 모양이었다. 시덴은 직접 싸워본 덕분에 칸쿠로의 강함을 누구보다 잘 안다고 한다.

그런 칸쿠로보다도 위험한 상대를 군이 적으로 돌리고 싶지 않은 것이다.

"보아하니 토시로와 검을 맞대는 것 같더군요. 제 아우의 실력은 어떻습니까?"

"충분히 강하다고 생각합니다. 하지만 너무 쉽게 사람을 믿으면 안 되지 않을까요?"

"싸우면서 검이 부딪치는 소리를 들었습니다. 당신은 정말 올곧은 검을 휘두르는 것 같더군요. 저는 한 명의 사무라이로서 칸쿠로 공의 말씀과 당신의 검을 믿습니다."

"……."

신으로서는 약간 이해하기 어려운 대답이었다.

무예의 달인이라면 주먹이나 검을 통한 의사소통이 가능하다는 말을 들어본 적은 있었다.

지라트와 싸울 때에는 신도 지라트의 마음을 이해할 수 있었다. 하지만 그것은 당시에 정신적으로 극한의 상태에 몰려 있었고 상대도 잘 알고 있었기에 가능한 일이었다.

처음 만나보는 상대의 됨됨이를 검격 소리만으로 알아본다는 것은 신에게는 절대 불가능했다.

"넌 신뢰받고 있는 거다. 그거면 된 거 아닌가?"

"뭐, 의심받는 것보다야 낫지만요."

밀문이 막힌 신에게 말을 건넨 것은 아라키였다. 그의 표정이 '사소한 일은 집어치워'라고 말하는 듯했다.

"그러고 보니 나도 자기소개를 안 했군. 카네즈카 아라키다. 대장장이 일을 하고 있지. 오늘은 칸쿠로 공에게 『현월』을 보여달라고 하기 위해 왔다."

"네, 그러면 이걸……."

칸쿠로는 고개를 끄덕이더니 허리에서 『현월』을 뽑아 아라키에게 건네주었다.

아라키는 도장 구석에 앉더니 천으로 검신에 손이 닿지 않도록 하면서 그것을 바라보았다.

사용자 제한은 이미 해제된 듯했다.

"뭘 하시는 거죠?"

"카네즈카 공은 『현월』과 동급인 신도(神刀)를 새로 만들기 위해 협력해주고 계십니다. 혹시 『현월』의 계승에 대해 전해 들은 이야기가 있으십니까?"

"조금은요. 제가 신세 지고 있는 카린 씨도 그 후보라고 들었습니다."

"현재 신도라고 부를 수 있는 것은 『현월』 한 자루뿐입니다. 계승자가 누가 될지는 모르지만 그것을 동과 서 중에 어느 세력이 관리할지에 대한 다툼이 있어서 말이지요. 계승자가 속한 세력에서 가져가는 것은 당연합니다만, 그로 인해 전력 균형이 무너질까 봐 걱정하는 사람도 많습니다."

고작 칼 한 자루라고 얕봐서는 안 된다.

검이 사용자에게 베푸는 능력 상승 효과는 물론이거니와 높은 성능을 기반으로 한 원거리 공격은 웬만한 스킬보다 훨씬 강력했다.

"그렇다면 차라리 신도가 두 자루 있으면 해결되겠다고 생각했습니다만 히노모토 제일의 대장장이인 카네즈카 공에게도 고대급 검을 만드는 것은 어려운 일이라고 합니다."

『현월』을 보고 힌트를 찾으면서 다양한 문헌과 구전을 수집하고 있지만 아직도 수많은 시행착오를 겪고 있다고 한다.

"재료가 뭔지 알고 계신 겁니까? 구하기 꽤 어려울 텐데요."

"진쿠로 님이 남겨두신 제작 재료가 어느 정도는 있습니다. 하지만 어떻게 다루어야 하는지 알 수 없는 것들도 절반이 넘습니다. 저도 대장일은 문외한이니 말이지요."

신은 작은 소리로 칸쿠로에게 물어보았다. 내심 힘들지 않을까 생각했지만 역시 앞으로 갈 길이 먼 듯했다.

"저야 무엇이든 조언을 들을 수 있다면 고맙겠습니다만."

신의 정체를 아는 칸쿠로는 같은 대장장이로서 조언해주기를 바라는 것 같았다.

『현월』을 관찰하던 아라키의 눈이 약간 충혈된 것을 보면 관찰만으로는 이제 슬슬 한계에 달한 것 같았다.

"갑자기 제가 알려준다고 해도 과연 믿을까요? 장인 기질이 다분해 보이는 것이, 저 같은 애송이의 말 따위는 들어줄 것 같지가 않은데요."

"신 공이 선조환생, 모험가 길드에서 말하는 선정자라는 사실은 상층부에 이미 어느 정도 알려져 있습니다. 그로 인해 알고 있는 지식이라고 말한다면 조금은 귀를 기울여주겠지요. 아주 사소한 단서라도 상관없습니다."

대장장이로서의 실력이나 지식을 보여달라는 이야기는 아

닌 모양이다.

약간의 조언만 듣고 고대급 무기를 만들 수 있다면 아무도 고생할 일은 없었다.

다만 『현월』에서 조금이라도 정보를 얻어내려는 아라키를 보며 신은 같은 대장장이로서의 동질감을 느꼈다. 그래서 아주 조금 도움을 주기로 했다.

"직접 무기를 만드는 모습을 볼 수 있다면 뭔가 조언을 해줄 수 있을지도 모릅니다. 대장 기술은 문파에 따라 다양한 방법이 있는데 제가 아는 방법은 본인의 능력에 크게 좌우됩니다. 그중에서 사용할 수 있는 기술이 있을지에 대한 판단 정도는 할 수 있을 겁니다."

"그렇다면 그렇게 하시지요."

칸쿠로가 아라키에게 다가가 사정을 설명했다. 아라키는 신 쪽을 휙 돌아보더니 뚫어질 것처럼 날카로운 눈빛을 보냈다. 험악한 얼굴로 몇 초 동안 신을 노려보던 아라키는 고개를 살짝 끄덕였다.

"……넌 대장일에도 조예가 있는 거냐?"

한동안 소외되었던 토시로가 물었다.

"뭘 할 수 있는지는 모르겠지만 말이죠. 조금이라도 도움이 되면 좋을 텐데요."

신의 기술은 어디까지나 게임의 영향을 받은 감각으로 익힌 것이다. 어떤 공정으로 무엇을 어떻게 하는지를 말로 설명하기는 어려웠다. 그래서 일단 보고 나서 생각하기로 했다.

신이 강력한 무기를 만들 수 있는 것은 기술뿐만 아니라 높은 마력 때문이기도 했으므로, 반드시 도움이 될 것이라는 보장은 없었다.

"대결은 여기까지 해야겠군."

"괜찮겠습니까?"

"세력 균형이 어쩌니 하는 이야기는 난 모른다. 하지만 카네즈카 공은 자신에게 주어진 임무에 최선을 다하고 있지. 여기서 네 녀석을 잡아두는 건 카네즈카 공을 방해하는 거나 마찬가지다. 그런 한심한 짓을 할 수 있겠냐."

"……그렇군요."

토시로는 의외로 도리에 밝았다. 분한 표정이지만 감정 조절은 잘하고 있는 듯했다.

이것으로 또 한 번 토시로에 대한 인식이 바뀌고 있었다.

"형님은 이제 어쩌실 거요?"

"그대로 집에 돌아가야지. 타다히사 공에게는 아버님의 의사를 확실히 전달했고 너의 성장한 모습도 봤어. 일단 목적은 달성한 것 같은데."

시덴은 이제 볼일이 끝났다며, 도장 밖에서 기다리던 쿠죠 가문의 병사들과 함께 성 밑 마을로 사라졌다.

그리고 신을 비롯한 나머지 다섯 명은 대장간으로 이동했다.

카네즈카 아라키는 카네즈카 가문의 필두 대장장이였고 이번에는 자신의 시설에서 시범을 보여주기로 했다. 가장 질 좋은 화로와 도구들이 갖춰져 있다고 한다.

안내되어 간 곳은 화로가 하나만 갖춰진 대장간이었다. 그다지 넓지도 않았고 신도를 만들기 위해 새로 지은 곳이라고 한다.

아라키는 제자들에게 가까이 오지 말라고 말한 뒤에 신을 불러들였다.

그리고 나머지 세 사람에게는 밖에서 기다리라고 했다. 대장간은 대장 기술을 전수받은 사람들만의 영역이라고 한다. 무기를 만들 때는 대장장이와 그를 돕는 사람 이외에는 출입 금지였다.

"신도를 만들 생각으로 하겠다. 모든 게 끝나면 눈에 띄는 부분을 말해."

아라키는 그렇게만 말하고 칼을 만들기 시작했다.

그 모습을 묵묵히 지켜보던 신은 아라키가 망치를 내리칠 때 마력을 거의 사용하지 않는다는 사실을 깨달았다.

예상은 했지만 칼에 담기는 것은 재료 자체의 마력과, 망치를 내리칠 때 대기 중에서 희미하게 침투하는 마력뿐이었다.

쇳덩어리가 형태를 바꾸어가는 속도는 신과 비교했을 때 상당히 빨랐다. 스킬은 사용하는 것 같지만 신처럼 주괴가 스스로의 의지로 형태를 바꾸는 경지까지는 아니었다.

그것을 본 신은 아라키의 대장장이 스킬 레벨이 Ⅶ 정도일 거라고 추측했다. 신과 동일한 기술을 사용할 수 있다면 신화급까지도 만들어낼 수 있는 수준이었다.

하지만 아라키의 최고 걸작은 전설급이라고 했다. 원인은 바로 만드는 방식에 있었다. 단순히 망치를 내려치는 기량만 갈고닦아서는 무기의 성능에 한계가 있을 수밖에 없었다.

아라키가 만든 전설급 무기가 상등품인지 하등품인지는 알 수 없었지만 아라키처럼 마력을 거의 사용하지 않고 그 정도의 검을 만들 수 있다는 것 자체가 게임 시절이라면 상상조차 할 수 없는 일이었다.

'천재인 걸까, 아니면 한 분야만 파고든 경험과 기술 덕분일까? 어쩌면 그 둘 다일지도 모르겠군.'

흔히 생명을 불어넣는다는 표현을 쓰지만 아라키의 경우는 오히려 자신의 생명을 칼에 쏟아붓는 것처럼 보였다.

저러다가 수명이 줄어들지 않을까 싶을 정도로, 내리치는 망치 한 번에 엄청난 기백이 담겨 있었다. 귀기가 서렸다는 말은 바로 이럴 때 쓰는 것이리라.

이윽고 모든 공정이 끝나자 날만 갈면 되는 상태가 되었다.

여기부터는 전문 칼갈이에게 맡긴다고 한다.

날갈이 작업이 끝나자 아름다운 검신을 가진 일본도가 완성되었다.

겉보기에는 일반적인 칼이었지만 등급은 고유급 중등품이

었다. 신이 보기에 완벽하다고 할 수 없는 재료로 이 정도의 무기를 만들어내는 것을 보면 전설급까지 제작할 수 있다는 이야기도 납득이 갔다.

"······실패야."

아라키는 험악한 표정으로 말했다.

그의 목표는 고대급 하등품인 『현월』과 동등한 무기였다. 그것을 생각하면 정상은커녕 산기슭에도 도착하지 못한 셈이다. 아라키의 표정이 좋지 않은 것은 검의 품질 때문만은 아니었다.

"이야기할 것이 있나?"

"당장 생각나는 게 몇 가지 있긴 합니다. 그 전에 잠깐 질문을 하고 싶은데, 괜찮을까요?"

"비전(秘傳)의 기술을 가르쳐달라는 것만 아니라면 뭐든 물어봐라."

"그러면 물어보죠. 어째서 칼에 마력을 담지 않는 겁니까?"

"뭐라고?"

신의 질문을 들은 아라키가 눈을 가늘게 떴다.

"대장장이가 마력을 주입하면 칼의 강도와 날카로움이 증가합니다. 제가 알기로 그 방법 말고는 전설급 이상의 칼을 만들어낼 수 없을 텐데요."

"쇠를 두드리는 기술을 높이는 것만으로는······ 안 된다고?"

"네. 그리고 그저 마력을 주입하기만 하면 되는 것도 아닙니다. 말로 표현하기는 어렵지만, 일단 망치에 마력을 담아서 내리치는 동시에 칼에 흘려보내야 하죠. 대충 말하자면 그런 느낌입니다. 솔직히 말하면 지금 상태로 전설급 무기를 만드는 카네즈카 씨의 능력이 엄청나다고 할 수 있어요."

물론 대장장이로서의 기량이 일정 수준에 미치지 못한다면 아무리 마력을 잘 다루어도 좋은 무기를 만들어낼 수는 없었다.

마력만 중요하다면 픽시나 엘프가 대장일에 가장 유리할 것이다. 하지만 그렇지 않았다.

"……그야 아마도 전해지지 않고 사라져버린 기법일 테지. 아직 히노모토가 전란에 휩싸였던 시대에는 지금보다 뛰어난 대장장이가 많았다고 들었다. 당시에는 지금보다 훨씬 질 좋은 무기들이 많이 유통되었다더군."

전쟁의 불길 속에서 사라진 기술은 한둘이 아니라고 한다.

애초에 대장장이 기술은 절대 외부와 공유되지 않았다. 기술을 전수하는 문파가 전쟁으로 사라지면 그동안 전수되며 내려온 뛰어난 기술도 함께 소멸되고 마는 것이다.

"설마 소실된 기술에 대해 듣게 될 줄은 몰랐군. 카네즈카의 이름을 걸고 비밀을 꼭 지키겠다고 맹세하마."

"아니요, 저는 기술을 숨길 생각은 없으니까 출처만 밝히지 않아주시면 됩니다. 실제로 존재하는 기술이니까 언젠가는 누군가가 부활시켰을 수도 있고, 어딘가에서 아직 전수되고 있는지도 모르니까요."

칸쿠로처럼 플레이어를 섬기던 자들이라면 사용해도 이상할 것은 없었다.

그리고 아라키의 기백과 진지함은 결코 그들에게 뒤지지 않을 거라고 신은 생각했다.

"세세한 부분까지 말로 설명하는 건 어려우니까 나머지는 직접 보여드리는 게 빠를 것 같네요. 도구를 빌려 써도 될까요?"

"……괜찮다. 마음에 드는 걸 써라."

이론을 배우는 것보다 실전에 익숙해지는 것이 중요한 법이고 그러기 위해서는 직접 보면서 기억하는 것이 가장 좋은 방법이었다. 게다가 기술을 전수할 때는 설명이나 이론만으로는 이해시키기 힘든 부분도 있었다.

그래서 신은 직접 시범을 보여주기로 했다.

만들 무기는 카즈우치(數打)였고 재료는 대장간에 있던 옥강(玉鋼)이었다. 아직 완전하다고 할 수 없는 그것을 화로에 달구고 망치로 두드려 검신을 만들어갔다.

망치에는 마력이 담겨 있었기에 옥강을 한 번 내리칠 때마다 불꽃과는 다른 종류의 빛이 튀어올랐다.

"……."

아라키는 그런 모습을 한순간도 놓치지 않겠다는 듯이 응시하고 있었다. 마치 신과 함께 망치를 내리치는 것 같은 기백이 뿜어져 나왔다.

"……됐습니다. 이제 날만 갈면 됩니다."

누가 봐도 이상하다고 느낄 만큼 빠른 속도로 검신이 완성되었다. 신이라면 날을 갈지 않아도 날카로운 상태로 완성할수 있었지만, 그것은 솜씨가 좋다고 해서 가능한 일이 아니었기에 그만두었다.

방금 전에 아라키의 검을 갈아준 칼갈이가 신이 만든 칼을마무리해주었다. 등급은 고유급 중등품. 방금 아라키가 만든것과 같은 등급이었다.

"일부러 이렇게 만든 건가……?"

"아니요, 그건 우연입니다. 하지만 마침 잘됐네요. 얼마나다른지 보여드리고 싶은데, 방금 만드신 칼을 망가뜨려도 될까요?"

"……괜찮다. 어느 정도의 물건인지 보도록 하지."

신은 막 완성된 칼을 날이 위로 오게 해서 고정했다.

그리고 아라키에게 멀리 떨어지라고 말한 뒤 고정된 칼을향해 아라키가 만든 검을 휘둘렀다.

"……?!"

그 결과를 본 아라키는 눈을 의심했다.

신이 휘두른 아라키의 검은 가운데가 두 동강 났기 때문이다. 반면 고정해둔 칼에는 흠집 하나 없었다.

"같은 등급인데 이 정도로 차이가 나는 건가……."

"이 기술을 사용하지 않고 그 경지까지 도달한 카네즈카 씨라면 아마 더욱 뛰어난 칼을 만들 수 있을 겁니다. 진짜 마검이라 불리는 무기는 마력이 검신을 뒤덮고 있거든요."

신은 그렇게 말하며 아라키에게 자신이 만든 칼을 건네주었다. 그 검신은 신의 말처럼 희미한 마력을 두르고 있었다.

게임의 설정상 고유급 무기는 진정한 의미의 마검이라고 부를 수 없었다. 그러나 지금 아라키가 들고 있는 칼은 신이 만들었기 때문인지 충분히 마검이라 부를 수 있는 성능을 가지고 있었다.

"진정한 마검인가. 확실히 내가 예전에 만들었던 최고의 검과 『현월』도 검신 주변이 마력에 뒤덮여 있었지. 하지만 『현월』은 단순한 마력과는 무언가 다른 것 같았는데."

"아마 제작 재료 때문이겠죠. 지금은 옥강을 재료로 만들어서 순수한 무기로서의 성능이 올라간 겁니다. 하지만 재료에 따라서는 그 이상의 효과를 발휘할 수 있다는 말을 들었습니다. 자세한 것까지는 저도 모르지만요."

"충분하다. 너, 아니, 신 공에게는 큰 빚을 지게 됐군. 만약 내 힘이 필요하다면 언제든 말해주게."

"어쨌든 아까도 말한 것처럼 정보의 출처는 비밀로 해주시길 바랍니다. 그것 말고는 지금 딱히 부탁드릴 일이 없네요."

카네즈카 일문의 대장장이 몇 명도 신의 모습을 봤기에, 그가 정보를 제공했다는 것을 어느 정도는 추측할 수 있을 것이다.

아라키가 아무 데나 떠벌릴 것 같지는 않았지만 신은 일단 부탁해두기로 했다.

"카네즈카 씨가 인정한 사람이라면 기술을 전수하셔도 괜찮습니다. 저도 저 혼자만의 힘으로 배운 기법은 아니니까요."

"괜찮은 건가?"

"숨기려 해도 훔쳐내려는 사람이 꼭 있을 테고, 옛날에는 모두들 사용하던 기술이니까요. 만들어진 칼이 사람들을 지키기 위해 쓰이길 바랄 수밖에요."

검은 단순한 도구일 뿐이다. 그것을 사용하는 사람에 따라 수호의 검이 될 수도 있고 요도(妖刀)가 될 수도 있었다.

다시 한번 칼을 만들어보겠다는 아라키에게 주의할 점을 몇 가지 알려준 신은 카네즈카 저택을 나왔다.

돌아가는 길에는 카린과 토시로가 함께했다. 칸쿠로는 아라키의 요청으로 잠깐 그곳에 남기로 했다.

"……무언가 알려준 거냐?"

"제가 아는 기술을 전수했습니다. 신도를 만드는 일도 조금은 진척이 있겠죠."

사에구사 저택으로 돌아오는 길에 토시로는 카네즈카 저택의 일을 화제에 올렸다.

"저기, 그런 기술은 함부로 전수해주지 않는다고 들은 적이 있사온데."

"나는 한 가지 유파나 일파에 속한 사람이 아니니까 기술을 독점할 생각은 없습니다. 물론 무턱대고 아무에게나 보여주는 건 아니지만요."

아직도 얼굴을 살짝 붉히는 카린을 보며 신은 최대한 자연스럽게 이야기했다.

"하지만 카네즈카 공의 그런 얼굴은 처음 봤다고. 상당한 비법이었던 것 같던데?"

"……그런가요. 저는 잘 몰랐습니다. 처음에는 약간의 조언만 하려고 했는데 그렇게 진지하게 망치를 휘두르는 모습을 보니 같은 대장장이로서 점점 할 말이 많아지더라고요."

그럴듯한 거짓말을 할 수도 있었지만 신은 그렇게 하지 않았다.

성실하게 수행해온 대장장이의 눈에는 신의 기술이 비겁하게 보일 수도 있을 것이다. 반대로 신의 눈으로 보면 일반인의 기술로 그 정도 경지까지 도달한 카네즈카 아라키라는 대장장이가 존경스러웠다.

"넌 대체 정체가 뭐냐?"

"그냥 오지랖 넓은 모험가일 뿐입니다."

"조, 좋은 사람이라고 생각하옵니다."

"뭐…… 으윽."

신의 대답에 이어서 카린이 꺼낸 한마디에 토시로는 살짝 충격을 받은 것 같았다. 카린의 태도가 조금 이상한 것도 이미 눈치채고 있으리라.

"그렇다면 저도 한 가지 물어봐도 될까요?"

"음…… 뭔데?"

"토시로 씨는 야에지마 가문의 사람이죠? 야에지마 가문은 히노모토의 서쪽을 다스리는 대가문이라고 들었습니다. 그런데 왜 쿠죠 가문을 섬기는 칸쿠로 씨와 함께 행동하시는 거죠?"

그것은 히노모토를 다스리는 세력에 대한 이야기를 들었을 때부터 신이 의아하게 생각한 점이었다.

학교 수업을 통해 일본 역사를 배운 신은 순간적으로 인질이라는 단어가 떠올랐지만 그런 것치고는 너무 자유로워 보였다.

"나는 지금 칸쿠로 공의 제자야. 그분은 신분을 가리지 않고 검을 가르쳐주시거든. 타다히사 님도 인정하고 계시고."

다만 만약 야에지마 가문이 히노모토에 전쟁을 일으킨다면 토시로의 목숨은 없다고 한다.

"아버님이나 형님이 그런 어리석은 짓을 하지는 않을 거라고 믿어. 만에 하나 불미스러운 일이 생긴다면 내 목숨을 내놓을 수밖에."

토시로는 눈을 피하지도 않고 단호하게 말했다.

만약 야에지마 가문이 무언가를 획책하고 있다면 쿠죠 성 내부에서 소란을 일으키는 것이 가장 좋은 방법 중 하나였다.

인질이 된 자신의 목숨이 아깝게 느껴질 수도 있었다.

하지만 토시로는 그런 잘못된 생각을 할 사람은 아닌 것 같았다. 그리고 그것은 칸쿠로 밑에 모인 자들도 마찬가지일 것이다.

히노모토에는 이해관계를 뛰어넘는 신뢰 같은 것이 존재한다. 토시로를 보고 있던 신은 그런 느낌을 받았다.

신이 카네즈카 저택을 떠난 뒤, 화롯불을 끈 대장간에서 아라키와 칸쿠로가 이야기를 나누고 있었다.

"신 공이 뭔가 신도 제작에 도움이 될 만한 이야기를 해주던가요?"

"아아, 칸쿠로 공은 이미 짐작하고 있는 것 같아서 하는 말이지만, 실전된 기술을 전수받았소."

플레이어의 부하였던 칸쿠로는 자세한 내용은 모르지만 그런 기술이 있다는 사실은 알고 있었다.

"이걸로 신도 제작에 한걸음 다가설 수는 있겠지. 하지만……."

"무슨 문제라도 있으십니까?"

아라키가 평소보다 더욱 험악한 표정을 짓는 것을 보며 칸쿠로가 물었다.

하지만 힘없는 대답이 돌아올 뿐이었다.

"나는 신도를 만들 수 없소. 나뿐만이 아니오. 아마 히노모토 전체를 뒤져봐도 만들 수 있는 자는 없을 거요."

"대체 이유가 무엇입니까?"

"아마도, 아니, 틀림없이 신 공은 우리가 모르는 기술을 가지고 있소. 그것도 한둘이 아닐 테지. 신 공이라면 『현월』과 동급의 칼을 만들 수 있을 거요. 사무라이라고 들었지만, 그는 무기를 사용하는 쪽이 아닌 만드는 쪽의 사람이오."

그것은 도검 제작에 평생을 바친 아라키만이 알 수 있는 일이었다.

실제로 신의 게임 시절 별명은 『검은 대장장이』였다. 『육천』의 다른 멤버들도 『붉은 연금술사』, 『하얀 요리사』, 『금색 상인』 등으로 불렸다.

그것은 신을 포함한 그들의 본업이 제작이었기 때문이었다.

"선조환생이라도 웬만한 사람은 불가능할 거요. 본인은 대충 만들 생각이었는지 몰라도 나 같은 건 흉내도 내지 못할 만큼 정교하더군."

아라키는 그야말로 대장장이의 완성형이라고 이야기했다.

"그렇습니까. 그렇다면 계승의 의식을 더 이상 늦출 수는 없겠군요."

"그렇소. 대장일에 특화된 선조환생이라도 나타나지 않는 이상 100년이 걸려도 신도를 만들 수 없다는 결론이 나왔소. 더 이상 계승을 늦추어봐야 의미가 없을 테지."

아라키는 평소의 귀기(鬼氣)가 빠져나간 얼굴로 그렇게 말을 맺었다.

그리고 천천히 망치를 손에 들었다.

"호오, 결론이 나왔다면서 또 검을 만드시는 겁니까?"

칸쿠로는 그가 마치 수련에 힘쓰는 젊은 무사 같다고 생각하면서 말했다.

"정점을 엿보았으니까 말이오. 닿을 수 없다는 것은 알지만 올라가고 싶은 것이 대장장이요. 크크, 설마 이 나이에 도전자의 기분을 맛보게 될 줄은 몰랐소."

아라키는 개운함마저 느껴지는 얼굴로 화로에 불을 피웠다.

"이거, 이거, 또 신 공에게 감사 인사를 해야겠군요."

그리고 잠시 뒤에 대장간에서 쇠를 두드리는 소리가 울려 퍼졌다.

†

『슈니입니다. 쿠죠가 다스리는 도시에 도착했습니다만 신은 지금 어디에 있나요?』

아라키에게 마력을 주입하는 기술을 가르친 다음 날 오후에 신은 슈니의 심화를 받았다.

『사정을 이야기하고 데리러 갈게. 성문 쪽으로 와줘.』

도착하려면 시간이 좀 더 걸릴 거라고 예상했기에 신은 조금 놀랐다. 신은 검술을 지도해주던 카린에게 사정을 설명한 뒤 성문으로 향했다.

문에서 나오자 파르닛드에서 사용했던 장비를 착용한 슈니가 보였다. 신을 발견하자 미소를 띠며 달려왔다.

변신 세트로 생겨난 꼬리가 좌우로 흔들리고 있었다.

"빨리 왔네. 다른 녀석들은?"

문 앞에 있던 것은 슈니 혼자였고 다른 멤버들은 보이지 않았다.

"저 혼자 먼저 왔습니다. 신을 혼자 두면 귀찮은 일에 끼어들 거라면서 필마와 슈바이드도 납득해주었어요."

【수면 건너기】 스킬로 바다 위를 뛰어온 모양이었다. 파도와 폭풍우까지도 무시하면서 서둘러 왔다고 한다.

신은 다들 자신을 못 믿는 건가 싶어서 살짝 상처를 받았다.

"……다들 나를 어떻게 생각하는지에 대해서 언제 한번 확인해둬야겠네."

"쿠우?"

유즈하의 울음소리가 '아니야?'라고 묻는 듯했다.

실제로 후지에도 오르고 칸쿠로에게 정체를 간파당한 지금으로서는 완전히 부정할 수도 없었다.

"거기 계신 분은 사에구사 카린 씨……가 맞으신가요?"

"네. 유키 공이라고 하셨지요?"

두 사람은 서로 만난 적이 거의 없었지만 이름과 얼굴은 기억하고 있는 모양이었다.

다만 겉으로는 온화하게 이야기를 나누면서도 두 사람 사이에서는 살벌한 공기가 흐르고 있었다.

카린은 슈니가 신에 대해 강한 연심을 품고 있다는 것을 직감적으로 알아챘다. 슈니 역시 카린이 신을 바라보는 눈빛에서 호감을 읽어냈다.

"신이 신세를 진 것 같네요. 이렇게 합류했으니까 앞으로는 마을에서 여관을 잡겠습니다."

"마음 쓰실 필요 없사옵니다. 모처럼 오신 김에 다른 동료분들이 오기까지 저희 집에서 쉬도록 하시지요."

"……."

사에구사 저택에서 신을 내보내려는 슈니와, 계속 붙잡아두려는 카린. 웃는 얼굴로 불꽃을 튀기는 분위기 속에서 신은 어쩔 줄 몰라 하고 있었다.

섣불리 끼어들면 창끝이 자신을 향하리라는 것은 알았지만 그렇다고 가만히 있을 수도 없는 일이었다.

『유즈하, 헬프!』

『무리야.』

유즈하에게 도움을 요청했지만 즉시 거부당했다. 본능적으로 위험한 상황이라는 것을 알아챈 듯했다.

"저, 저기 유키. 저택에서 나간다고 해도 작별 인사 정도는 하고 가야 하잖아. 그리고 난 뒤에도 늦지는 않을 것 같은데?"

신은 결심을 굳히며 슈니에게 말을 꺼냈다.

어떤 결정을 내리든 간에 반드시 지금 결정해야 하는 것은 아니었다.

"……그렇겠네요. 알겠습니다."

슈니가 동의하자 세 사람은 함께 저택 안으로 들어갔다.

쿠요우는 밤까지 돌아오지 않을 예정이었고 대신해서 카요가 나왔다.

"어머, 예쁜 분이네. 신 씨의 동료라더니 사실은 애인이었나 보네요."

"약혼자인 건 맞지만 다른 동료들도 있습니다. 먼저 합류한 유키입니다."

"유키라고 합니다."

"사에구사 쿠요우의 아내인 카요예요. 일행분이 아직 도착하지 않았으면 우리 집에서 머물러주세요."

완벽하게 예의를 지키며 인사하는 슈니에게 카요는 신과 함께 저택에 머물라고 권했다.

"너무 오래 신세를 질 수는 — ."

"딸의 목숨을 구해주신 분인걸요. 이 정도로는 은혜를 갚았다고 할 수도 없어요."

카요는 카린에게 신의 생각을 떠보게 하고 몰래 지켜보던 사람과 동일 인물이라는 것이 믿어지지 않을 만큼 밝은 미소로 말했다.

고마움을 느끼고 있다는 말은 진심일 것이다. 사에구사 저택에서 생활해본 신도 그 점에 관해서는 의심해본 적이 없었다. 가끔씩 장난기가 있기는 해도 신세 진 일은 반드시 갚는 의리파 여성이었다.

"……알겠습니다. 한동안 신세를 지겠습니다."

"그렇게 말해주니 기쁘네요."

잠깐의 대화 끝에 슈니가 뒤로 물러나면서 두 사람은 계속 사에구사 저택에 머무르기로 했다.

†

사태가 발생한 것은 그날 밤이었다.

"계승의 의식……이라고요?"

"으음, 계속 뒤로 미뤄왔지만 드디어 열리게 되었다. 열흘 뒤다."

식사 자리에서 쿠요우가 꺼낸 소식은 신도 『현월』의 계승자를 정할 어선 시합에 관해서였다. 구죠 가문의 저택에 히노모토 십걸이 모두 모여 대회를 치른다고 한다.

토너먼트전이 되면 한 사람이 남지만 그쪽은 칸쿠로가 직접 싸워 일정 수준의 실력을 인정받아야만 통과할 수 있다고 한다. 다만 쿠요우의 말에 따르면, 이미 사퇴를 표명하는 사람이 몇 명 나왔다.

칸쿠로는 장수 종족이었지만 대부분의 히노모토 사람은 단명 종족이었다. 계승을 받아도 자리를 오래 지킬 수 없다는 사실을 이미 깨달은 사람도 있을 것이다.

소식을 전해준 쿠요우 역시 본인은 사퇴하는 대신 카린을 응원할 생각이라고 한다.

쿠요우는 히노모토 십걸의 제2석이었다. 칸쿠로에게는 미치지 못해도 충분한 실력을 갖고 있었다.

하지만 나이를 생각하면 신체적인 전성기는 지난 지 오래였다. 미래를 위해 후진들에게 길을 양보해줄 생각인 것이다.

"내일은 전국 각지에 정보가 전달되겠지. 축제가 벌어지겠군."

이런 이벤트가 있을 때에는 노점도 많아지고 한동안 축제 상태가 된다고 한다. 일종의 여흥이라 할 수 있었다.

일반인은 어전 시합을 구경할 수 없었다. 대신 시합 결과는 즉시 발표되었고 결과를 예측하는 내기가 벌어지기도 했다.

엄밀히 말하면 도박이지만 서민들의 오락을 위해 묵인해주는 영주가 많은 모양이었다.

"볼 수 없는 건 조금 아쉽네요."

"흐음, 그러면 신 공도 오겠나? 자리 정도는 준비해줄 수 있네만."

"아니요, 괜히 이목을 끌고 싶지는 않으니까 그만두겠습니다."

특별 대접을 받는 것은 그다지 좋은 일이 아니었다. 칸쿠로와 대결한 일 때문에 안 그래도 주목받고 있는 상황이었다.

"흐음, 신 공이 오면 카린이 더 열심히 싸울 것 같았는데 말이지."

"아, 아버님?! 이상한 소리 하지 마시옵소서!"

쿠요우의 발언에 카린의 얼굴이 순식간에 붉게 달아올랐다. 신에게 그런 감정이 없다는 것을 알았기 때문인지 쿠요우는 이따금씩 카린을 놀리곤 했다. 분위기가 특별히 나빠지지 않는 것을 보면 부녀간 의사소통의 일환인지도 몰랐다.

거절하자마자 카린이 그런 반응을 보이자 신은 어떻게 대처해야 할지 알 수 없었다.

다음 날이 되자 성 밑 마을에도 어전 시합이 열린다는 소식이 전해졌고 이미 마을 일부는 축제 분위기로 들떠 있었다. 쿠죠를 섬기는 가문들에서 보낸 참관인들도 속속 도착하고 있었다.

모처럼의 기회였기에 신이 성 밑 마을을 구경하러 가겠다고 말하자 슈니도 따라나섰다.

카린도 동행하고 싶어 하는 눈치였지만 어전 시합을 앞두고 수련을 해야 하는 처지라 도장으로 잡혀가고 말았다.

신이 옷을 갈아입고 문 앞에서 기다린 지 15분이 지났을 때 슈니가 나타났다.

"……기모노와 동물 귀의 콜라보레이션인가. 멋진데."

『쿠우! 슈니 예뻐.』

신은 슈니의 기모노 차림에 잠시 넋을 잃고 중얼거렸다. 그에 동의하듯이 유즈하도 작게 울었다.

"신?"

가볍게 고개를 갸웃거리는 슈니의 머리 위에서 강아지 귀가 씰룩거렸다.

슈니가 입은 것은 선명한 파란색 기모노였다. 곳곳에 장식된 하얀 꽃문양이 화려한 분위기를 연출했다.

머리도 가볍게 묶고 있었기에 옆에서 살짝 보이는 목덜미가 청초함 속의 요염함을 자아냈다.

"아니야, 아무것도. 기모노가 잘 어울려서, 저기, 그 뭐냐. 솔직히 넋을 잃고 봤어."

"……네, 감사합니다."

슈니는 뺨을 살짝 붉히며 미소 지었다. 신이 그 미소에 다시 한번 넋을 잃은 것은 말할 것도 없었다.

"생각해보면 이곳에 처음 올 때 이후로 성 밑 마을에는 가본 적이 없었어."

신은 슈니와 나란히 걸어가면서 거리의 떠들썩한 분위기에 놀랐다. 처음 왔을 때는 거리 풍경을 구경할 틈도 없이 성으로 직행했던 것이다.

"그런가요?"

"쓸데없이 돌아다니느라 경계심을 사고 싶지는 않았고 남는 시간에는 검술 수련을 했거든."

사에구사 저택은 쿠죠 성과 가까웠던 탓에 가볍게 주변을 산책할 수 있을 만큼 편한 분위기는 아니었다.

지금도 감시가 붙어 있다는 것은 알고 있었지만 신은 이참에 히노모토의 거리 풍경을 천천히 봐두기로 했다.

모험가 차림은 당연히 눈에 띄기 때문에 옷도 히노모토식으로 맞춰 입은 상태였다.

신은 검은색 기모노에 짙은 녹색 바지를 입고 있었다. 히노모토에서는 흔히 볼 수 있는 조합이었다. 어두운 배색이었기에 옆에 있는 슈니의 화려함이 한층 돋보였다.

"뭐, 모처럼의 기회니까 지금은 축제 분위기를 즐겨보자."

"그래야겠네요."

축제인 만큼 노점도 많았다. 두 사람은 히노모토 특유의 노점을 구경하면서 기분 내키는 대로 이리저리 걸어 다녔다.

사람들의 표정은 밝았다. 서쪽에서 불온한 움직임이 있다는 소문이 어느 정도 퍼졌는지는 모르지만, 사람들은 그것을 잠시나마 잊으려는 듯이 더욱 떠들썩하게 행동했다.

『그러고 보니 슈니는 천하오검에 대해 뭔가 아는 게 있어?』

신은 문득 생각난 김에 슈니에게 심화로 말을 걸었다. 도검류를 파는 노점을 보고 무네치카와 대결했을 때를 떠올렸던 것이다.

무네치카와 싸운 일은 이미 이야기한 적이 있었지만 슈니에게 자세히 물어본다는 것을 깜빡하고 있던 참이었다.

『들어본 적은 없네요. 하지만 그런 자들이 마을에 나타나면 큰 소동이 벌어졌을 테니까, 신이 만난 무네치카처럼 사람들이 잘 찾지 않는 곳에 숨어 있는 것이 아닐까요? 그들은 기본적으로 시련을 받기 위해 찾아오는 이들을 기다리는 위치였으니까요.』

『그러고 보니 그러네. 그때는 무언가를 지키고 있다는 느낌이 들었거든. 원래의 보스 몬스터인 카구츠치가 없었던 것과도 뭔가 관계가 있을지도 모르겠어.』

신은 슈니의 대답을 듣고 충분히 그럴법 하다고 생각하며 고개를 끄덕거렸다. 무네치카가 나왔던 사당 안에 무언가가 숨겨져 있는지도 몰랐다.

의인화된 도검인 그들이 스스로 도전자를 찾아 이동하지 않는 것만은 확실했다.

어디까지나 게임 시절의 이야기였기에 확실하지는 않을 테지만 500년이 넘는 세월 동안 발견된 적이 없다면 슈니의 말이 맞을 것이라고 신은 생각했다.

"뭐, 아무리 생각해봐야 어쩔 수 없겠지. 어, 아저씨, 제법 좋은 물건을 팔고 계시네요."

축제를 즐기면서 할 이야기는 아니라는 생각이 든 신은 화제를 바꾸기 위해 우연히 눈에 들어온 노점상에게 말을 걸었다.

승복을 입은 40대 남자 앞에 다양한 액세서리가 전시되어 있었다.

"저기, 신?"

신이 갑자기 노점상에게 말을 걸자 슈니는 당황했지만 신은 잠깐 기다려달라고 손짓했다.

"오! 형씨, 제법 안목이 좋구먼! 이것들은 내가 좋은 재료를 엄선해서 만든 명품들이야. 주변 가게들보다는 조금 비싸지만 품질만큼은 보장하네."

자신만만하게 말하는 만큼 주변에 있는 비슷한 노점보다는 확실히 몇 단계 위의 상품을 팔고 있었다. 신은 전시된 물건들 중에서 하나를 손에 들었다.

"그러면…… 이걸 고르죠."

"그걸 고르다니 역시 안목이 좋아. 하지만 그건 다른 물건들보다 가격이 비쌀 텐데?"

"괜찮습니다. 제 일행에게 이게 제일 잘 어울리거든요."

신은 그렇게 말하며 슈니 쪽을 돌아보았다. 신의 시선을 따라간 노점상은 납득했다는 듯이 고개를 끄덕였다.

"하하! 그렇구만! 확실히 그 미인분에게는 우리 가게의 최고 상품이 어울리겠어! 좋아, 원래는 쥬르 금화 다섯 닢이지만 오늘은 특별히 네 닢만 받지."

"그래도 될까요?"

"이런 장신구는 원래 착용한 사람보다 눈에 띄면 안 되거든. 형씨 옆에 있는 처자라면 그 장신구의 빛에 가려질 일은 없을 게야. 딱 맞는 주인을 찾았구먼. 마음에 들었네!"

아무래도 노점상도 큰 감동을 받은 듯했다.

신은 감사 인사를 하고 값을 치른 뒤에 슈니를 돌아보았다.

"그래서 말인데 이걸 달아주겠어?"

"저기, 그래도 되나요?"

"솔직히 말해서 거절당하면 비참할 것 같아. 제발 달아주세요!"

"……알겠습니다."

슈니는 갑작스러운 선물에 당황을 감추지 못했지만 내심 기뻐하는 눈치였다.

신이 선택한 것은 투명한 파란색 구슬이 달린 비녀였다. 비녀와 구슬이 연결된 부분에는 이름 모를 꽃 모양의 은 세공품이 매달려 있었다.

슈니는 머리를 묶는 데 쓰던 심플한 비녀를 빼고 신이 건네

준 것으로 바꾸었다.

"저기, 어떤가요?"

슈니는 살짝 수줍게 물어보았다.

"이거, 한 폭의 그림 같구면."

"나도 이 정도일 줄은 몰랐어."

신의 머릿속에는 '어울려'와 '예뻐'라는 단순한 단어만 떠올랐다.

노점상 앞에서 축복 20%, 선망 50%, 질투 30%의 시선을 받던 두 사람은 그 자리를 벗어나 인파 속에 흘러 들어갔다.

"저렇게 주목받을 줄은 몰랐어. 시끄러워서 그냥 묻힐 줄 알았는데."

슈니가 머리에 비녀를 꽂자마자 주위에서 감탄하는 목소리가 들렸고 그제야 사람들이 주목하고 있다는 것을 깨달았다.

『신, 넋을 잃고 봤어. 주의력, 산만해.』

"으음!"

"노점상이 큰 소리로 떠들어댔으니까요. 아마 선전 효과를 노린 거겠죠."

"그랬던 건가. 그 아저씨, 감히 슈니를 이용하다니. 하지만 좋은 판단이야!"

"저기……."

『중증이네.』

슈니는 신이 화를 내는 건지 칭찬하는 건지 알 수 없었다. 굳이 말하자면 슈니가 주목받는 것이 당연하다는 이야기 같았다.

유즈하는 어이가 없다는 듯이 신을 바라보았다.

"응? 뭐가?"

신은 유즈하의 말을 그냥 흘려듣기로 했다.

슈니에게 사람들의 시선이 집중되는 것은 어쩔 수 없다는 결론을 내리고 두 사람이 큰길을 걸어가고 있는데 앞쪽이 유난히 소란스러웠다.

인파 너머를 스킬로 투시해보자 큰길 한가운데를 중후해 보이는 마차가 천천히 지나가고 있었다. 히노모토에서도 주요 이동 수단으로는 마차가 애용되는 것이리라.

들려오는 말들 중에는 이치노세의 가문 문장이 보인다는 언급이 있었다.

마차 안에는 몸집이 큰 곰 비스트와 여우 비스트 여성이 나란히 앉았고 맞은 편에는 휴먼 남자도 있었다.

"슈니, 보여?"

신이 슈니에게 물었다. 신의 분위기가 변한 것을 느끼고 마차 쪽을 바라본 슈니는 신이 무슨 말을 하고 싶은지 이해했다.

"네. 뭔가 심상치 않다는 이야기가 정말이었나 보네요."

"쿠우?"

【투시】를 쓸 수 없는 유즈하만 고개를 갸웃거리고 있었다.

"이치노세 쥬고, 로쿠하라 카이 여기까진 괜찮아. 하지만 저 타마모라는 녀석은 달라. 사람이 아냐."

"타마모?"

그 말에는 슈니보다도 유즈하가 먼저 반응했다. 아기 여우의 모습이었지만 심화 대신 자신의 목소리였다.

"아는 게 있나요?"

"들어본 적이…… 있는 것 같아."

유즈하는 어떻게든 생각해내려고 했지만 잘 안 됐는지 작게 울었다.

"어쨌든 이번 일이 조용히 끝나지는 않을 것 같군."

타마모의 종족은 화이트 테일이었다. 유즈하처럼 인간의 모습을 하고 있지만 어엿한 몬스터였다.

다만 마차에 동승한 쥬고와 카이에게서 상태 이상 표시는 보이지 않았다.

"조종당하는 건 아닌 걸까요?"

"일단은 그래 보이는데 말이지. 【참(매료)】은 걸리지 않았잖아."

몬스터가 사람들 속에 섞여 들어온 것에 대해 불길한 예감이 들었지만 현재로서는 손을 쓸 수 없었다.

유즈하처럼 사람에게 우호적인 몬스터가 존재한다는 것을 알고 있기 때문이다.

"확인할 방법도 없고, 나중에 카린 씨나 칸쿠로 씨에게나 이야기해줄 수밖에. 지금은 좀 더 중요한 일이 있잖아."

"그렇겠네요."

신이 쥬고에게서 시선을 돌리며 말하자 슈니가 고개를 끄덕여 보였다.

신의 미니맵에는 건물과 사람을 무시한 채 쿠죠 성의 본성을 향해 일직선으로 이동하는 마크가 보였다. 색은 중립인 초록이지만 모습을 숨겼다는 것만 봐도 수상하기 그지없었다.

"그렇게 뛰어난 잠입 솜씨는 아닌 것 같은데, 어떻게 할까요?"

"쫓아가보자. 쿠죠 쪽 밀정 같은 거라면 괜찮겠지만 방금 화이트 테일을 보고 난 뒤라 불길한 예감이 들어. 축제를 즐기던 도중인데 미안해."

"많이 구경했고 선물도 받는걸요. 충분해요."

무시하면 나중에 더 귀찮아질 수 있다는 것은 슈니도 잘 알았기에 이의는 없었다. 게다가 선물 덕분에 슈니의 기분은 최고조에 달해 있었다.

신과 슈니는 마크의 움직임을 보며 지붕을 따라 이동하는 것으로 예상하고 인적이 드문 골목길로 들어서며 【하이딩(은폐)】으로 모습을 숨겼다.

옷은 그대로였지만 슈니는 비녀만 원래의 것으로 바꾸어 꽂았다.

마크를 쫓아가자 예전에 습격해왔던 닌자 집단과 매우 비슷한 복장의 집단이 보였다. 닌자복은 원래 비슷한 디자인이 많았기에 얼핏 봐서는 구분하기 힘들었다.

"응? 이쪽은 본성이 아니잖아."

닌자 집단을 추적하던 신은 나아가는 방향이 본성과 어긋난다는 사실을 깨달았다. 그들이 나아가는 방향에서 가장 중요한 건물이라면 하루나가 요양하고 있던 저택밖에 없었다.

"하루나 씨를 노리는 건가?!"

지난번의 습격자들은 카나데와 카린을 노리고 있었다. 카나데와 마찬가지로 쿠죠의 공주인 하루나를 노린다 해도 이상할 것은 없었다.

예상은 결국 적중했다. 수수께끼의 닌자 집단은 손에 무기나 직경 3세메르 정도의 구체(球体)를 든 채 저택에 조용히 침입했다.

"사냥한다. 한 명도 놓치지 마."

"알겠습니다."

우연히 앞을 지나치던 에이에게 닌자 한 명이 칼을 들이댔다.

하지만 그 칼이 에이에게 닿기도 전에 등 뒤에서 접근한 신이 닌자를 때려눕혔다.

그와 동시에 습격자들에게 위압감을 발산하여 저택 안으로의 침입을 저지했다.

"아니?! 시, 신 공?!"

"사정은 나중에 이야기하겠습니다. 저는 습격자를 해치울 테니 여러분은 하루나 님을 지켜주세요."

"⋯⋯!! 알겠습니다! 수상한 자들이 침입했다! 다들 대비하라아아아!!"

에이는 놀라며 눈을 동그랗게 떴지만 이내 상황을 파악하고 크게 외쳤다.

긴급한 상황을 위한 대처 방법이 미리 정해져 있었던 것이리라. 에이의 목소리가 울려 퍼지고 30초도 지나지 않아 무장한 남자들이 달려왔다.

"생포할 필요는 없다 — 베어버려라."

대장으로 보이는 남자가 그렇게 말하자마자 주변에 있던 남자들이 수라(修羅)로 변했다.

독과 마비 효과가 있는 연막에 고전할 법도 했지만 요격에 나선 남자들은 전혀 개의치 않고 있었다.

연막 속에서도 습격자의 검을 튕겨내고 다음 동작으로 상대의 목을 날려버리는 자.

창을 던져 습격자의 몸통을 꿰뚫어버리는 자.

한술 더 떠서 팔 덮개와 닌자도로 방어하는 습격자를 방어구째로 절단하는 자까지 나올 만큼 전력 차이는 압도적이었다.

하루나가 머물고 있기 때문인지 상당한 실력자들이 배치된 모양이었다.

습격자들 중에서 레벨이 가장 높은 자들은 신과 슈니가 이미 쓰러뜨렸기에 닌자 집단의 기습은 순식간에 진압되었다.

"도움에 감사드리오."

"아니요. 저도 하루나 님을 한 번 뵌 적이 있다 보니 저런 자들의 행패를 못 본 체할 수 없었던 것뿐입니다. 그런데 한 명 정도는 생포하는 게 좋지 않았을까요?"

"생포보다는 하루나 님의 안전이 최우선이오. 애초에 히노모토의 암살자들은 의뢰인의 정체를 모른 채 움직이는 경우가 대부분이외다."

그중에는 일부러 생포당한 뒤에 스킬을 이용해 자폭하는 자도 있다고 한다. 생포해봐야 정보도 얻지 못하고 피해만 나올 뿐이기에 그 자리에서 죽이는 편이 나았다.

신과 슈니가 어째서 습격자들을 쫓아왔는지에 대한 설명을 끝마칠 무렵 카린이 나타났다. 상당히 급하게 왔는지 숨을 조금 헐떡이고 있었다.

"하루나 님은······?!"

"괜찮습니다. 상처 하나 없이 무사해요."

신은 빠른 정보 전달에 감탄했지만 굳이 입을 열지는 않기로 했다.

저택의 경비 대장으로 보이는 남자의 시선이 습격이 끝난 뒤에도 빈틈없이 신을 주시하고 있었기 때문이다. 우연이라기에는 타이밍이 너무 좋다는 생각에 경계하고 있는 것이리라.

의심받아서 기분 좋을 사람은 없겠지만 경계를 게을리하지 않는 자세는 칭찬할 만했다.

"습격자 쪽은……?"

"전부 처리했습니다. 신원을 판별할 수 있을 만한 단서는 없어요."

사체에서 얻어낼 만한 정보가 없는지는 이미 조사를 마친 뒤였다. 무기나 사용한 도구 전부 마음만 먹으면 어디서나 구할 수 있는 것들뿐이었다.

회수한 물건에서 신원을 추적할 수는 없다는 이야기를 신은 엿듣기 스킬로 들을 수 있었다.

신과 슈니는 카린에게도 사정을 설명한 뒤에 사에구사 저택으로 돌아왔다.

쿠요우의 이야기로는, 하루나가 습격을 받긴 했어도 계승의 의식은 예정대로 개최된다.

"경비는 강화될 테지만 말일세."

쿠죠를 노리는 적이 존재한다는 것만은 확실했다. 이것은 모든 대가문에 해당되는 말이기도 했다.

어느 시대나 통치에 불만을 가진 자들이 있기 마련이다.

히노모토에는 암살 전문 조직이 존재하며, 의뢰만 있으면 상대를 가리지 않는다고 한다.

대륙에서도 그러한 범죄 조직의 이야기를 들은 적이 있었기에 신은 특별히 놀라지 않았다.

다만 마침 좋은 기회였기에 이치노세 쥬고에 관해 물어보기로 했다.

"쥬고 공 말인가. 이치노세 가문이 히노모토 통일을 주장한다는 이야기는 들었나?"

"네, 조금은요."

"동과 서를 쿠죠와 야에지마가 이분한 뒤로 이치노세 가문과 한때 독립을 꾀하기도 했다네. 물론 그것은 야에지마 가문이나 다른 대가문들이 저지했지만, 현재의 당주인 쥬고 공은 뭔가 다른 생각이 있는 것 같더군. 이치노세의 영지에서 병사들이 이동하고 있다는 보고도 들어왔다네. 계승의 의식에서 무슨 일을 벌일지도 모르겠군."

"그걸 알면서도 개최하는 건가요?"

"계승의 의식에는 히노모토의 모든 강자들이 모이게 되지. 웬만한 병사들로는 상대조차 안 될 정도의 강자들이 말일세. 일을 벌인다 해도 상대가 되지는 않을 걸세."

쿠요우는 옛날에 비슷한 행사에서 비슷한 행동을 벌인 자가 있었다고 말했다. 하지만 당연히 순식간에 진압되고 말았다.

방심하는 사람은 당연히 없을 테지만 지나치게 삼엄한 경계는 부작용이 생길 수도 있었다. 애초에 이치노세 가문이 문제를 일으킨다는 증거가 있는 것도 아니었다.

신은 만약을 위해 타마모에 대한 정보를 말해주기로 했다.

"흐음, 쥬고 공과 함께 온 여인이 있다는 말은 들었네만."

"그런가요. 저도 스킬로 확인한 거라 정확한 증거가 있는 건 아닙니다. 하지만 잘못 보지는 않았습니다. 일단 기억하고 계셨으면 합니다."

"조언에 감사하네. 내 쪽에서도 더 조사해보지."

쿠요우는 신의 말을 의심하지는 않는 것 같았다.

"저기, 이건 조금 다른 이야기이긴 한데 『현월』은 아무나 쓸 수 있는 건가요? 등급이 높은 무기 중에는 주인을 가리는 경우가 있다고 들었거든요."

"잘 아는군. 예전에는 제한이 있었다고 들었지만 지금은 없다네."

일정 능력치만 넘으면 누구든지 사용할 수 있었고, 능력치가 조금 부족하더라도 제 성능을 끌어내지 못할 뿐이지, 사용 자체는 가능하다고 한다.

신은 쿠요우와의 대화를 끝내고 난 뒤에 슈니 옆에서 걸어 가던 카린에게 네 장의 카드를 내밀었다.

"신 공? 이건……."

"혹시 모르니까 품에 넣어두고 계세요. 오늘 낮에 있었던 습격도 그렇고, 아무래도 좋지 않은 예감이 드네요."

"……알겠사옵니다. 이번 일이 끝나면 반드시 돌려드리지요."

카드의 그림을 확인한 카린은 그것을 품에 넣으며 고개를 끄덕였다. 이번에도 뺨이 살짝 붉었다.

"……?!"

다음 순간, 신의 등줄기에 섬뜩한 오한이 일었다. 천천히 고개를 돌리자 슈니가 미소를 띠며 신을 바라보고 있었다.

『혹시 모르니까! 혹시 모르니까 그런 거야! 다른 뜻은 없다고!!』

『어머, 저는 아직 아무 말도 하지 않았는데요?』

슈니의 미소가 무서웠다. 눈은 입만큼 많은 말을 한다는 이야기가 있지만 슈니는 눈빛뿐만 아니라 심화와 표정, 기척까지 동원해서 자신의 불편한 심기를 드러내고 있었다.

당황한 신은 고개를 세차게 저으며 필사적으로 변명했다. 사실 몰래 건네줄 수도 있었지만 그랬다가는 오히려 위험해질 수 있다는 직감이 왔다.

"쿠우쿠우……."

그런 세 사람을 지켜보던 유즈하의 울음소리는 『이런, 이런……』하고 어이없어하는 것처럼 들렸다.

†

슈니가 도착한 지 5일 뒤에 슈바이드, 필마, 티에라, 카게로우가 쿠죠 성에 도착했다.

대인원이 되었기에 신은 마을의 여관으로 옮기려 했지만 카요의 한마디에 사에구사 저택에서 계속 신세를 지게 되었다.

어차피 계승의 의식이 끝날 때까지는 이 마을에 계속 머무를 생각이었기에 기한은 그때까지로 정해졌다. 언제까지고 이곳에서 신세를 질 수는 없는 일이었다.

"이렇게 된 건가~. 모처럼 슈니를 먼저 보냈는데 소용이 없었나 보네."

"무슨 말이야?"

"여행할 때 항상 세 명 이상이었다며? 그래서 신하고 슈니를 단둘이 있게 해주려고 한 거야. 흥미진진한 이야기를 기대하면서 왔더니만 설마 이렇게 되었을 줄이야. 슈니에게 적극적으로 나가라고 말해줄 걸 그랬어."

아쉽다는 듯이 말하며 한숨을 쉰 사람은 필마였다. 자신의 의도를 숨길 생각도 없는 듯했다.

"저를 먼저 보내자는 의견도 필마가 먼저 꺼냈었죠."

"넌 대체 뭘 하고 싶은 거야?"

"500년 동안 계속 기다려왔다잖아. 슈니에게도 조금은 좋은 날이 와야 하지 않겠어? 아니면 따로 관심 있는 여자라도 있는 거야?"

"그건 아닌데, 이쪽에서도 여러 가지 사정이 있었다고…….

뭐, 정말로 단둘이 있게 됐다면 아무 일도 없었을 거라고는 장담 못하지만."

"어머, 부정은 안 하네?"

신에 대한 슈니의 마음을 모르는 파티 멤버는 아무도 없었다. 만약 여관에 단둘이 묵게 될 경우, 슈니가 가만히 있을 가능성은 제로에 가까웠다.

신에게는 원래 세계로 돌아가겠다는 목표가 있지만 '무슨 수를 써서라도 반드시'라고 말할 만큼 확고한 의지가 있는 것은 아니었다.

슈니의 유혹을 이겨낼 수 있었으리라고는 결코 장담할 수 없었다.

"내가 어떤 인간인지는 잘 알아. 분위기에 휩쓸리지 않고 버티기는 힘들었겠지."

딱히 신이 우유부단한 것은 아니었다. 사람이라면 누구나 그런 법이다.

"헤에, 좋은 정보를 입수했군."

"너 지금 엄청나게 못된 얼굴이야……."

"또 엉뚱한 생각을 하고 있나 보네요."

"질리지도 않나 보군."

"잠깐, 슈바이드까지 그러기야?!"

세 사람을 지켜보던 슈바이드까지 한숨을 쉬는 지경에 이르고 있었다.

"그래서 그 계승의 의식은 언제 시작되는 것이오?"

이미 다른 동료들에게도 계승의 의식에 대한 설명을 마친 상태였다. 신이 제작한 신도를 둘러싼 일이기도 했기에 슈바이드는 승부의 향방이 궁금한 모양이었다.

"닷새 뒤야. 도착하자마자 이런 이야기를 하게 되어서 미안하지만, 상황이 좋지만은 않아. 어쩌면 큰 싸움이 일어날지도 몰라."

"어, 뭐야, 그게? 히노모토는 치안이 좋다고 들었는데."

티에라가 큰 싸움이라는 말에 놀라며 말했다. 히노모토의 치안이 좋다는 이야기는 티에라도 들어본 적이 있는 듯했다.

그에 관해서도 신이 사정을 설명해주었다.

"잘 모르겠어. 어째서 그렇게 하나로 합치고 싶어 하는 걸까?"

"글쎄. 무력으로 통일한다고 해서 통치가 편해지는 것도 아닌데 말이지. 슈바이드는 어떻게 생각해?"

신은 일본의 전국 시대와 비슷한 역사를 겪은 히노모토의 정세에 대해, 황국의 건국에도 참여한 슈바이드의 의견을 구했다.

"히노모토의 대가문이라는 이치노세 가문의 당주가 무슨 생각을 하고 있는지 모르는 이상 아무 말도 할 수 없을 것이오. 그런 일은 집단을 이끄는 자에 따라 목적이 바뀌는 법이라오. 옛날에 천재지변으로 대륙이 혼란에 빠졌을 때에도 많은 나라들이 세워졌지만 그 모습은 다들 제각각이었소."

당시에도 대륙을 통일하기 위해 타국을 침략하는 국가가 많았다고 한다.

하지만 몬스터가 들끓는 지역이나 산맥 같은 지형에 가로막혀 지금의 국경이 확립되었다. 하지만 아직도 포기하지 않은 나라들이 존재했다.

국민을 위한 정치를 하는 나라가 있는가 하면 선군 정치를 표방하는 국가도 있어서 한마디로 정의하기 어려운 모양이었다.

"뭐, 나도 이치노세 가문이 수상하다고 들었을 뿐이지, 결정적인 증거를 갖고 있는 건 아냐. 별일 없이 끝나면 좋을 테지만 혹시 모르니까 조금은 주변을 경계해주면 좋겠어."

"흐음, 알겠소이다."

필마와 티에라도 신의 말에 고개를 끄덕였다.

결국 하루나 습격의 범인이 누구인지도 밝혀내지 못했다.

다만 신은 자신의 눈으로 본 쥬고와 카이, 그리고 타마모가 그대로 얌전히 있지는 않을 것 같다는 생각이 들었다.

요호의 습격 | Chapter 4

THE NEW
GATE

계승의 의식.

그것은 이름을 보면 알 수 있듯이 오랫동안 전해 내려온 물건을 계승하기에 적합한 인물을 가려내는 행사였다.

이번에 계승될 물건은 히노모토국의 국보인 신도『현월』이다. 그리고 도전자들은 히노모토 십걸에 이름을 올린 강자들이었다.

제1석이자 현 소유자인 칸쿠로와 쿠요우처럼 후진에게 기회를 양보한 자를 제외하면 참가자는 총 여섯 명.

제3석 사에구사 카린.

제4석 야에지마 시덴.

제5석 쿠죠 아키타카.

제6석 이치노세 쥬고.

그리고 쌍둥이 검사인 제7석 시죠 츠구마사와 제9석 시죠 츠구호가 있었다.

"그러면 지금부터 어전 시합을 개최하겠다. 다들 열심히 싸워서 신도를 가질 자격이 있다는 것을 증명하라!"

쿠죠 타다히사의 말에 후보자들은 조용히 고개를 끄덕였다.

첫 번째 시합은 제3석 사에구사 카린과 제9석 시죠 츠구호였다. 뒤로 묶은 흑발과 늠름한 눈빛, 체격까지 비슷한 두 사람은 말없이 시합장 중앙으로 걸어가서 자세를 잡았다.

양쪽 모두 검을 중단으로 겨누고 있었다.

두 사람의 몸에서는 맑은 기백이 뿜어져 나오고 있었다.

"— 시작!!"

"……!!"

시합 개시 구령과 동시에 두 사람의 모습이 흐릿해지며 목도가 공중에 호를 그렸다.

양쪽 모두 한 번의 공격이었다.

스쳐 지나가서 등을 맞댄 상태로 몇 초가 지났다.

그리고 츠구호의 손에서 목도가 떨어졌다.

"거기까지! 승자, 사에구사 카린!"

승부는 한순간이었다. 츠구호의 일격은 카린의 어깨를 스쳤고, 카린의 일격은 츠구호의 오른팔에 명중했다.

서열을 봐도 제3석과 제9석은 최상위와 최하위였다.

같은 히노모토 십걸이라 해도 실력에는 상당한 차이가 있었다.

"역시 닿지 못했군요."

"실력이 또 올라갔네."

카린은 낙담하는 츠구호를 칭찬했다. 예전의 츠구호라면 어깨를 스치지도 못했기 때문이었다.

"아니요, 아직 멀었습니다. 다음에 또 검을 맞대는 날까지 더욱 정진하겠습니다."

츠구호는 아직 어리고 착실한 성격이었기에 이미 훌훌 털어낸 표정이었다.

두 사람은 서로에게 허리를 숙인 뒤 자리에서 물러났다.

두 번째 시합은 제5석 쿠죠 아키타카와 제7석 시죠 츠구마사였다.

양쪽 모두 젊었지만 츠구마사의 경우는 아직도 어린 티가 묻어났다.

날카로운 인상에 다부진 체구를 가진 아키타카와는 달리 츠구마사의 얼굴과 체격은 청년보다는 소년에 가까워 보였던 것이다.

하지만 그것은 두 사람의 승부에 어떤 영향도 끼치지 못했다. 관전자들도 두 사람이 뿜어내는 기백에 압도당할 정도였다.

"소문으로 듣던 천재 검사인가. 이렇게 겨뤄보는 건 처음이군."

"저도 소문은 많이 들었습니다. 저의 검이 어디까지 통할지 시험해보겠습니다."

두 사람은 짧은 대화 뒤에 준비 자세를 잡았다.

아키타카는 검을 상단으로, 츠구마사는 하단으로 겨누고 있었다.

"— 시작!"

『......!!』

첫 번째 시합과 마찬가지로 이번에도 구령과 동시에 검이 움직였다. 다만 목도끼리 부딪치는 소리가 세 번 울려 퍼졌다는 점이 아까와 달랐다.

서로를 향해 날아든 목도가 세 번의 궤도를 그리면서 깎여 나갔고 작은 나뭇조각이 사방에 튀었다.

"그 나이에 이 정도 실력이라니. 장래가 기대되는군."

"칭찬 감사합니다!!"

아직 여유가 있는 아키타카와 달리 츠구마사는 목소리를 높이며 상대에게 덤벼들었다. 츠구마사는 도장에서 가르치는 것과는 다른 형태의 공격을 보여주었지만 아키타카는 그것을 전부 받아냈다.

일방적으로 공격하던 츠구마사의 얼굴이 점점 일그러지기 시작했다. 처음 검을 맞부딪쳤을 때부터 상대의 역량을 가늠했기 때문에 나올 수 있는 반응이었다.

츠구마사의 검은 빠르고 예측하기 힘들었다. 이제 막 성인식을 치렀다는 것이 믿기지 않을 만큼 천재적인 재능을 아키타카도 인정할 수밖에 없었다.

하지만 그것만으로는 부족했다.

일반 병사나 평범한 검사라면 모를까, 쿠죠 가문의 장남으로서 엄격하게 단련해온 아키타카를 이기기에는 싸움의 경험

— 특히 자신보다 강한 상대와 싸워본 경험이 압도적으로 부족했다.

"쉿!!"

공격이 끝나고 다음 공격이 나갈 때까지의 짧은 순간.

아키타카는 츠구마사의 공격이 다급함으로 흐트러지는 것을 놓치지 않았다.

아키타카의 목도가 츠구마사의 목도를 튕겨냈다. 허공에 솟구친 목도는 츠구마사의 등 뒤로 떨어졌다.

"거기까지! 승자, 쿠죠 아키타카!"

칸쿠로가 승자를 선언했다.

두 사람은 자세를 바로잡고 조용히 허리를 숙였다.

"좋은 싸움이었다. 언젠가 또 싸워보자꾸나."

"네, 반드시."

아키타카와 츠구마사는 서로를 바라보며 고개를 끄덕여 보인 후 자리에서 물러났다.

세 번째 시합은 제4석 야에지마 시덴과 제6석 이치노세 주고였다.

이쪽은 지금까지의 시합과는 달리 시작하기 전부터 엄청난 살기로 좌중을 압도했다.

손에는 목도를 들고 있지만 마치 진검을 쥔 것 같은 긴장감이 넘쳐흘렀다.

"꽤나 진지해 보이는군요."

"야에지마 가문을 섬기는 몸이지만 오늘은 한 명의 검사로서 왔다. 봐주지는 않겠다."

"좋습니다. 저 역시 공정하지 않은 승리는 바라지 않으니까요."

쥬고의 살기등등한 기백에 맞서 시덴의 기백도 점점 날카로워졌다.

선의의 경쟁으로 마무리된 지금까지의 시합과는 달리 두 사람은 당장이라도 피 튀기는 싸움을 벌일 것만 같았다.

준비 자세는 양쪽 모두 상단이었다. 목도가 오른쪽 어깨 쪽으로 살짝 기울어져 있는 것까지 똑같았다.

"— 시작!"

시합 개시의 구령이 울려 퍼졌다. 하지만 이번 대결은 시작부터 지금까지와는 다른 양상으로 전개되었다.

모두의 예상과 달리, 두 사람은 구령을 듣고서도 미동조차 하지 않았다. 몸을 희미하게 움직이며 무언가를 찾아내려는 듯이 상대를 주시하고 있었다.

서쪽을 다스리는 야에지마 가문과 이치노세 가문의 검술은 근본적으로 크게 다르지 않았다. 따라서 상대가 어떻게 나올지에 대해 서로 너무나 잘 알고 있었다.

목도의 움직임과 발놀림, 몸의 중심 위치부터 간격을 좁히는 방식까지.

두 사람은 상대의 움직임에서 어떤 공격이 나올지 예측하고 그에 어떻게 대응할지를 머릿속으로 끊임없이 계산하고 있었다.

쥬고의 목도 끝이 살짝 내려가면 시덴은 발을 뒤로 끌며 반 걸음 물러났다.

시덴이 간격을 벌리면 쥬고는 몸의 중심을 낮추었다.

아주 작은 사소한 움직임으로 두 사람 사이에서 엄청난 공 방전이 펼쳐지고 있다는 것을 그 자리에 있던 모든 사람들이 알 수 있었다.

그것을 알아볼 수 있는 실력자들만 이곳에 모여 있었던 것 이다.

"서열 차이가 가장 작은 조합이군. 하지만 과연 쥬고 공이 시덴 공을 이길 수 있을까?"

"어허, 츠구마사. 쓸데없는 소리는 삼가도록 해."

시덴이 강하다는 것은 히노모토 전체가 알고 있었다. 십걸 제4석은 허명으로 얻은 자리가 아니었다.

쥬고 역시 제6석이었지만 제5석을 경계로 해서 위냐 아래 냐에 따라 역량에 차이가 난다는 것 역시 잘 알려진 사실이었 다.

"흥, 역시 소심하게 탐색전만 하는 건 성질에 안 맞는군."

"그런 소리를 하면 이길 수 없을 텐데요?"

"과연— 그럴까!!"

말이 채 끝나기도 전에 움직인 쥬고는 시덴의 바로 앞으로 파고들었다.

첫 시합 때의 카린과 츠구호를 연상시키는 움직임이었지만 그 두 사람의 속도를 분명하게 능가하고 있었다.

"……?!"

예전에 쥬고와 대결해본 적이 있는 시덴은 그 속도에 허를 찔리고 말았다. 내리꽂히는 목도를 자신의 목도로 막아내려 하지만 그것마저도 힘에 밀렸다.

쥬고는 곰 타입 비스트로 체격에 맞춰서 더욱 굵은 목도를 사용하고 있었다. 하지만 약간의 중량이 더해진 정도로 두 사람의 힘 차이가 좁혀질 수는 없었다.

그럼에도 불구하고 쥬고가 내리친 목도는 방어하는 시덴을 꼼짝 못 하게 만들 정도의 위력을 자랑했다.

"윽, 이 무게감은……!"

"……이 정도인가."

쥬고는 여유로운 목소리로 목도를 거두더니 순식간에 시덴의 등 뒤로 돌아 들어갔다. 시덴이 미처 방어하기도 전에 쥬고의 목도가 그의 목덜미를 겨누었다.

"거기까지! 승자, 이치노세 쥬고!"

서열 하위권이 상위권에게 승리했다.

불가능한 일은 아니지만 쥬고의 실력을 아는 사람들은 그가 시합에서 보여준 움직임에 경악하고 있었다.

곰 타입 비스트는 원래 속도보다는 힘이 뛰어났다. 쥬고가 선조환생이라는 것을 감안하녀라도 시녠의 등 뒤로 파고드는 움직임은 비현실적일 정도였다.

"흐음, 능력치를 상승시키는 약이나 마법을 사용한 것도 아닌 것 같군요."

부정행위를 의심한 칸쿠로가 【애널라이즈】로 쥬고를 관찰했지만 어떤 능력치 상승 효과도 표시되지 않았다.

게임 시스템이 살아 있기에 약으로 능력치를 상승시켰다면 바로 들통났을 것이다.

"수련을 게을리한 적은 없다. 그것이 결실을 본 것뿐일 테지."

"그렇군요. 그렇게 말하시면 저도 반론할 수 없지요."

다만 칸쿠로의 【애널라이즈 · Ⅷ】로는 상대의 능력치 여하에 따라 표시되지 않는 것도 있었다.

부정행위에 대한 조사가 따로 이뤄지기는 하지만 현재로서는 갑자기 늘어난 쥬고의 실력이 의심스러울지언정 그것을 문제 삼을 만한 증거는 없었다.

그 뒤로도 시합은 계속되었고 살아남은 세 사람 중에서 최종 승자를 가리게 되었다.

서열이 가장 높은 카린이 부전승으로 올라가면서 네 번째 시합은 아키타카와 쥬고의 대결이었다. 하지만 아키타카도 시녠과 마찬가지로 갑자기 달라진 쥬고의 움직임에 대처하지 못한 채 패배하고 말았다.

이제 마지막 시합만 남겨두고 있었다.

카린과 쥬고가 최후의 승자를 가리기 위해 대치했다.

"— 시작!"

시합 시작 구령이 들리자마자 먼저 움직인 쪽은 쥬고였다. 아키타카를 압도했던 완력으로 카린에게 목도를 내리쳤다.

그러자 카린은 자신의 목도를 상대 무기의 측면에 갖다 대서 방향을 틀게 만들었다. 하지만 목도에 담긴 위력을 완전히 흘려보내지 못한 탓에 자세히 약간 무너지고 말았다.

"크읙."

그러자 쥬고는 바로 카린을 밀어붙였다. 카린은 폭풍처럼 밀려드는 쥬고의 공격을 견실한 수비로 막아냈다.

아키타카와의 시합을 이미 지켜보았기에 힘으로 대결하는 것보다는 빈틈을 노리는 전법을 선택하기로 한 것이다.

"왜 그러지? 막기만 해서는 이길 수 없다."

"질 생각은 없사오니 괘념치 마시옵소서."

매섭게 공격하면서 말을 건네는 쥬고에게 카린은 표정 하나 바꾸지 않으며 대답했다. 사실 아슬아슬하게 버티는 중이었지만 약점을 보이면 끝이라는 생각에 허세를 부린 것이다.

"흥, 건방지군."

말이 끝나기도 전에 쥬고의 모습이 사라졌다. 하지만 카린은 등 뒤에서 다가오는 공격을 막아냈다.

"그건 이미 봤사옵니다."

예전의 쥬고라면 상상할 수도 없는 움직임이었지만 속도로 승부한다면 카린에게도 승산은 있었다.

카린은 몸을 회전하면서 상대의 목도를 피하고 동시에 쥬고의 배를 공격했다.

"역시 제3석에 위치할만하 군."

쥬고는 카린의 공격이 명중하기 직전에 옆으로 몸을 날려 피했다.

누가 보기에도 쥬고의 속도와 완력이 카린을 뛰어넘고 있었다.

그 뒤로는 일방적이진 않아도 쥬고가 명백한 우위를 점하는 시합이 되었다.

카린은 쥬고의 맹공을 막아내며 빈틈을 찾아 반격했다.

쥬고는 카린의 반격을 피하며 다시금 맹공을 쏟아부었다.

싸움은 그렇게 20분을 이어갔고 마지막에는 쥬고가 카린의 목도를 부러뜨린 뒤 무기를 목에 겨누면서 상황이 종료되었다.

"— 거기까지! 승자, 이치노세 쥬고!"

두 사람은 서로 허리를 숙인 뒤 자리로 돌아왔다.

승자가 결정되자 남은 것은 신도 수여식뿐이었다.

쥬고는 여러모로 나쁜 소문이 돌고 있는 이치노세 가문의 당주였지만 승부에서 이긴 이상 신도를 건네주지 않을 수 없었다.

"이치노세 쥬고, 그대에게 신도를 수여하겠다. 앞으로."

"네."

원래 주인인 칸쿠로가 『현월』을 앞으로 내밀었다.

그것을 양손으로 받아 든 쥬고는 — .

그 자리에서 『현월』을 뽑아 들었다.

"【칼날 뻗기】!"

쥬고가 휘두른 『현월』에서 붉은 검기가 뻗어 나갔다.

검술계 무예 스킬 【칼날 뻗기】로 발사된 원거리 공격이 『현월』의 능력으로 증폭되어 심홍색 검기를 이루었다.

공격이 뻗어 나간 대상은 쿠죠 가문의 당주인 쿠죠 타다히사였다.

"흡!"

갑작스러운 사태에 모두가 움직임을 멈춘 가운데, 쥬고와 타다히사 사이에 누군가가 끼어들면서 공격을 튕겨냈다.

"저걸 막아내다니."

"아니, 설마 이 정도로 직접적인 수단을 취할 줄은 몰랐군요."

단도를 한 손에 쥔 칸쿠로가 곤란하다는 듯이 말했다.

"이 정도로 좋은 기회는 없다. 그 칼로는 내 공격을 한 번 더 막아내는 게 한계겠지. 방해하지 마라."

"그럴 수는 없지요. 쥬고 공도 이런 일을 벌여놓고 이곳에서 도망칠 수 있다는 생각은 안 하시겠지요?"

"지금의 내게는 쉬운 일이다."

쥬고는 그렇게 말하며 무언가를 입에 넣고 삼켰다. 그리고 다음 순간, 그의 몸에서 하얗게 빛나는 아우라가 뿜어져 나왔다.

"쥬고 공. 그건 설마……!"

"역시 네놈은 알고 있군. 그렇다면 이제 막을 수 없다는 것도 알 테지!!"

쥬고가 들고 있던 『현월』이 빠르게 움직였다. 공중에 새겨진 붉은 궤적이 무기를 들고 쥬고에게 덤벼들던 자들에게 가볍지 않은 상처를 입혔다.

아키타카와 시덴은 팔에 부상을 입었고 검도 부러지고 말았다. 츠구호와 츠구마사도 마찬가지였다.

공격을 피한 쿠요우와 다른 십걸들도 『현월』의 능력을 경계해서인지 쉽게 덤비지 못하고 있었다.

그런 가운데서 카린 혼자 한 박자 늦게 쥬고의 등 뒤를 공격했다.

그 속도는 방금 전의 시합에서 보여준 것보다 훨씬 빨랐다.

"흐읍!"

『현월』의 검은 칼날과 카린의 백은색 칼날이 맞부딪쳤다.

하지만 전설급 무기마저 절단해내는 『현월』과 부딪치면서도 카린의 검은 흠집 하나 나지 않았다.

"이럴 수가?!"

"칸쿠로 님! 여기는 제가……!"

카린이 들고 있는 무기는 『현월』과 똑같은 고대급 일본도 『하쿠라마루』였다.

『진월』을 만들기 위한 시험작인 『현월』의 스펙은 높았다. 하지만 신이 강화한 『하쿠라마루』는 그에 뒤지지 않을 만큼의 충분한 성능을 자랑했다.

"이 무게감, 네 녀석은 도대체?!"

"대답할 거라 생각하시옵니까?"

낮게 신음하는 쥬고에게 카린은 일부러 여유로운 미소를 지어 보였다.

카린의 공격 위력이 올라간 것은 『하쿠라마루』의 능력치 상승 효과 때문만은 아니었다.

신이 건네준 카드 중에 하나였던 『명성(明星)의 머리끈』으로 신체 능력이 향상되어 있었던 것이다. STR, VIT, DEX를 동시에 강화하는 고대급 액세서리였다.

이치노세에 대한 소문을 들었을 때부터 이것을 착용한 상태로 신과 함께 단련해왔기에, 상승된 능력치에 휘둘릴 일도 없었다.

카린은 일단 거리를 벌린 뒤 속도를 살린 연속 공격을 가했다.

『현월』과 『하쿠라마루』가 부딪칠 때마다 사방에 불꽃이 튀었다.

"신도와 맞부딪치면서도 흠집 하나 나지 않다니. 히노모토 밖으로 떠나서 구해온 건 약초뿐만이 아니었던 건가!"

쥬고가 분하다는 듯이 외쳤지만 카린은 대답하지 않았다. 대신 휘두르는 검에 더욱 힘을 주었을 뿐이다.

칼날이 교차할 때마다 두 사람 사이에서 불꽃이 튀었다.

쥬고가 이따금씩 사용하는 원거리 공격으로 시합장은 이미 반쯤 붕괴된 상태였다. 지면은 갈라지고 건물은 세로로 절단 되었다.

소란을 듣고 달려온 병사들도 두 사람의 싸움을 그저 지켜 볼 수밖에 없었다.

다른 참관인들은 회피에 전념하고 있었기에 첫 공격 이후 로 부상을 입는 사람은 없었지만 그렇다고 카린과 쥬고의 싸 움에 끼어들 수 있는 것도 아니었다. 신체 능력은 물론이거니 와 제대로 맞설 수 있는 무기도 없었다.

하지만 그렇다고 모두가 손을 놓고 있었던 것은 아니었다.

"【섀도우 바인드!】"

"【아크 바인드!】"

검이 내는 금속음에 섞여서 늠름한 목소리가 울려 퍼졌다. 그와 동시에 쥬고의 그림자가 일렁였고 공중에서는 빛의 사 슬이 뻗어 나왔다.

"윽?!"

바인드 마법을 사용한 사람은 카요와 하루나였다. 무(武)를 중시하는 히노모토에서도 마법을 전혀 사용하지 않는 것은 아니었다.

카린과 대결하던 쥬고는 그것을 완전히 피하지 못하고 빛과 그림자에 속박되었다.

쥬고의 몸을 휘감은 빛의 사슬은 한 줄, 그림자의 속박은 세 줄이었다. 그림자 쪽은 이미 두 줄에 금이 가기 시작하고 있었다.

빛의 사슬도 쥬고가 휘두른 칼에 너덜너덜해졌다.

특수한 효과가 거의 없는 『현월』도 고대급 무기인 만큼 어느 정도는 마법 스킬에 간섭할 수 있었다.

"여기서 일을 벌인 걸 후회하게 될 것 같사옵니다."

카린은 움직임이 제한된 쥬고의 바로 앞까지 파고들었다.

바인드에 신경이 분산된 탓에 결정적인 빈틈이 생겨나 있었다.

하단에서 뻗어 나간 『하쿠라마루』의 칼날이 쥬고의 몸을 대각선 위쪽으로 베어 들어갔다. 칼날은 쥬고의 심장 위를 지나 어깨 위로 빠져나왔다.

원래 사무라이 직업은 방어력에 대한 보너스가 없었다.

고대급 무기 앞에서 웬만한 방어구 따위는 종잇조각이나 마찬가지였지만 시합 중이던 자들은 전부 얇은 기모노만 입고 있었다.

아무리 선조환생이라 해도 일격만으로 치명상이었다.

"커헉?!"

뒤로 쓰러진 쥬고가 신음 소리를 냈다. 솟구치는 피가 카린과 시합장을 붉게 적셨다.

"—으—윽—."

죽기 전에 꺼낸 말은 제대로 된 목소리로 나오지 못했고 입 주위의 공기를 희미하게 흔들었을 뿐이었다.

힘을 잃은 쥬고의 손에서 『현월』이 떨어졌다. 너무나도 허무한 최후였다.

하지만 그것 역시 달인의 싸움에서는 흔히 있는 결말이었다.

무기가 가진 힘을 고려해보면 오히려 몸이 두 동강 나지 않은 것을 칭찬해야 했다.

"쥬고 공. 지금 세상이 그렇게나 살기 힘들었던 겁니까."

『현월』을 주워 들고 칼집에 넣은 칸쿠로가 불쑥 중얼거렸다.

하지만 그 말에 대답하는 사람은 아무도 없었다.

'다시 한번, 전란을—.'

입 밖으로 나오지 못한 마지막 말을 칸쿠로는 알아들을 수 있었다.

"그런데 쥬고 공은 어떻게 저렇게 강해질 수 있었던 걸까요?"

"저건 생명을 태우는 금지된 약입니다. 다만 그 약을 사용하기 전에도 강했던 이유는 저도 모르겠군요. 어쩌면 우리가 모르는 강화 방법을 사용한 건지도 모르겠습니다.”

쥬고의 능력에 의문을 느끼던 토시로에게 칸쿠로가 대답해 주었다. 물론 이 문제에 대해서도 확실한 대답을 해줄 사람은 이제 없었다.

“그보다도 카린 공. 그—.”

“보고드립니다!! 이치노세의 군사가 우리 영내로 대거 침공 해왔다는 파발이……!!”

칸쿠로의 질문을 가로막듯이 한 병사가 시합장에 나타나 소리쳤다.

“이치노세의 군사라고? 그것이 사실인가?”

“네. 약 5천 군사와 키가 3메르는 되는 거대한 짐승들이 확인되었다고 합니다. 짐승들은 몬스터로 보이는데 이치노세의 병사들을 건드리지는 않는다고 합니다.”

타다히사의 질문에 병사가 대답하자 그 자리에 있던 모든 사람들이 눈썹을 찡그렸다.

히노모토는 문화적인 이유로 조련사가 많지 않았고 보고에서 언급된 거대한 몬스터를 길들일 수 있는 사람은 극소수였다.

게다가 이치노세 가문의 방침은 병사 한 명 한 명의 질을 높이는 것이었다. 몬스터를 길들이기보다는 자신들의 능력을 높이는 것에 중점을 두었다.

따라서 병사들과 함께 몬스터가 섞여 있다는 말을 듣자 다들 자신의 귀를 의심할 수밖에 없었다.

"묘하군. 정말로 이치노세의 병사들인가?"

이야기를 들은 쿠요우가 이치노세가 아닐 수도 있지 않느냐는 의견을 제시했다. 직접 말을 꺼내지는 않아도 그 자리에 있던 모두가 같은 생각이었다.

"몬스터의 자세한 특징을 알 수 있겠습니까?"

"네. 몸의 색이 다르긴 해도 그 모습은 요호족이 틀림없다고 합니다. 꼬리 개수는 개체에 따라 다르지만 네 개나 다섯 개인 모양입니다."

"과연, 알기 쉽군요."

몬스터의 특징에 대해 들은 칸쿠로는 이제 알았다는 듯이 고개를 끄덕거렸다.

"칸쿠로, 뭔가 알고 있는가?"

"네. 옛날의 통일 전쟁 때 히노모토를 수중에 넣으려고 획책하던 요호족이 있었습니다. 이미 100년이 넘게 지난 일이라 기억하는 사람은 많지 않겠지요."

"전승으로 전해지는 재앙의 요호인가. 멸망했다고 들었다만."

칸쿠로의 말에 타다히사가 대답했다.

이 자리에서 당시의 일을 직접 겪은 사람은 칸쿠로뿐이었지만 이야기는 전승의 형태로 전해지고 있었다.

"당시의 생존자라도 있었던 건지, 아니면 다른 목적인지는 저도 알 수 없습니다. 하지만 보고 내용을 통해 추측해보자면 조금 약체화된 것 같습니다. 옛날의 우두머리는 꼬리가 일곱 개였고 부하들 중에는 여섯 개인 개체도 있었습니다."

"얼마나 다른 건가?"

"보고가 정확하다면 십걸이 나서서 어떻게든 해결할 수 있겠지요. 꼬리가 여섯 개인 육미호라면 십걸이 최소한 세 명은 필요합니다. 칠미호라면 저와 비슷한 실력이 여섯 명 있어야 간신히 상대할 수 있습니다. 옛날에는 그렇게 해서 네 명이 전사했습니다."

칸쿠로가 말한 내용을 듣자 모두가 숨을 멈추었다.

히노모토 최강인 칸쿠로와 비슷한 실력자가 여섯 명 중에 네 명 죽었다는 사실. 그것은 십걸 전원이 덤벼도 승산이 없다는 것을 의미했다.

"그런 적들이 다시 등장할 가능성은?"

"없다고 단언하기는 힘들 겁니다. 지난번 침공에서는 정면으로 쳐들어왔다가 실패한 것을 알 테니 이번에는 우리의 허점을 노릴 수도 있겠지요. 확실한 것은 아무것도 없습니다."

"그런가. 하지만 어찌 됐든 우리도 반격해야만 하겠지. 각자—."

"보고드립니다! 후타바와 시죠의 영지에 몬스터 대군이 밀려들고 있다는 긴급 연락이 들어왔습니다!!"

"······!!"

타다히사가 지시를 내리려는 찰나에 전령의 목소리가 날아들었다.

그 자리에 있던 모두가 긴장감에 휩싸였다.

"세 곳을 동시에 습격하다니. 몬스터는 요호인가?"

"꼬리가 여섯 개인 요호가 다수의 몬스터를 이끌고 있다고 합니다. 요호는 각각 한 마리씩입니다."

"쿠요우. 쥬고의 일행 중에 요호족 여자가 있다고 하지 않았던가?"

"네."

지금은 모습을 감춘 타마모에 대한 정보는 타다히사도 알고 있었다.

"이름은 다르지만 사람으로 변하는 요호라면 옛날에 나타났던 재앙의 요호와 관련이 없지는 않을 것 같군요. 몬스터를 이끌고 있는 건 아마 우두머리에 가까운 상위 개체일 겁니다. 우리가 여기 모여 있다는 걸 알고 무혈입성을 노린 것이겠지요."

칸쿠로와 십걸 중 세 명이 필요하다는 여섯 꼬리의 요호 몬스터. 그 자리에 있던 모두가 칠미호의 존재를 떠올렸다.

"십걸이 없는 상태로 육미호는 막을 수 있겠는가?"

"불가능하지는 않을 겁니다. 하지만 육미호 외에 다른 몬스터들도 있다면······."

칸쿠로는 피해가 얼마나 커질지 알 수 없다고 덧붙였다.

"……어쩔 수 없군. 십걸을 나누겠다."

타다히사는 칠미호의 존재를 걱정하면서도 다른 영지를 포기하는 선택은 하지 않았다.

시죠의 영지에는 십걸 제10석 후타바 아카라와 쿠죠 아키타카, 서쪽의 대가문인 야에지마 시덴이 배치되었다.

후타바의 영지에는 시죠 가문의 츠구호와 츠구마사, 그리고 카린이 가기로 했다.

"칠미호가 나오면 어떻게 할까요?"

"가능한 한 살아남아라. 헛된 죽음은 허락하지 않겠다."

히노모토에서 가장 번성한 쿠죠의 영지에 칠미호가 나타날 가능성도 충분히 있었다.

하지만 타다히사는 주저하지 않고 말했다.

만약 쿠죠의 영지가 칠미호에 의해 파괴되더라도 각 가문의 혈통을 지킬 수 있는 배치였다. 야에지마 가문에서는 토시로가 남기로 결정되었다.

"각자 전력을 다해 싸우도록 하라!"

"네!"

타다히사의 명령과 함께 다른 영지를 도우러 갈 인원들이 움직였다.

남게 된 사람들도 밀려드는 이치노세, 몬스터의 연합군에 맞서 싸울 준비를 시작했다.

"카린 공. 그 검은 설마……."

"예상이 맞으실 것이옵니다."

"그런가요. 감사할 일이 하나 더 늘었군요."

명확하게 언급하지는 않았지만 칸쿠로는 누가 카린에게 『하쿠라마루』를 주었는지 알고 있었다.

"카린. 내 쪽에서도 사람을 보낼 테지만 만약 가는 길에 신공을 만나면 도움을 요청하거라. 그들의 힘을 빌리면 칠미호가 나와도 이길 수 있을지도 모른다."

"알겠습니다."

카린은 쿠요우의 말에 고개를 끄덕이며 달려 나갔다.

츠구호와 츠구마사도 쿠죠 가문의 무기고에서 검을 받아 뒤를 따랐다.

"카린 공. 방금 쿠요우 공과 이야기하신 신 공이라는 분은 누구입니까?"

쿠요우와 카린의 이야기를 듣고 있던 츠구호가 처음 듣는 이름에 대해 물었다.

"하루나 님의 약을 찾을 때 신세를 진 분이야. 칸쿠로 공이 자신보다 강하다고 하셨을 정도지. 동료분들도 상당히 강해. 힘을 빌릴 수 있다면 아버님의 말씀대로 칠미호도 상대할 수 있어."

"그런 분이 계셨다니! 특징을 알려주시오. 저도 함께 찾겠소이다. 도움을 받을 수 있다면 피해를 막을 수 있소."

카린이 확신을 가지고 말하자 츠구마사의 표정이 밝아졌다. 서쪽 가문들 중에서 신에 대해 아는 사람은 아직 시덴밖에 없었던 것이다.

"하오나 그분을 찾는 데 너무 많은 시간을 들일 수도 없습니다."

"우리 집안에서도 사람을 보내겠다고 아버님이 말씀하셨어. 지금 가장 급한 일은 후타바를 돕는 거야."

카린은 츠구호에게 그렇게 말하며 달리는 속도를 높였다.

지붕 위를 달리다가 큰길이 나오자 도약해서 뛰어넘었다.

하지만 그러면서도 카린의 눈은 끊임없이 신의 모습을 찾고 있었다.

✝

계승의 의식이 한창 진행 중이던 무렵, 신 일행은 큰길에 붙은 벽보를 보고 있었다.

"처음 두 시합은 상위권의 승리인가. 세 번째 시합은……이치노세가 이겼군."

결과를 확인한 신은 시합장에서 무슨 일이 벌어졌을지도 모른다고 생각했다. 잠시 뒤에 전해진 네 번째 시합 결과가 신의 예감을 뒷받침해주었다.

쥬고가 십결 상위권인 시덴과 아키타카를 연파했기 때문이다.

"의외의 결과?"

"그래. 내가 들은 이야기가 맞는다면 이치노세 쥬고는 자신보다 몇 단계 강한 상대에게 이긴 셈이야."

신은 필마에게 자신이 직접 본 쥬고에 대해 이야기해주었다.

"그렇구나. 그렇다면 확실히 신경이 쓰이겠어."

"뭔가 알 수 없는 방법으로 능력을 강화한 걸까요? 여기 받으세요."

"고마워. 만약 그렇다면 칸쿠로 씨가 알아챌 텐데 말이지. 하지만 시합이 계속되는 걸 보면 부정행위가 발각되지는 않았다는 건데."

신은 슈니가 사 온 경단을 받아 들면서 다음 결과가 적힌 벽보를 기다렸다.

지금까지의 시합은 매우 빨리 끝났기에 이번에도 금방 다음 벽보가 붙을 거라고 생각했다.

슈바이드와 티에라도 똑같이 경단을 먹으며 벽보가 붙은 쪽을 바라보고 있었다.

"이런 시합은 좀 더 시간이 걸릴 줄 알았는데, 의외로 빨리 끝나는구나."

"사람에 따라 다르겠지. 아마 이치노세는 상대가 알지 못하는 움직임을 보여줬을 거야. 쿠요우 씨도 상당한 실력 차이가 난다고 이야기했으니까 의표를 찔린 게 아닐까?"

신은 가장 유력한 가정을 이야기했다. 만약 정말 쥬고의 실력으로 이긴 것이라면 그가 카린에게 준 물건들은 의미가 없어질 것이다.

"조금 오래 걸리는구려."

"……그러네. 꽤나 지났는데."

네 번째 시합 이후로 시합 결과가 좀처럼 갱신되지 않자 슈바이드가 시합장 쪽을 돌아보며 말했다.

이미 20분 가까이 지나 있었다. 주위 사람들의 생각도 비슷했는지 결과를 궁금해하는 목소리가 여기저기서 들려왔다.

신이 미니맵을 보자 두 개의 점이 접근했다 떨어지기를 반복하고 있었다. 아직도 싸움이 계속되는 모양이었다.

신은 그것만 확인한 뒤 미니맵에서 시선을 뗐다.

"어, 결과가 나왔네……! 이치노세가 이긴 건가."

발표된 내용을 보자 주위 사람들이 낙담하는 목소리로 중얼거렸다. 이곳이 쿠죠 가문의 영지인 만큼 카린을 응원하는 사람들이 많았던 것이리라.

"별로 좋은 예감이 들진 않네요."

"동감 — 아니, 바로 적중한 것 같아. 무언가가 접근하고 있어."

"접근하고 있다고요?"

"슈니의 감지 범위에 들어오려면 1분 정도 남았을 거야. 몬스터와 함께 많은 사람들이 이동해오고 있어. 느긋하게 쉬는 건 여기까지인 것 같군."

신은 시합 결과가 붙은 나무판과 반대 방향을 돌아보며 말했다.

그의 말대로 1분 정도가 지나자 슈니의 감지 범위 붙은 군대 같은 집단의 반응이 나타났다.

때를 같이해서 시합장에서는 무언가가 무너지는 소리와 함께 모래 먼지가 피어올랐다.

"쿠우! 쿠우쿠우!"

"유즈하? 무슨 일이야?"

유즈하는 주위를 경계하는 동료들에게 경고하듯이 울었다.

진정시키며 이야기를 들어보자 후지 쪽을 향해 강한 힘이 접근하고 있다고 했다.

『좋지 않은 게 있어!』

『좋지 않은 거? 데몬이야?』

『아냐. 하지만 안 좋은 기척 느껴져!』

유즈하는 신의 어깨를 앞발로 때리며 난리를 쳤다.

평소와 전혀 다른 행동이었기에 신은 특별한 상대를 감지했나 싶어서 유즈하가 말한 방향으로 시선을 돌렸다. 신이 감지할 수 있는 범위 내에는 아무것도 없었지만 유즈하는 틀림없다고 단언했다.

"쿠죠의 병사들이 움직이고 있어. 마침 잘됐네. 사정을 잘 알 만한 사람이 오고 있어. 잠깐 물어보고 올게."

카린 혼자 이동하는 것은 아니었기에 신은 나머지 동료들에게 기다리라고 한 뒤 혼자 지붕 위로 뛰어올랐다. 그가 돌아본 곳에는 똑같이 지붕 위를 질주해오는 카린의 모습이 있었다.

그리고 그녀를 뒤따라오는 사람이 두 명 더 보였다.

"신 공!!"

"서두르는 것 같은데, 무슨 일이 있었던 건가요?"

카린은 신을 발견하자 안도하는 표정을 지었다.

시합장에서 들려온 소리나 피어오르는 연기만 봐도 어느 정도 예상은 할 수 있었지만 카린이 허리에 『하쿠라마루』를 찬 것을 보자 예상이 확신으로 바뀌었다.

"만나서 다행이옵니다. 신 공에게 부탁드릴 일이 있사옵니다."

카린은 시합장에 날아든 보고 내용을 신에게 알려주었다.

"그렇군요, 이치노세가……. 타마모는 없었고요?"

"네. 가능하다면 신 공과 동료분들의 힘을 빌리고 싶사옵니다."

"저는 상관없지만 일단 동료들과 상의해보겠습니다. 조금 신경 쓰이는 일이 있어서요. 나중에 뒤따라가겠습니다."

카린이 알려준 후타바 영지의 위치는 후지와 가까웠다. 밀려온다는 몬스터 군대도 신경 쓰였지만 유즈하의 말을 무시할 수는 없었다.

어차피 방향은 똑같았기에 신은 유즈하의 걱정을 덜어준 뒤에 사람들을 도우러 가기로 했다.

"물어보고 왔어. 다들 내 말을 들어줘."

신은 자신이 들은 내용을 동료들에게도 그대로 전달했다. 【에이리어·사일런스(무음 영역)】로 방음을 해두었기에 누군 가가 엿들을 일은 없었다.

"몬스터인가요. 혹시 유즈하가 말한 좋지 않은 존재는 사라 진 타마모가 아닐까요?"

"그럴지도 모르지. 난 그쪽으로 가볼게. 너희들은 각지에 지원군으로 가줬으면 하는데."

"저는 후타바로 가겠습니다. 그쪽이 정리되는 대로 후지에 갈게요."

슈니는 주저 없이 신과 가장 가까운 곳을 선택했다. 속도가 가장 빠른 슈니라면 돌발적인 사태에도 즉시 대처할 수 있었 다.

"난 여기에 남겠소. 한심한 일이지만 우리 중에서는 가장 느리니 말이오."

슈바이드가 남겠다고 하자 필마도 즉시 결정을 내렸다.

"그러면 나는 티에라하고 시죠에 갈게. 신체 강화를 사용한 가게로우에 타면 금방 도착할 수 있을 거야."

"아, 알겠습니다!"

슈바이드는 이동 속도를 이유로 들어 이곳에 남겠다고 했지만 사실은 티에라에게 인간들끼리의 싸움을 보여주지 않으려는 배려이기도 했다.

이치노세의 병사들이 쳐들어온다면 몬스터와의 생존 경쟁과는 차원이 다른 싸움이 펼쳐질 것이다.

도적을 상대로 싸우는 것과도 느낌이 다르다. 수많은 사람들이 서로 죽고 죽이며 피를 흘리는 살육의 장이 펼쳐지는 것이다.

지금까지 대부분 몬스터만 상대해본 티에라에게 갑자기 수천 명 규모의 전쟁을 겪게 할 수는 없었다.

"슈바이드는 힘들지도 모를 텐데, 괜찮겠어?"

"이 정도는 수도 없이 겪었소이다. 만약 병사들이 누군가에게 조종당하고 있다면 최대한 죽이지 않도록 노력하겠소. 하지만 자신들의 의지로 공격해오는 거라면 그에 상응하는 대가를 치르게 해줄 것이오."

상대가 어떻게 나오느냐에 따라 살인도 주저하지 않겠다는 의미였다.

"그렇게 해. 그러면 행동 개시!"

신의 구령을 신호로 해서 네 사람과 한 마리는 목적지를 향해 달리기 시작했다.

†

처음 전장에 도착한 것은 당연히 슈바이드였다.

그곳에서는 쿠쵸의 병사들이 진형을 유지한 채로 이치노세, 몬스터 연합군과 대치 중이었다.

이치노세의 군대와 함께 걸어오는 몬스터는 전부 여섯 마리였다. 정확히는 레벨 500대의 그린 테일 세 마리에 레벨 400대의 옐로 테일 세 마리였다.

사람들과 함께 행동하고 있기 때문인지 다른 몬스터들은 보이지 않았다.

"아무래도 조종당하는 건 아닌 것 같군."

수없는 전쟁을 경험해본 슈바이드는 전장의 공기를 잘 알고 있었다. 물론 조종당한 자를 베어본 적도, 자신의 의지로 싸우는 자를 베어본 적도 있었다.

그래서 이치노세의 군대를 본 순간 조종당하는 것이 아니라는 것을 직감할 수 있었다. 그리고 【애널라이즈】로도 그것을 확인했다.

전투를 앞두고 흥분한 것은 사실이지만 【참(매료)】이나 【콘퓨(혼란)】에 걸린 사람은 아무도 없었다.

"싸움에 홀린 자들인가."

슈바이드는 병사들을 보며 중얼거렸다. 그들의 종족은 다양했지만 한 가지의 공통점이 있었다.

젊은 사람은 한 명도 없었다. 엘프와 로드 같은 장수 종족조차 중년을 넘긴 얼굴들뿐이었다.

그 외에도 초로의 나이에 접어든 병사들이 많이 보였다. 다만 그 눈빛만은 전의에 불타고 있었다.

그것은 마치 죽을 때까지 싸움을 멈추지 않는 광전사를 연상시켰다.

"음?"

그때 쿠죠의 군대에서 한 명의 남자가 전진하는 것이 보였다. 검은 갖고 있지만 방어구는 전혀 보이지 않았다.

전쟁터에서는 보기 힘든 모습이지만 슈바이드는 그 인물이 누구인지를 알고 있었다.

"히노모토 최강의 검사인가."

남자의 이름은 토도 칸쿠로였다.

이치노세의 군대에 접근한 칸쿠로 앞에 훌륭한 갑옷을 차려입고 말에 탄 남자가 다가갔다.

"손님들이 꽤나 많이들 오셨군요. 공교롭게도 저희는 아무 연락도 못 받았습니다만."

"당연하지 않은가. 이건 전쟁이다."

남자는 옛날에 이치노세에서 일군을 지휘하던 인물로 인물로, 칸쿠로와도 잘 아는 사이였다.

"어째서 몬스터가 함께 있는 건지 모르겠군요. 쓰러뜨려야 할 상대가 아닙니까."

"흥, 저 녀석들이 무슨 생각으로 온 건지는 나도 모른다. 아마 자기들 나름대로 바라는 것이 있을 테지."

당당히 말하는 남자의 얼굴을 보면 거짓말을 하는 것 같지 않았다.

서로 협력하는 건 단지 이해관계가 일치하기 때문인지도 모른다.

"어째서 이런 짓을 벌인 겁니까?"

"우리는 전란 속에서 태어나 살아왔다. 큰 전쟁이 사라져서 조용히 죽어가는 자들도 있지. 하지만 우리는 전장에서 죽고 싶다. 침상 위에서 잠들듯이 죽는 건 견딜 수 없다."

"고작 그런 이유로 히노모토에 전란의 불씨를 다시 피울 생각이십니까?"

"어리석다고 비웃어도 좋다. 오늘 이곳에 온 것은 그런 바보들뿐이다. 평온한 시대를 받아들이지 못하는 전투광들이지."

남자는 그렇게 말하며 웃었다. 시원할 만큼 맑고 용맹한 미소였다.

뒤로 보이는 자들도 똑같은 얼굴을 하고 있었다.

"원래 이치노세는 그런 자들이 모이면서 커진 곳이다. 지금이 아니더라도 머지않아 똑같은 일이 벌어졌을 테지. 그대라면 조금은 이해해줄 거라 생각했다만."

"글쎄요, 무슨 말씀인지 모르겠군요."

"흥, 히노모토에서 그대만큼 많은 전쟁터에서 많은 사람을 벤 남자는 없을 텐데. 안 그런가, 『백발의 검귀』여. 마지막으로 싸울 상대가 그대라는 것을 감사해야겠군."

남자는 손에 든 창을 겨누었다.

뿜어져 나오는 살기와 투기가 뒤섞이며 칸쿠로의 피부를 자극했다.

"……어쩔 수 없는 무인의 삶인가요."

"훗, 단순한 자기만족일 뿐이다."

남자는 그 말을 마지막으로 입을 다물었다.

이제부터는 무기로 대화할 차례였다.

"좋습니다. 그렇다면 마지막 싸움을 토도 칸쿠로가 상대해 드리지요!"

죽음을 두려워하지 않는 남자들 앞에서 칸쿠로의 분위기가 바뀌었다. 살기의 파도가 조용히 전장을 뒤덮었다.

"자!!"

남자는 칸쿠로의 살기에 밀리면서도 맹렬한 기세로 창을 찔렀다.

육체의 노화가 느껴지지 않는 훌륭한 공격이었다. 그것은 지금까지의 싸움에서 수많은 목숨을 거두어간 혼신의 일격이었을 것이다.

하지만 내뻗은 창에서는 아무 감각도 느껴지지 않았다.

"훌륭……하군……."

남자가 말 위에서 떨어지는 것과 동시에 튕겨져나간 창날이 땅에 내리꽂혔다.

『현월』이 그린 궤적은 이미 사라졌고 챙 하고 칼집에 집어넣는 소리만이 말발굽 소리에 파묻히고 있었다.

말에 탄 자의 얼굴도, 두 발로 달리는 자의 얼굴도 전혀 비장하지 않았다. 남자가 말한 전투광에 어울리는 표정이었다.

"이거, 죽음을 각오한 병사가 이렇게 많으니 조금 성가시군요."

쿠죠의 군대도 결코 약하지는 않았다. 하지만 죽음을 두려워하지 않는 군대, 아니, 스스로 죽으러 온 군대가 상대라면 상당한 피해를 감수해야만 했다.

시간만 주어진다면 칸쿠로 혼자서 전부 쓰러뜨릴 수는 있었다.

하지만 칠미호라는 강적이 숨어 있을지도 모르는 지금으로서는 시간을 너무 소비할 수도, 많은 병사들을 희생시킬 수도 없었다.

"그렇다면 나도 협력하겠소."

어떻게 처리해야 할지 고민하던 칸쿠로 앞에 검은색 할버드를 든 드래그닐이 나타났다.

온몸에서 뿜어져 나오는 투기는 그 자리에 서 있는 것만으로도 주위를 압도했다.

"호오, 당신은 신 공의……."

"칸쿠로 공. 이 싸움, 나도 개입하겠소이다."

"이거, 신 공의 동료분과 어깨를 나란히 하게 되다니 영광이군요."

칸쿠로는 당연히 신의 부하 슈바이드를 알고 있었다. 예전에 대륙을 여행했을 때 그가 싸우는 모습을 구경한 적도 있었던 것이다.

"속력은 칸쿠로 공이 빠를 것이오. 병사들은 내가 맡을 테니 몬스터를 부탁하겠소이다."

"저 역시 그게 편할 것 같습니다. 그러면 사냥을 다녀올 테니 잠시만 기다리시지요."

칸쿠로는 슈바이드의 제안에 동의하면서 즉시 움직였다.

5천이나 되는 대군 사이를 누비며 달려갔지만 칸쿠로의 표정은 전혀 주눅 들지 않고 있었다.

"자, 가겠소."

칸쿠로의 진행 방향 쪽을 향해 붉은 검기가 뻗어 나갔다. 쥬고가 사용한 것과 똑같은 스킬【칼날 뻗기】였다.

하지만 그 위력은 분명히 달랐다. 능력치와 숙련도의 차이 때문인지, 앞을 가로막던 무사들의 갑옷과 말을 두 동강 내며 대군을 찢어놓았다.

"검귀다! 검귀가 나타났다!!"

진홍색 검기. 그것은 칸쿠로의 대명사라고 할 수 있었다.

검 한 자루로 전황을 좌우하는 히노모토 최강 전력의 상징이었다.

"검기의 사선(射線)에 들어가지 마라! 둘러—."

"실례하겠소."

진형을 가로지르는 공격 앞에서 대장 남자가 지시를 내리고 있었다. 하지만 지시가 끝나기도 전에 남자의 등 뒤에서 칸쿠로의 목소리가 들렸다.

그와 동시에 진홍색 검기가 남자의 몸을 관통했다.

"……?!"

몸이 두 동강 난 남자가 천천히 말에서 떨어졌다.

그의 얼굴은 방금 전의 남자와 마찬가지로 왠지 모르게 만족스러워 보였다.

"강하다……."

"그래, 강하다!"

"내 상대로 부족하지 않군!"

지휘관을 계속해서 잃었으면서도 병사들의 전의는 떨어지기는커녕 올라가고 있었다. 압도적인 강자 앞에서는 원래 나오기 힘든 반응이었다.

진형을 똑바로 가로 질러간 칸쿠로가 몬스터 중 하나인 그린 테일을 향해 검을 겨누었다. 그린 테일은 칸쿠로를 향해 꼬리를 휘둘렀다.

칸쿠로는 위로 올려다보아야 하는 거대한 적 앞에서 말없이 『현월』을 휘둘렀다. 주위에 있던 병사들도 함께 휘말리던 꼬리가 『현월』에 잘려나갔다.

그린 테일이 비명을 지른 순간, 칸쿠로는 사각(死角)이 된 상대의 발밑에서 칼집에 넣은 『현월』을 든 채 낮게 자세를 잡고 있었다.

"일단은 한 마리부터."

『현월』이 뽑히며 진홍색 검기가 뻗어 나왔다.

그 일격으로 그린 테일의 목이 떨어지더니 거대한 몸체가 부르르 떨리며 지면에 쓰러졌다.

모래 먼지가 피어오르며 병사들이 비틀거렸다. 하지만 그들은 멈추지 않았다. 처음부터 몬스터 따위에게 기대하지 않았다는 것을 행동으로 보여주고 있었다.

"죽을 장소를 찾는 건가. 나라와 시대는 달라도 무(武)를 위해 살아온 자들의 말로는 비슷한 것인가."

슈바이드는 조용히 중얼거리며 칸쿠로의 뒤를 노리던 자들을 베어 넘겼다.

스킬을 전혀 사용하지 않았음에도 엄청난 폭풍이 슈바이드 주위에 있던 병사들을 전부 날려버렸다.

자신의 최후에 집착하는 자들은 슈바이드가 살아온 500년의 세월 동안 적지 않게 만나볼 수 있었다.

신과 싸우다 죽은 지라트와는 전혀 다르게 오직 자신만을 생각하는 전투광들이다.

싸움 속에서 살아온 자들의 말로 중 하나가 바로 눈앞의 광경이라 할 수 있었다.

슈바이드가 병사들을 해치우는 모습을 보고 그 역시 강하다는 것을 알아챈 자들이 몰려들기 시작했다.

슈바이드는 묵묵히 반격하면서 요호족 중 하나인 옐로 테일을 향해 스킬을 사용했다.

"흐읍!!"

크게 휘두른 『지월(凪月)』이 기세 좋게 내리꽂혔다.

창술/바람 마법 복합 스킬인 【람추(嵐鎚)】였다.

칸쿠로의 【칼날 뻗기】와는 달리 『지월』의 창끝에서 뻗어 나간 돌풍은 병사들을 날려 보내고 지면을 도려내며 스킬 범위 밖에 있던 자들에게도 피해를 입혔다.

부채꼴로 피해 범위를 넓혀가던 돌풍이 마침 근처에 있던 옐로 테일 두 마리를 해치웠을 때, 칸쿠로도 그린 테일 두 마리를 해치운 참이었다.

혼란에 빠진 이치노세의 병사들을 향해 드디어 쿠죠의 병사들이 진격하기 시작했다.

"공격하라아아아!!"

기마대가 먼저 유린하고 지나간 뒤에 분단된 적 진형을 보병들이 해치워나갔다. 잘 연계된 그 움직임은 쿠죠의 병사들이 얼마나 잘 훈련되었는지를 대변해주고 있었다.

부러진 무기와 부서진 방어구가 뒹구는 대지에 사체가 높이 쌓였고 피가 내를 이루었다.

그런 광경 속에서도 가장 오랫동안 전장을 누빈 두 사람은 묵묵히 무기를 휘두르고 있었다.

✝

두 번째로 전장에 도착한 것은 슈니였다.

카린과 합류한 뒤에 신은 먼저 후지로 향했고, 나머지 인원들은 후타바의 영지에 쳐들어온 몬스터들의 배후를 공격했다.

슈니는 이미 츠구호, 츠구마사에게도 자기소개와 함께 도와주겠다는 뜻을 전한 상태였다.

신 대신 슈니가 동행한다는 말에 카린은 살짝 의아한 표정을 보였지만 후지에 이변이 있다는 말을 듣자 더 이상 캐묻지는 않았다.

"그러면 미리 정한 대로 제가 먼저 공격하겠습니다."

"잘 부탁드리옵니다."

슈니는 카린에게 말하며 몬스터 대군을 향해 손을 내밀었다.

몬스터와의 거리는 1케메르 정도였다. 츠구호와 츠구마사는 무슨 의도인지 몰라 눈썹을 찡그렸지만 다음 순간 그들의 표정이 경악으로 물들었다.

"우오옷?! 뭐, 뭐지?!"

갑자기 불어닥친 냉풍에 츠구마사가 소리쳤다.

그의 눈은 눈앞에 생겨난 백은의 빙원(氷原)에 고정되었다.

"카린 님, 저분은 대체……."

"—아군이야. 지금은 그렇게만 생각하자."

겁먹은 목소리로 묻는 츠구호에게 카린이 담담하게 대답했다.

카린이 크게 놀라지 않은 것은 슈니가 히노모토로 향하는 배에서 게일 서펜트를 압도하는 광경을 이미 목격했기 때문이었다.

슈니가 사용한 것은 효과 범위가 넓은 물 마법 스킬【코퀴토스】였다.【블루 저지】처럼 대길드전용 마법은 아니었다.

하지만 필마를 구출할 때 한층 강해진 슈니가 사용한 만큼 그 위력은 나란히 달리던 다른 일행에게는 상상조차 할 수 없는 규모였다.

물론 후타바 군에 피해가 가지 않도록 어느 정도는 위력이 조정되어 있었다.

"이걸로 후방은 정리되었습니다. 전방에서 몬스터와 싸우는 사람들을 도우러 가죠. 저 화이트 테일은 제가 처리하겠습니다."

"그거라면 저희가 —."

"아니요. 제가 나타나면 병사들이 혼란에 빠질지도 모르니 여러분이 가주시는 게 나을 겁니다. 죄송하지만 지금은 섬멸 속도를 우선하고 싶습니다."

카린은 자신들 세 사람이 많은 몬스터를 상대하는 것보다는 슈니가 마법을 사용하는 편이 빠르게 많은 사람들을 구할 수 있다고 생각했다.

하지만 갑작스러운 마법 공격으로 인해 전선에서도 적지 않은 혼란이 발생하고 있었다.

지원군이 왔다고 알려주는 사람이 히노모토 십걸인 카린이라면 그 혼란을 최대한 억누를 수 있을 거라고 슈니는 말했다.

게다가 전선에서는 이미 난전이 벌어지고 있는 상태였다. 제아무리 슈니라도 몬스터들만 골라서 단숨에 섬멸하기는 어려웠다.

"……알겠사옵니다. 그러면 그쪽은 맡기지요. 조심하십시오."

후타바의 병사들도 일방적으로 당할 만큼 약하지는 않았지만 중과부적이었다.

긴급 연락을 통해 몬스터의 숫자를 대략적으로 전해 들은 카린은 몬스터가 병사들을 돌파하고 마을에 침입할 가능성을 우려하고 있었다.

그래서 자신의 고집이나 자존심을 버리고 슈니의 제안을 수락한 것이다.

"그쪽도요."

슈니는 카린의 대답에 고개를 끄덕인 뒤 진로를 바꾸었다.

마법으로 얼어붙은 몬스터를 발판 삼아 전선으로 이동 중이던 화이트 테일에게 접근했다.

"느리군요."

슈니는『창월』을 뽑으며 스킬을 사용했다.

검술/물 마법 복합 스킬인【호백빙(弧白氷)】이었다.

『창월』에서 백은색의 검기가 뻗어 나갔다.

레이드 랭크 3인 데몬 스콜어스의 팔마저 얼려버린 보름달 형태의 얼음 칼날은 슈니의 희미한 살기에 아슬아슬하게 반응한 화이트 테일의 꼬리 두 개를 동시에 잘라냈다.

허공에 솟구친 꼬리는 지면에 닿기 전에 얼어붙었고 남은 꼬리를 포함한 하반신 전체가 얼음으로 뒤덮였다.

"—?!"

알아들을 수 없는 비명이 공기를 뒤흔들었다.

화이트 테일은 남은 꼬리를 정신없이 흔들며 사람과 몬스터를 구분하지 않고 공격해대기 시작했다.

"……이건 또 뭔가요."

고통과 분노로 이성을 잃은 화이트 테일을 보며 슈니가 중얼거렸다.

레벨과 몬스터의 등급 모두 눈앞의 화이트 테일이 가장 높았다. 그럼에도 하는 행동은 전혀 어울리지 않았다.

떼를 쓰듯이 난동을 피울 뿐, 고레벨 몬스터다운 지성을 찾아볼 수 없었던 것이다.

모든 고레벨 몬스터가 그런 것은 아니지만 슈니가 아는 한 요호족은 레벨이 높을수록 지성도 높아지는 경향이 있었다.

"유즈하 쪽이 (정답)인 걸까요."

슈니는 목과 꼬리가 잘린 채 쓰러진 화이트 테일의 위에 서서 후지 쪽으로 시선을 돌렸다.

하지만 그것도 잠시, 이내 전장으로 눈을 돌리며 몬스터를 향해 칼을 뽑아 들었다.

필마와 티에라가 카게로우의 등에 타고 시죠의 영지에 도착한 것은 슈니 일행이 전투를 개시하고 칸쿠로, 슈바이드가 이치노세의 군대와 몬스터들을 섬멸한 시점이었다.

시죠로 향하던 아카라와 아키타카, 시텐은 아직 도착하기 전이었다.

사에구사 가문에서 신세를 지긴 했지만 티에라와 필마는 쿠죠 가문의 후계자와 만난 적이 없었고 후타바, 야에지마 가문과는 접점 자체가 없었다.

그래서 같은 방향으로 이동하는 사람이 있다는 것을 알면서도 굳이 먼저 말을 걸지는 않았다.

필마의 입장에서 보면 그 세 사람은 방해만 될 뿐이었고, 티에라는 그들의 목적지가 자신들과 같다는 확신이 없었다.

"저기 보이네."

"방벽 안쪽에서 연기가……."

병사들이 응전하고 있는 것 같았지만 이미 성벽 일부는 돌파당한 모양이었다. 꼬리가 여섯 개인 요호족 몬스터가 병사들을 날려버리고 있었다.

"난 꼬리가 여섯 개인 녀석을 쓰러뜨리고 올 테니까 티에라는 주변의 조무래기들을 처리해줘."

"알겠습니다. 최대한 붙잡아둘게요."

이야기가 끝나자마자 카게로우가 몬스터의 대군을 향해 뛰어들었다. 몸체 앞에 전기 장벽을 형성하며 돌격했기에 몬스터들은 순식간에 잿더미로 변했다.

"자, 간다!"

필마는 카게로우가 돌격을 멈춘 반동을 이용해서 하늘 높이 솟구쳤다. 가슴과 허리만 가린 특수한 갑옷『허칠(虛漆)의 마법 갑옷』이 햇빛을 받아 반짝였다.

매우 짙은 보라색에 붉은색 문양이 그려진 『허칠의 마법 갑옷』에서 기하학적인 빛의 문양이 떠올랐다. 마치 필마의 등 뒤로 날개가 생겨난 것처럼 보이는 그것은 갑옷의 효과 중 하나로 마력을 방출하고 있다는 표시였다.

그 효과는 자신의 MP를 소비하여 일종의 부스터나 슬래스터 같은 기능을 발휘하는 것이었다. 한 번 사용하면 갑작스러운 방향 전환이 불가능했고 MP 소모도 심했기에 사용하는 사람이 거의 없는 기능이었지만 신의 손을 거치면 '사용자를 가리는' 정도로 (얌전히) 만들 수 있었다.

마치 정말 비행하는 것처럼 일직선으로 하늘을 가로지른 필마가『홍월』을 빼 들었다.

요호 주변의 병사들은 멀찍이서 견제하며 포위만 하고 있을 뿐이었다. 마침 요호에게 접근하는 사람은 아무도 없었다.

"갑작스러워서 미안하지만, 퇴장할 시간이야."

필마는 병사들에게 주의가 쏠린 요호가 전혀 신경 쓰지 않던 하늘에서 유성처럼 쏟아져 내렸다.

그에 반응한 사람은 아무도 없었다. 요호를 포함한 모두가 하늘에서 떨어진 붉은 화염을 보며 움직임을 멈추고 있었다.

병사들은 엄청난 열기에 뒤로 물러났고 요호는 자신의 몸을 꿰뚫는 일격에 비명을 질렀다.

"뭐, 뭐지, 이—."

뒤늦게 정신을 차린 병사들이 갑작스럽게 쏟아진 화염을 보며 입을 열었다. 하지만 그 말도 마지막까지 이어지지 못했다.

요호를 불태운 화염 속에서 움직이는 그림자가 있었기 때문이다.

"뭔가가 나온다……."

가까워질수록 그것이 사람이라는 것을 알 수 있었다. 그리고 마지막에는 화염이 자신의 의지로 갈라지듯 움직였고 그

안에서 필마가 모습을 드러냈다.

타오르는 불꽃 속에 있었음에도 불구하고 그녀의 피부와 갑옷에는 탄 자국 하나 없었다.

병사들은 불꽃을 가르고 나온 필마에게 두려움을 느끼면서도 화염에 비친 그녀의 미모에 넋을 잃고 있었다.

필마가 몸에 두른 갑옷은 도저히 실용적이라고 할 수 없었다. 그럼에도 그것을 지적할 생각은 아무도 하지 못했다.

본인에게 꽤 잘 어울리는 데다가 빛의 문양만 봐도 그것이 단순한 갑옷이 아니라는 것을 알 수 있었기 때문이다.

"사냥감을 가로채서 미안. — 어라? 내 목소리 들려?"

"앗?! 아니, 고전하고 있던 참에 잘 도와주었다. 그런데 귀공은 대체……?"

"지원군 비슷한 거야. 내 일행이 저쪽에서 열심히 날뛰고 있으니까 잘못해서 공격하지 말아줘."

필마가 몬스터의 대군이 있는 방향을 가리키면서 말했다.

병사들이 눈길을 돌리자 거대한 늑대가 몬스터 떼를 헤치우고 있는 광경이 보였다. 게다가 그 등에 탄 누군가는 섬광 같은 공격을 내쏘고 있었다.

"아군…… 인 건가?"

"맞아. 지원군이라고 했잖아. 그러면 나도 저쪽에 가볼 테니까 여기는 맡길게. 자기들이 사는 곳이니까 열심히 지키도록 해."

필마는 자기가 할 말만 다 하고는 몬스터의 대군을 향해 몸을 날렸다.

몬스터들은 불꽃과 함께 잿더미가 되었고 그것이 엄청난 기세로 점점 확대되었다.

그것을 본 병사들이 지금까지 싸우던 요호 정도는 그렇게 강하지 않았다는 착각을 하게 될 정도였다.

"필마 씨는 스승님과 다른 의미로 엄청난 사람이야."

몬스터의 대군을 뛰어넘어 요호를 해치운 필마를 보며 티에라는 살짝 어이가 없다는 듯 말했다.

필마에게서 날개처럼 생겨난 빛의 문양은 무엇이었는지, 애초에 저런 노출 심한 갑옷을 입고도 괜찮은 건지 등등 다양한 의문이 떠올랐지만 지금은 전부 잊고 활을 쏘는 데 집중했다.

상대는 몬스터였다. 주저할 이유는 전혀 없었다.

"역시 위력이 올라갔어."

필마를 해방시켰을 때 몸속에 흡수된 파편의 영향 때문인지 활이 무척 가볍게 느껴지고 있었다. 마력을 담으면 얼마 전과는 비교도 안 될 정도의 속도와 위력으로 화살이 몬스터를 꿰뚫었다.

바르멜에서 싸울 때는 카게로우와 유즈하의 힘을 빌려 겨우 발사할 수 있었던 화살을 지금은 티에라 혼자만의 힘으로도 더욱 강한 위력으로 쏠 수 있었다.

원래 갖고 있던 기량까지 합쳐지면서 티에라의 전투력은 비약적으로 상승한 상태였다.

"GRUAAAAAAAA!!"

카게로우가 티에라의 저격을 응원하듯이 포효했다. 주위를 번개가 휩쓸었고 몬스터들이 재로 변했다.

명백하게 강한 존재가 등장하자 시죠 마을로 향하던 몬스터들의 움직임도 둔해지고 있었다.

게다가 지금은 몬스터들을 지휘하던 요호도 없었다. 몬스터 군단은 이미 무너지기 직전이었다.

"우리를 적으로 오해 할까봐 걱정했는데, 이쪽을 공격해올 것 같지는 않네."

티에라는 병사들이 싸우는 쪽을 돌아보며 가슴을 쓸어내렸다. 요호를 향해 돌진하는 필마를 보며 살짝 불안했기 때문이었다.

"……?!"

안도하면서 다음 화살을 시위에 건 티에라의 눈에 몬스터와는 다른 시체가 보였다.

일부를 제외하면 처참하게 잡아먹힌 그것은 분명 사람의 시체였다.

티에라는 사람의 시체를 처음 보는 것은 아니었다. 하지만 원형을 알아볼 수 없을 만큼 훼손된 그것은 티에라가 숨을 멈출 만큼 처참했다.

"— 더 이상은 가만 안 둬!!"

티에라는 살짝 숨을 들이마신 뒤에 눈앞의 광경을 똑바로 주시했다.

병사들의 숫자가 부족한 탓에 몬스터들은 이미 마을까지 침입해 있었다. 하지만 그것도 여기까지였다.

필마가 지휘관을 죽였고 카게로우가 엄청난 위용으로 몬스터들의 사기를 떨어뜨렸다.

티에라는 조금이라도 피해를 줄이기 위해 레벨이 가장 높은 개체를 향해 활을 겨누었다.

†

"뭐야, 이 숫자는?"

슈니와 헤어져 후지로 향한 신은 후지를 포위하듯 둘러싼 요호의 반응을 확인하며 눈썹을 찡그렸다.

대부분의 개체가 레벨 700대였고 꼬리도 여섯 개나 일곱 개였다. 신이 보기엔 대수롭지 않은 상대였지만 이 세계에서는 재앙이나 다름없는 존재들이다.

그런 몬스터들이 후지를 둘러싸고 있었다. 그것도 노골적인 적대감을 드러낸 채 말이다.

"쿠우! 타마모, 없어!"

"확실히 타마모로 보이는 반응은 없네. 하지만 어떻게 된 거지? 후지 위에는 여덟 머리 오로치와 무네치카가 있어. 아무리 보스급 요호들이라도 저 정도 전력으로는 오히려 전멸당할 텐데."

레벨 900대의 무네치카와 700대의 요호는 전투력의 차원이 달랐다.

요호의 수가 많았기에 조금의 부상 정도는 입힐 수 있을지도 모르지만 싸우게 되면 전멸은 확실했다.

그럼에도 불구하고 요호들은 후지 정상을 뒤덮은 안개를 향해 거침없이 올라가고 있었다.

"응?"

신은 후지를 오르던 요호들에 섞여서 작은 반응이 함께 이동하고 있는 것을 포착했다.

요호 옆에서도 공격당하지 않는 것을 보면 동료일 가능성이 높았다.

신은 그것이 타마모가 아닌가 생각했지만 유즈하에게 물어보자 아니라는 대답이 돌아왔다.

"유즈하, 난 저 녀석들을 상대하기 전에 작은 녀석을 만나러 갈게. 유즈하는 어떻게 할래?"

"……저쪽에 싫은 기척이 있어. 유즈하는 저쪽에 갈게. 신은 후지로 가."

유즈하는 후지와 다른 방향으로 얼굴을 돌렸다.

"혼자서 괜찮겠어?"

"유즈하에게 맡겨!!"

유즈하는 신의 어깨에서 내려와 소녀의 모습으로 변신하더니 맹렬한 콧김을 뿜어냈다.

예전 같았으면 신도 걱정했을 테지만 이제 레벨도 많이 오르고 힘을 쓰는 방법도 알고 있었다.

신은 자신을 응시하는 유즈하에게 고개를 끄덕여 보였다.

"— 알았어. 혹시 모르니까 이걸 가져가."

신은 그렇게 말하며 대미지를 분담해주는 액세서리와 상태 이상을 회복하는 아이템을 아이템 박스에서 꺼냈다.

유즈하는 그것을 받아 들고 품에 넣더니 다시 여우로 변신해서 달려가버렸다.

"자, 나도 가볼까."

신은 작게 중얼거리며 행동을 개시했다.

신은 【하이딩】으로 모습을 감춘 채로 요호들 사이에서 움직이는 마크에 접근했다.

눈으로 확인할 수 있는 거리까지 가까워지자 그것이 온몸에 까만 닌자복을 입은 사람이라는 것을 알 수 있었다.

【애널라이즈】로 표시된 이름은 로쿠하라 카이였다. 바로 쥬고와 함께 있었던 남자였다.

신은 점프로 카이의 앞까지 이동한 뒤 【하이딩】을 풀었다.

"—?! 넌 그때의……."

카이는 신이 갑자기 모습을 드러내자 닌자도를 뽑아 들었다. 신의 얼굴을 확인한 카이는 경계심을 드러냈다.

"그건 아오키가하라에 왔을 때를 말하는 건가요?"

"글쎄……!"

카이는 제대로 된 대화를 나눌 틈도 없이 신을 향해 마법을 발사했다.

신을 향해 날아온 것은 화염 마법 스킬 【파이어 볼】이었다. 초심자부터 상급자까지 광범위한 플레이어들이 애용하던 기본적인 공격 마법이었다.

하지만 물리 공격에 특화된 닌자가 사용하는 마법은 당연히 신에게 통하지 않았다.

기세 좋게 날아온 【파이어 볼】은 신에게 닿기 직전에 공중으로 흩어지고 말았다.

"혹시 가능하다면 왜 이런 일을 하는지 묻고 싶은데 말이죠."

"……히노모토에 다시 전란을 불씨를 피우기 위해서다."

"— 정말 대답해줄 줄은 몰랐네요. 그런데 어째서죠? 사람들이 전란 중에 잃어버린 것들도 많았다고 들었는데요. 그런 짓을 해서 무슨 이득이 있는 겁니까?"

신은 그가 질문에 응해줄 거라 예상하지 못했지만, 이왕 답해준 김에 한 번 더 물어보기로 했다.

"……히노모토는 원래 이 작은 섬나라 안에서 전쟁을 계속해왔다. 빼앗기지 않으려면 강해져야만 했지. 그래서 당시를 살았던 자들은 모두가 강해졌다. 하지만 지금은 전란을 잊고 약해졌지. 히노모토 십걸에도 옛날에는 칸쿠로 공에 필적하는 자들이 존재했지만 지금은 선조환생인 걸 빼면 아무 능력도 없는 애송이들이 자리를 차지하고 있다. 이대로 평화가 지속된다면 히노모토는 결국 약해질 거다."

"대륙의 모험가나 병사들을 보고 온 입장에서 말하자면, 히노모토의 병사들이 그보다 훨씬 강하다고 생각합니다."

신은 자신이 생각한 바를 이야기했다. 언제나 『범람』의 위협에 노출된 바르멜조차도 병사들의 질은 히노모토에 뒤떨어졌다.

"단지 병사들이 강한 것만으로는 안 된다. 땅을 다스리는 영주도, 그를 따르는 병사들도, 그 땅에서 살아가는 백성들까지도 강해지지 않는다면 소국인 히노모토에 내일은 없다."

"하지만 그렇다고 몬스터를 동원하는 게 옳다고 생각합니까? 정작 중요한 백성들과 병사들이 헛되이 죽어갈 뿐이라고요."

"그 정도로 죽는다면 어차피 거기까지였던 거다. 약한 자는 죽게 된다. 전란의 시대에는 그게 당연한 일이었지."

"마치 직접 본 것처럼 이야기하는군요."

신은 지금까지의 경험을 통해 카이의 종족이 휴먼일 거라고 예상했다.

휴먼은 단명 종족이었다. 전란의 시대에 태어났다면 지금까지 살아 있을 리 없었다.

"하지만 내 눈으로 똑똑히 봤다."

"똑똑히 봤다고요?"

"이 녀석들을 조종하는 녀석이 보여주었지. 그 녀석은 다른 의도가 있는 것 같지만, 설령 이용당하는 거라 해도 우리의 바람이 이뤄지면 그만이다."

카이는 두 사람을 둘러싸고 있던 요호 중에서 블루 테일 한 마리를 가리키며 말했다.

신은 과거를 보여주는 능력에 대해 아는 것이 없었지만 애초에 그가 본 과거가 진실인지도 확실하지 않았다.

"희생을 두려워하는 통일 따위, 나는 인정할 수 없다. 진정한 강자가 다스려야만 히노모토는 강국이 될 수 있다."

"이치노세 쥬고라는 사람은 이미 죽었다고 하던데요. 그런데도 계속하려는 겁니까?"

"이제 와서 그만둘 수 있다고 생각하나?"

"그렇겠지요."

카이의 살기가 고조되었다. 그에 호응하듯이 신도 허리에 찬 『무월(無月)』에 손을 뻗었다.

"……이 정도로 많은 이야기를 들을 수 있을 줄은 몰랐습니다. 그렇게 정보를 누설해도 괜찮은 겁니까?"

"여기서 죽을 인간에게 무슨 이야기를 하든 상관은 없다."

"죽게 되는 건 그쪽일지도 모르는데요?"

"그것도 나쁘지 않지. 강한 자가 살아남고 약한 자가 죽는 것뿐이니."

자신이 죽는 것조차 상관없다고 말하는 카이의 눈동자는 신을 똑바로 응시하고 있었다.

설령 그의 눈빛이 탁하게 흐려졌다고 해도 말이다.

"……평화로운 시간은 견디기 힘들었던 겁니까?"

"……."

카이는 신의 마지막 질문에만 대답하지 않았다.

닌자도를 쥔 카이의 모습이 레드 테일 뒤로 사라졌다.

신의 주위에는 레드 테일 세 마리와 화이트 테일 세 마리가 있었다. 전자는 레벨 600대, 후자는 레벨 700대의 보스급 몬스터였다.

그 밖에도 요호족 몬스터들이 있었지만 신을 향해 다가온 개체를 제외하면 전부 정상을 향해 올라가고 있었다.

"유감이군요."

신은 대답이 없는 카이를 향해 마지막 한마디를 덧붙였다. 듣는 사람의 등줄기가 얼어붙을 만큼 차가운 목소리였다.

그리고 시선을 오른쪽으로 움직이면서 『무월』을 뽑아 들었다.

은색 선이 호를 그리자 날카로운 금속음과 함께 쿠나이 세 자루가 두 동강이 나서 땅에 떨어졌다.

모습을 감추었다 해도 카이의 【하이딩】보다 신의 감지 능력이 더 강한 것이다.

"최대한 숨은 게 맞습니까?"

신의 시선이 카이를 꿰뚫었다.

카이는 등줄기가 섬뜩해지는 살기에 표정이 딱딱하게 굳었지만 이내 미소를 되찾았다.

"내가 느낀 감각은 착각이 아니었군."

설령 죽음을 각오한다 해도 양보할 수 없는 것이 있었다.

카이가 신에게서 느낀 피 냄새는 몬스터를 상대할 때는 결코 드러나지 않았다. 그 손에 수많은 사람들의 피를 묻혀온 증거이기 때문이다.

덜컥거리는 소리에 카이가 시선을 내리자 닌자도를 쥔 오른팔이 부들부들 떨리고 있었다.

신을 포위하고 있던 요호들도 살기에 압도되어 움직이지 못했다.

정상으로 향하던 다른 요호들조차 몸을 떨며 신을 돌아보고 있었다.

"훗, 이래야 싸움이다."

카이는 품에서 꺼낸 환약을 삼키더니 신을 향해 정면으로 돌진했다.

잔상을 남기던 카이의 형상이 여러 개로 분열되면서 신을 덮쳤다.

이동계 무예 스킬 【축지】와 【환무(幻舞)】를 활용한 고속 이동과 환영의 합성 기술이었다. 환약의 효과 때문인지 그 속도는 웬만한 선정자를 가볍게 능가했다.

슈니도 자주 사용하는 그 기술은 상향된 신체 능력을 통해 카이의 기술을 한 단계 위로 끌어올렸다.

그러나 —.

"닌자가 정면으로 오면 안 되죠."

신이 휘두르는 『무월』 앞에서는 아무 의미도 가지지 못했다.

아무리 환영 속에 몸을 숨긴다 해도 그것을 간파하는 눈을 가진 신 앞에서 정면으로 공격하는 것은 결코 좋은 방법이 아니었다.

신은 눈 깜짝할 새에 분신 중 하나에 접근했다. 그것이 카이의 본체였다.

카이는 놀라움에 눈을 크게 뜨면서도 온 힘을 다해 회피하려 했다. 오랜 싸움 경험 때문인지 생각하기도 전에 몸이 움직였다.

그 덕분에 공간을 절단할 기세로 휘둘러진 『무월』은 카이의 왼팔을 베어내는 데 그치고 말았다.

"역시 나 혼자서는 방법이 없는 건가. — 해치워라!!"

카이가 지시하자 신의 살기에 위축되었던 요호들이 움직이기 시작했다. 거대한 체구를 활용해서 이빨과 발톱으로 공격해온 것이다.

마법이 통하지 않는다는 것은 신과 카이의 공방전을 보며 다들 알고 있는 듯했다.

"방해되는군."

신은 좌우에서 뻗어오는 레드 테일과 화이트 테일의 손톱을 향해 『무월』을 휘둘렀다.

두 줄기의 은색 빛이 허공을 갈랐다. 그것이 사라지는 것과 동시에 두 요호의 HP 게이지가 제로로 떨어졌다.

그리고 몇 초 뒤에 잘린 머리와 앞발이 땅에 떨어졌다.

검술계 무예 스킬【짐승 사냥】이었다.

요호 같은 동물 타입 몬스터에게 증가 대미지를 주는 스킬이었기에 두 몬스터는 허무할 만큼 간단히 쓰러지고 말았다.

신은 한 방울의 피도 묻지 않은 『무월』을 가볍게 털어내며 말했다.

"모든 것을 베겠습니다. 포기하시죠."

신은 등 뒤에서 접근해온 화이트 테일을 순식간에 베어 죽였다. 그리고 지금까지 범위를 제한했던 살기를 무질서하게 방출했다.

신의 의식이 '쓰러뜨린다'에서 '죽인다'로 전환되었다.

신은 카이가 명확한 목적을 갖고 행동하는 것처럼 보였다.

약간의 간섭은 받고 있을 테지만 누군가의 조종을 받는 꼭두각시 인형은 아니었던 것이다.

정확한 이유는 알 수 없지만 카이와 쥬고는 자신들의 의지로 움직였다는 것을 신은 느낄 수 있었다. 그리고 실제로 이야기해보면서 그것은 확신으로 바뀌었다.

그러나 그들의 의지가 살육을 원한다면 신에게도 다른 선택지는 없었다.

몬스터가 개입하지 않았다 해도 이번 같은 소동은 언젠가 반드시 일어났을 것이다.

지금의 히노모토에서 그들은 분명 이단적인 존재였다. 그 수단과 사상을 이해할 수 있는 사람은 없을 것이다.

일그러진 형태지만 그들의 마음속에도 나라를 사랑하는 마음이 있었다. 그리고 그런 식의 사상도 어딘가에는 존재할 수 있었다.

하지만 그 어떤 이유에서든 신은 카이와 쥬고의 방식을 인정할 수 없었다.

따라서 벤다.

그의 몸에서 뿜어져 나오는 극한(極寒)의 살기는 덤비려면 죽음을 각오해야 한다고 경고하고 있었다.

"어둠 속에서 살아온 내 생애 마지막 상대가 이 정도의 존재일 줄이야. — 고맙군."

카이는 더욱 짙게 웃으며 신이 내뿜는 살기 속을 달려갔다.

원래는 순식간에 좁힐 수 있는 간격이었지만 환약으로 능력이 향상된 몸으로도 카이의 의지를 따라가지 못했다.

신은 카이에게 시선을 향했지만 그 자리에서 움직이지 않았다.

『무월』을 중단으로 겨눈 채 조용히 그를 바라보고 있었다.
물론 빈틈은 없었다.

"윽."

신을 향해 달려가던 도중에 카이의 다리가 삐걱거렸다. 카
이는 오랜 경험을 통해 뼈에 이상이 생겼다는 것을 바로 알았
다. 그리고 이내 팔과 다리에서 이상한 소리가 났다.

"반동이 왔군요."

신은 카이의 모습을 보며 말했다.

능력치 표시를 보고 있던 신은 카이가 삼킨 환약이 무엇인
지를 짐작하고 있었다.

카이를 베기로 결정한 것도 자멸하는 것은 너무 비참했기
때문에 베푸는 온정이었다.

"금지된 약을 사용하는 사람은 오랜만에 봤습니다."

"그러고도 이 꼴이지만 말이지."

신이 말한 금지된 약이란『순명(瞬命)의 영약(靈藥)』이라는 아
이템이었다.

사용한 직후부터 모든 능력치가 대폭 상승하는 대신 일정
한 속도로 HP가 감소하고, 사용한 플레이어는 몇 분 뒤에 사
망하게 된다.

게다가 감소하는 HP의 회복이나 사망 직후의 소생은 불가
능했고, 죽음과 동시에 페널티를 받으며 홈타운으로 강제 전

송되었다.

게임 시절에는 플레이어들끼리 싸울 때 외에는 사용되지 않는 아이템이었다.

아이템을 사용해서 보스를 쓰러뜨리더라도 경험치, 아이템 등을 전혀 얻을 수 없게 되어 있었기에 평범하게 모험을 즐기는 플레이어들은 존재 자체도 모르는 경우가 많았다.

"이게…… 마지막이다."

카이의 HP는 이미 고갈 직전이었다. 그런 상태에서도 펼치는 기술은 전혀 둔하지 않았다.

카이가 닌자도를 내뻗었다. 은밀 행동용으로 검게 칠해진 칼날을 신의『무월』이 맞부딪쳤다.

백은과 칠흑이 교차했고 신과 카이는 서로 등을 향한 채로 멈추었다.

"훌륭……하다……."

카이는 그 말만을 남긴 채 쓰러졌다. 손에 든 닌자도는 칼날이 두 동강 나 있었다.

"……뭐였던 걸까."

신이 뒤돌아보자 카이는 이미 숨을 거둔 상태였다.

신은 왠지 모르게 만족스러워 보이는 얼굴을 보며 이해할 수 없다는 듯이 머리를 세게 긁적였다.

긴장을 푼 모습에서 빈틈을 발견했다고 생각했는지, 불꽃과 얼음 덩어리가 날아들었다. 신의 마법 저항으로 몸에 닿기

전에 공중에 흩어졌지만 신의 주의를 끄는 데는 충분했다.

"저 녀석이 지휘관은 아니었던 건가. 후지에도, 그리고 나에게도 손을 대면 죽는다는 건 잘 알 텐데."

그 말이 끝날 무렵에는 신의 앞에는 레드 테일과 블루 테일의 시체가 하나씩 쓰러져 있었다. 상대가 몬스터이기 때문인지 조금도 주저하지 않고 검을 휘두를 수 있었다.

신이 후지 쪽으로 감각을 집중하자 요호를 나타내는 큰 마크 사이에서 작은 광점(光点)이 정신없이 움직이는 것이 보였다. 무네치카였다.

작은 마크가 접근하자 큰 마크가 소멸했다. 섬멸 속도는 압도적이었고 여덟 머리 오로치는 정상에서 움직이지도 않고 있었다.

"수가 많으니까 일단 도와주러 갈까."

신은 무네치카의 반대 방향에서 요호를 사냥하기 시작했다. 1시간도 지나지 않아서 후지에 흩어져 있던 요호들은 거의 전멸되었다.

신이 마지막 한 마리를 쓰러뜨렸을 때 백은색 갑옷이 눈앞에서 빛났다.

"역시 신이었던 건가."

그곳에 나타난 것은 천하오검 중 하나인 미카즈키 무네치카였다. 전투 중이었기에 투구까지 쓰고 있었지만 긴 흑발과 갑옷에는 피 한 방울 묻어 있지 않았다.

"그쪽도 잘 끝난 모양이네요."

"이 정도의 몬스터는 별것도 아니다. 그런데 네가 몬스터의 습격과 함께 나타날 줄이야. 뭔가 알고 있는 게 있나?"

"그렇게까지 자세한 정보는 모르지만 말이죠. 일단 아는 대로 이야기해드리겠습니다."

신은 카이와 쥬고, 타마모 같은 인물들과 그들이 벌인 일에 대해서 간단히 설명했다.

이야기를 들은 무네치카는 입술에 손가락을 갖다 댄 채 무언가를 생각하더니 후지 정상을 올려다보았다.

"요호들이 습격해온 것은 아마 후지 정상에서 우리가 지키고 있던 물건 때문일 거다. 요호뿐만 아니라 지혜가 있는 히노모토의 몬스터들이라면 전부 후지를 노리고 있으니까 말이지."

"그렇게나 중요한 물건이에요? 산의 주인인 카구츠치가 없는 게 이상하다고는 생각했지만……. 아, 아니, 물어보는 건 아닙니다. 대답하지 않아도 돼요."

"훗, 알고 있다. 뭐, 너라면 괜찮겠지. 네 파트너인 엘레멘트 테일은 이미 눈치챈 것 같지만 말이야."

"어, 유즈하가 엘레멘트 테일이라는 걸 알고 있었습니까?!"

카구츠치가 없는 이유를 유즈하가 이미 알아챘다는 것도 놀라웠지만, 그보다도 무네치카가 유즈하의 정체를 알고 있다는 것이 더욱 놀라웠다.

"지맥의 힘에는 독특한 기척이 있다. 그리고 카구츠치에게서 엘레멘트 테일에게는 지맥에 간섭하는 힘이 있다는 이야기를 들었지."

무네치카의 이야기를 들어보면 카구츠치는 토벌되지 않은 것 같았다.

유즈하와 마찬가지로 의사소통도 가능한 모양이다. 게임 시절에는 이렇다 할 대화도 없이 전투에 바로 돌입했기에 신은 조금 의외라는 생각이 들었다.

"흠, 지금 이러고 있을 때가 아닌 것 같군. 네 파트너를 찾으러 가봐. 그리고 나를 만나러 정상에 오겠다는 약속을 잊지는 않았겠지? 나는 성격이 느긋한 편은 아니야. 정말 오래 기다려봐야 10년 정도지."

"그럼 저는 이만. 그리고 저도 그렇게 오래 기다리게 할 생각은 없습니다."

신은 성격이 급한 것치고는 꽤나 오래 기다려준다고 생각하며 대답했다.

무네치카는 엄밀히 말하면 무기에 깃든 정령 같은 존재였기에 수명에 대한 개념이 없는 것인지도 몰랐다.

"그럼 기다리고 있겠다."

신은 유즈하가 있는 방향을 가르쳐준 무네치카에게 감사 인사를 한 뒤에 다시 이동하기 시작했다.

†

신이 싸움을 마치고 무네치카와 대화하고 있을 무렵, 유즈하는 몸을 최대한 크게 만들어서 대지 위를 달리고 있었다.

이미 후지에서는 상당히 떨어진 상태였다. 아직 완전체는 아니었지만 엘레멘트 테일의 신체 능력은 충분한 힘을 발휘하고 있었다.

"……있어."

유즈하의 시선은 후지에서 살짝 벗어난 숲 속을 향했다.

신과 함께 이동할 때 느낀 불쾌한 기척이 점점 가까워지고 있었다.

존재 자체는 이미 파악하고 있었다. 상대 역시 유즈하의 기척을 알아챘을 것이다.

기척의 주인은 숲 속 한가운데에서 움직임을 멈추었다. 마치 유즈하를 기다리고 있는 것 같았다.

"쿠우."

유즈하는 자신에게서 도망치지 않는 것이 오히려 잘되었다고 생각하면서 함정을 경계하며 숲 속을 나아갔다.

몇 분이 지나자 나무들이 없는 탁 트인 장소가 나왔다.

그곳은 50메르 정도의 넓이였고 10세메르 정도의 풀이 자라나 있을 뿐이었다.

그런 아무것도 없는 장소에 유즈하 외의 그림자가 하나 더 있었다. 땅에 닿을 만큼 긴 백발을 바람에 나부끼며 한 여자가 서 있었던 것이다.

열 명에게 물어보면 열 명 전부 아름답다고 대답할 만한 얼굴에 머리카락과 똑같은 색의 동물 귀. 기모노 깃을 풀어 헤치고 있는 탓에 풍만한 가슴과 하얀 허벅지가 조금씩 드러났다.

그녀의 허리 근처에서 뻗어 나온 여섯 개의 꼬리가 하늘하늘 흔들리고 있었다.

여자의 이름은 타마모였다.

"쿠우! 찾아냈어!"

호인(狐人)족(여우 타입 비스트)으로도 보이는 타마모의 몸에서 풍기는 기척을 느끼자 유즈하는 털을 곤두세운 채 으르렁거렸다.

물론 타마모가 호인족이 아니라는 것은 유즈하도 알고 있었다. 꼬리가 여섯 개나 달린 호인족은 어디에도 없기 때문이다.

"후후, 무언가가 접근해오나 싶더니 역시 엘레멘트 테일이었구나. 왠지 꽤나 약해져 있는 것 같은데?"

적대감을 노골적으로 드러내는 유즈하와는 달리 타마모는 여유로운 표정이었다.

요호족은 꼬리 수가 힘을 나타내기 때문에 꼬리가 여섯 개인 타마모가 단독으로 행동하고 있다는 것에 대해 유즈하는 의문을 느끼고 있었다.

후지를 둘러싸고 있던 요호 중에는 꼬리가 일곱 개인 개체도 있었다.

원래대로라면 그쪽이 대장이어야만 했다.

"쿠우, 너, 나쁜 기척 느껴져."

유즈하는 사람의 모습으로 변신하면서 말했다.

"나쁜 기척 말이지. 그건 이걸 말하는 거니?!"

타마모의 손에서 검은 화염탄이 발사되었다. 즉시 피한 유즈하가 화염탄이 떨어진 곳을 돌아보자 까만 화염이 풀을 태우며 대지를 보라색으로 물들이고 있었다.

마기와는 다른 무언가가 대지를 오염시키고 있다. 유즈하는 그것을 직감적으로 느꼈다.

"너, 본체가 아냐! 그 사람, 그냥 껍데기!"

"그 정도는 아는 건가. 그래, {이 몸}은 제법 괜찮다고."

타마모의 목소리가 일그러졌다. 그것은 더 이상 사람이 내는 목소리가 아니었다.

유즈하의 눈에는 타마모의 등 뒤에 숨은 거뭇거뭇한 다른 요호의 모습이 보이기 시작했다.

윤곽은 흐릿했지만 이것 역시 요호라는 것만은 분명했다.

전에 쿠죠의 영지에서 타마모가 쥬고와 함께 움직일 때는 이런 기척을 느끼지 못했다.

그리고 유즈하의 지식 중에는 여기에 해당되는 존재가 딱 한 가지 존재했다.

"재앙의 요호, 타마모. 사람의 몸에 씌는 타락한 엘레멘트 테일."

"카카! 그렇다. 이렇게 만나는 건 처음이군. 우리 엘레멘트 테일의 {시조}여!"

몇 명을 제외하면 그 누구도 알지 못하는 정보가 둘의 입에서 흘러나왔다.

게임 시절의 타마모는 이벤트 보스일 뿐이었고, 엘레멘트 테일 역시 일부 상급 플레이어만이 알고 있는 숨은 보스 같은 존재였다.

능력치에는 명확한 차이가 있었지만 플레이어들은 그 뿌리에 대해 알지 못했다. 하지만 플레이어가 모른다 해도 그것은 분명하게 존재했다. 그리고 유즈하와 타마모 역시 자신들의 일이었기에 당연히 알고 있었다.

"쿠우, 어째서 이런 일을 하는 거야!"

"당연한 질문을. 나는 이 세상에 재앙의 존재로 태어났다. 파괴하고 죽이는 것이야말로 나의 존재 이유! 오랜 세월 속에서 그것마저 잊은 것이냐!"

까만 그림자를 일렁이며 타마모의 본체가 울부짖었다.

도시를 습격하고 사람들에게 공포를 심어준다. 플레이어에게 쓰러지고, 부활하고, 다시 쓰러진다.

그 반복이야말로 타마모가 존재하는 이유였다. 사람이 숨을 쉬는 것만큼 타마모에게는 자연스러운 일이었다.

하지만 현실이 된 이 세계에서 그것은 생명의 순환에 포함

된 저주였다.

"쿠우, 그건 이제 필요 없어."

"그런 건 알 게 뭐야. 나는 나의 존재를 위해 살아간다. 이 몸도, 이미 자아 따위 없다. 배신당하고 증오하며 나에게 이 몸을 맡겼다. 아름답게 남은 것은 겉모습뿐이다."

"……쿠우."

유즈하는 타마모를 바라보며 슬프게 울었다.

조종당하는 여성의 얼굴에는 미소가 맺혀 있었다. 타마모는 자아가 없다고 말했지만 그녀의 표정이 마치 후회하지 않는다고 말하는 듯했다.

그 눈에서 흐르는 붉은 눈물만 아니었다면 수많은 사람들을 매료했을 거라고 유즈하는 생각했다.

"나를 막고 싶다면 너의 힘으로 내 몸을 없애라. 엘레멘트 테일의 시조인 너라면 그것도 가능할 테지!"

검은 요호가 여자의 몸속으로 돌아왔다. 그리고 부드럽게 위로 솟구친 여섯 개의 꼬리가 검은 화염에 뒤덮였다.

유즈하는 여자의 어두운 감정을 양분 삼아서 타마모의 힘이 강해지고 있다는 것을 알 수 있었다.

"흥!"

타마모의 외침과 함께 꼬리가 유즈하를 덮쳤다.

부채꼴로 펼쳐진 여섯 개의 꼬리는 각자의 의지를 가진 것처럼 유즈하를 사방에서 포위해나갔다.

"쿠우!!"

유즈하도 지지 않고 빠르게 전개할 수 있는 마법으로 반격했다. 그리고 자신의 꼬리에 각각 다른 마법을 깃들게 하여 반쯤 화염으로 변한 타마모의 꼬리를 튕겨냈다.

특히 효과를 발휘한 것은 신성 마법과 빛 마법이 깃든 꼬리였다.

"……이제 잠들어도 돼. 싸우지 않아도 돼."

"무슨 헛소리를!"

연속으로 뻗어오는 타마모의 꼬리 앞에서 유즈하는 수세에 몰렸다.

기백의 차이가, 그리고 간발의 차이로 막아내지 못한 공격이 유즈하의 무녀복을 스쳤다.

"너도 알고 있을 텐데?"

그렇게 묻는 타마모의 꼬리가 늘어났다.

아무런 예고도 없이, 까만 불꽃만으로 구성된 두 개의 꼬리가 등 뒤에서 생겨난 것이다.

"쥬고와 카이가 간 건가."

타마모는 선망과 슬픔이 뒤섞인 표정을 지으며 중얼거렸다. 서로를 이용하는 사이이긴 했지만 일방적으로 힘을 주며 조종하는 관계는 아니었다.

두 사람에게 나눠주었던 힘이 돌아와 타마모의 힘이 더욱 강해졌다.

유즈하는 더욱 강한 기세로 공격해오는 꼬리 중에서 여섯 개는 자신의 꼬리로, 하나는 입에서 뿜어낸 불꽃으로 요격했다.

그러나 나머지 하나를 막아내지 못해 피하려고 몸을 날린 유즈하를 까만 불꽃이 희미하게 태웠다.

"아무것도 하지 않을 거라면, 죽어라!"

여덟 개의 꼬리가 유즈하를 향해 밀려들었다. 정통으로 맞으면 유즈하라도 무사하지 못할 공격 앞에서 신이 건네준 아이템이 발동되었다.

유즈하를 감싸듯이 투명한 막이 생겨나서 타마모의 공격을 튕겨냈다.

"결계구나. 하지만 그게 오래가지 못한다는 건 알아!"

타마모의 꼬리가 연속으로 결계를 때렸다. 특히 까만 불꽃으로 만든 꼬리가 결계를 때릴 때마다 조금씩이지만 결계에 금이 가고 있었다.

내구치가 줄어드는 것은 유즈하에게 보이지 않았다. 그러나 점점 결계에 균열이 늘어나면서 한계에 달했다는 것을 알려주고 있었다.

"쿠우……."

결계가 무너지는 소리에 유즈하의 목소리가 파묻혔다.

화염으로 만들어진 꼬리가 먹잇감을 찾아낸 뱀처럼 유즈하가 있던 장소를 덮쳤다.

"……이제야 진심으로 싸우려나 보네."

타마모의 중얼거림에 대답하듯이 까만 화염이 튕겨나갔다.

공기에 흩어지는 까만 화염과 모래 먼지 속에서 나타난 그림자는 열 개였다.

그것은 천천히 흔들리는 아홉 개의 꼬리와 어른의 모습이 된 유즈하였다.

"너무 오래 돌아와 있을 수는 없어서 말이지."

허리까지 내려오는 은발, 투명한 보라색 눈동자, 머리 위에는 머리카락과 동일한 색의 여우 귀가 쫑긋 돋아나 있었다.

보는 사람 전부를 매료하는 미모를 과시하면서, 본래의 힘과 모습을 되찾은 유즈하가 조용히 타마모를 바라보고 있었다.

"그대도 삶을 서두르는가?"

"그게 내 바람인걸. 자, 전설로 칭송받은 시조의 힘을 나에게도 보여주실까!!"

타마모의 외침과 함께 여덟 꼬리가 유즈하를 덮쳤다. 그 힘과 기세는 지금까지의 공방전 중에서 가장 강력했다.

"……가엾군."

기세를 더한 두 개의 화염 꼬리와 여섯 개의 검은 꼬리 앞에서 유즈하는 작게 중얼거렸다. 그에 호응하듯이 은색 꼬리가 섬광이 되어 두 사람 사이를 관통했다.

은색과 검정이 서로 부딪쳤다. 패배한 쪽은 검정이었다.

까만 화염은 사방에 흩어지고 꼬리는 잘게 조각이 났다.

꼬리 숫자는 타마모가 여덟이고 유즈하가 아홉이었다. 상대에게 이긴 꼬리는 물론이고 나머지 하나의 꼬리까지 타마모를 공격했다.

"카─학?!"

양팔을 교차해서 막아내려 했지만 힘을 가득 담은 꼬리를 조각낼 만한 일격 앞에서는 무력하기만 했고 타마모의 몸은 공중에 떠올랐다.

막아낸 자세 그대로 밀려난 타마모의 몸은 몸의 구석구석이 부러지며 튕겨나갔다.

얼마 전까지 유즈하가 수세에 몰렸던 것이 거짓말처럼 느껴질 만큼 압도적인 힘이었다.

일시적이기는 하지만 이것이 원래 힘을 되찾은 유즈하와 타마모의 능력 차이였다.

"─."

땅을 구르다 힘없이 누운 타마모의 입에서는 희미한 호흡 소리만 흘러나왔다. 아직 죽지는 않았지만 몸에는 이미 생명이 없었다. 가만히 놔두어도 몇 분을 채 버티지 못할 것이다.

그런 타마모를 바라보는 유즈하의 머리 위에 금색 화염이 출현했다.

보는 자를 압도하는 열량을 간직하면서도 왠지 모르게 성스럽게 느껴지는 그것을 타마모는 시선만 움직여서 바라보고 있었다.

"……가도록 해라."

몇 초 뒤, 유즈하의 말과 함께 황금으로 빛나는 화염이 타마모를 집어삼켰다. 타마모의 몸은 순식간에 잿더미가 되어 소멸했다. 최후의 순간, 그녀의 얼굴은 희미한 미소를 띠고 있었다.

"휴우……."

유즈하가 한숨을 쉬는 것과 동시에 화염이 사라졌다. 타마모가 있던 곳에는 검게 탄 지면이 드러나 있을 뿐이었다.

화염이 사라지자 유즈하의 몸에서 은색 빛이 새어 나오기 시작했다. 그러자 마치 동영상을 역재생하는 것처럼, 몸이 몇 초 만에 중학생 정도의 체구로 작아졌다.

"쿠우……."

그리고 더욱 작아지더니 아기 여우로 변해 땅에 풀썩 쓰러졌다.

필마를 구출했던 장소에서 힘의 일부를 되찾았다지만 아직 완전하지는 않았다. 일시적으로 힘을 끌어내서 예전 모습이 될 수 있는 것도 불과 몇 분이었다.

게다가 일시적으로 원래 모습으로 돌아온다고 해서 오랜 세월 축적된 지식까지 떠올릴 수 있는 것은 아니었다.

정말 위험할 때를 위한 최후의 수단인 셈이었다.

"……."

눈을 감고 힘을 회복하고 있자 유즈하가 잘 아는 기척이 접근해오고 있었다.

유즈하는 천천히 몸을 일으키려다가 문득 무언가를 떠올리고는 다시 땅에 누웠다.

"……!! 유즈하?!"

접근해온 사람은 신이었다.

땅에 누운 유즈하를 발견한 신은 잔상이 남을 만한 속도로 달려왔다. 그리고 눈을 감은 유즈하를 살짝 안아 올려 상태를 확인했다.

"HP나 MP는 그렇게 소모된 것 같지 않은데. 아이템은 망가졌고 몸에는 힘도 없어. 얼마나 무리를 했길래 이러는 거야?"

대미지는 거의 입지 않았지만 원래의 완전한 모습으로 돌아간 영향으로 미숙한 몸에서 힘이 빠져나가고 있었다.

"타마모, 쓰러뜨렸어."

"아무리 그래도 너무 무모했어! 죽으면 어쩌려고……."

신이 진심으로 걱정하며 말하자 유즈하는 살짝 미안하다는 생각이 들었다. 사실 서서 걸어 다닐 정도의 힘은 있었다.

그런 유즈하의 마음을 알 리 없는 신은 부담이 가지 않도록 조심스럽게 안아주고 있었다.

"쿠우."

유즈하는 신의 품속에서 안도감에 휩싸이며 작게 울었다.

✝

　이치노세와 몬스터가 일으킨 반란은 규모는 컸지만 큰 피해 없이 진압되었다.

　특별히 언급해야 할 점은 각지에 나타난 지원군이었다.

　히노모토 십걸 제1석인 토도 칸쿠로와 동등한 활약을 한 검은 비늘의 드래그닐.

　마찬가지로 히노모토 십걸인 사에구사 카린, 시죠 츠구호, 츠구마사 형제와 함께 나타난 은발의 엘프.

　십걸보다도 빠르게 나타나서 시죠 영지를 습격한 몬스터와 싸운 붉은 머리의 로드와 거대한 늑대형 몬스터, 그리고 흑발의 엘프까지.

　십걸과 비교해도 손색없는 활약을 한 그들은 싸움이 끝나자 아무 말 없이 자취를 감추었다.

　당연히 그들을 찾으려는 사람들도 있었지만 무슨 일인지 대부분이 얼굴조차 떠올리지 못했다.

　병사들 사이에서는 히노모토의 위기 상황에서 조상들의 영혼이 나타난 것이라는 소문이 그럴싸하게 퍼지고 있었다.

　하지만 사실은 은폐계 스킬의 위력 덕분이었다. 얼굴을 기억하는 사람은 직접 대화했던 몇 명에 불과했다. 그마저도 권력자의 힘으로 비밀이 유지되었다.

　그리고 그 당사자들은 지금 사에구사 가문의 대문 앞에 있었다. 짐은 많지 않지만 모두가 여행용 차림이었다.

신 일행에게는 더 이상 사에구사 저택에 머물 이유가 없었다.

딱히 서둘러야 하는 여행은 아니었지만 일단 큰 싸움이 끝난 만큼 다음 여정을 떠나기로 한 것이다.

"그럼 안녕히 계시길. 신세가 많았습니다."

신 일행 앞에는 카린을 비롯해 쿠요우, 카요, 치요 같은 사에구사 저택 사람들과 칸쿠로가 배웅을 나와 있었다.

"정말로 가시는 것이옵니까? 여러분은 히노모토의 전란을 막아주신 은인이옵니다. 하다못해 무엇이든 보답을 하고 싶사옵니다만."

이별을 아쉬워하는 카린의 허리에는 『현월』이 자신의 존재를 뽐내고 있었다.

쥬고의 부정행위가 적발되면서 최후까지 살아남은 카린이 신도를 계승하게 된 것이다.

"『하쿠라마루』에 대한 비밀을 지켜주셨잖아요. 칸쿠로 씨도 협력해주셔서 감사했습니다. 그걸 갖고 있다는 게 알려지면 최악의 경우는 국가적인 추적을 받게 될지도 모르니까요."

신은 카린에게 대답하면서 칸쿠로에게도 고개를 숙였다.

고대급 무기는 국가와 개인을 가리지 않고 모두가 갖고 싶어 하는 물건이었다.

계승의 의식에서 무슨 일이 일어날지 모른다는 생각에 『하쿠라마루』를 내어준 것이지만 신은 그 선택을 후회하지 않았다.

『현월』은 신이 단련한 칼이었다. 웬만한 무기로는 제대로 부딪칠 수조차 없었다.

『하쿠라마루』를 목격한 사람들은 신이 원래 주인에게 돌려주러 가는 길이었기 때문에 누구에게도 줄 수 없다는 설명을 들었다.

칸쿠로마저 신에게 무례하게 굴지 말라고 못을 박아두었기에 어설픈 교섭을 시도하는 사람도 없었다.

"하지만 하루나 님을 구해준 일에도 제대로 된 보답을 하지 못했네. 정말 필요한 게 아무것도 없는 건가?"

"모두와 이야기해봤지만 지금은 그렇습니다. 그러니 나중에 저희가 협력이나 원조를 필요로 할 때 힘을 빌려주십시오. 싸움은 몰라도 그 외에는 저희가 손쓸 수 없는 문제도 있을 테니까요."

신은 진지한 얼굴로 말하는 쿠요우에게 명확하게 대답했다. 만약의 사태를 고려하면 인맥이 있어서 나쁠 것은 없었다.

"그러면 그때는 최선을 다해 돕겠네. 또 만날 날을 기대하지 하지."

"그때는 잘 부탁드리겠습니다."

다른 일행도 모두와 작별 인사를 나눈 뒤에 신 일행은 쿠죠의 영지를 떠났다.

─목적지는 히노모토의 영봉 후지였다.

status 스테이터스 소개

이름 : **쿠쬬 카나데**

성별 : 여성

종족 : 휴먼

메인 직업 : 궁술사

서브 직업 : 없음

모험가 랭크 : C

소속 길드 :

●능력치

LV : 159

HP : 3482

MP : 2750

STR : 311

VIT : 189

DEX : 433

AGI : 351

INT : 220

LUC : 59

●전투용 장비

머리 마강(魔鋼)의 이마받이

몸 주화(朱華)의 옷【VIT 보너스[중]】

팔 주화의 가슴받이【DEX 보너스[중]】

발 마사(魔糸)의 버선【AGI 보너스[중]】

액세서리 청마사(青魔糸)의 머리장식【HP 자동회
복[약]】

무기 금강열궁【사정거리 연장[중], 명중 보정
[중]】

●칭호

●궁술 사범

●체술사범 대리

●저격수

etc

●스킬

●붉은 화살

●페네트레이트 애로우

●롱샷

●하이드 애로우

etc

기타

●쿠죠 가문 차녀

※ 보너스 상승치 미〈약〈중〈강〈특

이름 : **사에구사 카린**

성별 : 여성

종족 : 휴먼

메인 직업 : **사무라이**

서브 직업 : 검사

모험가 랭크 : C

소속 길드 :

●능력치

LV : 221

HP : 6233

MP : 3790

STR : 602

VIT : 248

DEX : 633

AGI : 511

INT : 171

LUC : 73

●전투용 장비

머리 마강의 이마받이

몸 젊은 무사의 갑옷 · 몸【VIT 보너스[중], 화
살 회피 보너스[약]】

팔 젊은 무사의 갑옷 · 팔【STR 보너스[중], 공
격 속도 보너스[약]】

발 젊은 무사의 갑옷 · 발【AGI 보너스[중], 밀
어내기 효과 감소[약]】

액세서리 흑마사(黑魔糸)의 머리끈【정신 내성
보너스[약]】

무기 주란(朱蘭)【추가 화염 대미지[중]】

●칭호

● 검술의 달인

● 체술의 달인

● 마검의 주인

● 미소의 수호자

● 검신(劍神)의 가호

etc

기타

● 히노모토 십걸 제3석

●스킬

● 순섬(瞬閃)

● 월광참무

● 중단(重斷)

● 칼날 올림

● 칼날 뻗기

etc

이름 : **게일 서펜트**
종족 : 서펜트
등급 : 킹

●능력치

LV : 709
HP : 6749
MP : 6606
STR : 412
VIT : 658
DEX : 474
AGI : 387
INT : 333
LUC : 50

●전투용 장비

없음

●칭호

● 폭풍을 부르는 자
● 서펜트 상위종
etc

●스킬

● 워터 브레스
● 아쿠아 랜스
● 용의 포효
● 왕자(王者)의 위압
● 날씨 조작
etc

기타

● 하위종 강화 능력

이름 : **이치노세 쥬고**
성별 : 남성
종족 : 비스트

메인 직업 : 사무라이
서브 직업 : 광전사
모험가 랭크 : 없음

●능력치

LV : 221
HP : 5301
MP : 3003
STR : 475
VIT : 200
DEX : 528
AGI : 386
INT : 152
LUC : 31

●전투용 장비

머리   없음
몸   강마사(鋼魔糸)의 옷【VIT 보너스[중]】
팔   없음
발   뇌혈초(雷血草)의 집신【최대 HP 감소, AGI 보너스[강]】
액세서리   미스릴 방울【상태 이상 내성[중]】
무기   황어령(荒御靈)의 태도【STR 보너스[강], 광기 상태 부여, 관통 무효】
     미바르【대인 특공[강], 마법 스킬 대미지 증가[중], 사용자 제한】

●칭호

● 검술의 달인
● 체술 사범 대리
● 군단의 장
● 마검의 주인(가짜)
● 전투광
etc

●스킬

● 칼날 뻗기
● 천공(穿空)
● 투구 가르기
● 비연
● 조기
etc

기타

● 히노모토 십결 제6석
● 여우 홀림(전 능력치+40%)

이름 : **타마모**

성별 : ㅡ

종족 : 컬래머티 테일

●능력치

LV : 255

HP : 8422

MP : 8830

STR : 871

VIT : 662

DEX : 713

AGI : 597

INT : 806

LUC : 0

●전투용 장비

없음

●칭호

● 재앙의 요호

● 재액(災厄)의 조종자

● 윤회하는 재앙

etc

●스킬

● 갉아먹는 한숨

● 주독(呪毒)의 흑염
(黑炎)

● 저주의 조아(爪牙)

● 실타래의 꼬리

etc

기타

● 제물에 깃드는 자

✧ 당신은 언제나 옳습니다. 그대의 삶을 응원합니다. ─ 라의눈 출판그룹

더 뉴 게이트 8

초판 1쇄   2019년 1월 27일

지은이   카자나미 시노기
옮긴이   김진환

펴낸이   설응도
펴낸곳   라의눈

출판등록   2014년 1월 13일(제2014-000011호)
주소   서울시 서초구 서초중앙로29길 26 (반포동) 낙강빌딩 2층
전화번호   02-466-1283
팩스번호   02-466-1301
e-mail   편집 editor@eyeofra.co.kr 마케팅 marketing@eyeofra.co.kr
           경영지원 management@eyeofra.co.kr

ISBN   979-11-963499-8-1 04830
          979-11-963499-0-5 04830(set)

THE NEW GATE volume8
ⓒ SHINOGI KAZANAMI 2016
Character Design: MAKAI NO JUMIN
Original Design Work: ansyyqdesign
Originally published in Japan in 2016 AlphaPolis Co., LTD., Tokyo.
Korean translation rights arranged with AlphaPolis Co., LTD., Tokyo,
through Tuttle-Mori Agency, Inc, Tokyo and AMO Agency, Seoul.